红豆生南国
1

大鱼

有爱的青春陪伴者

凝陇／著
NING LONG

红豆生南国

1

原名
《红豆生民国》

HongDou
Sheng NanGuo

花山文艺出版社

图书在版编目（CIP）数据

红豆生南国. 1 / 凝陇著. —石家庄：花山文艺出版社，2018.10
ISBN 978-7-5511-4300-4
Ⅰ. ①红… Ⅱ. ①凝… Ⅲ. ①长篇小说—中国—当代 Ⅳ. ①I247.5
中国版本图书馆CIP数据核字（2018）第223135号

书　　名：红豆生南国·1
著　　者：凝　陇

策　　划：张采鑫
责任编辑：董　舸
特约编辑：颜小玩
美术编辑：胡彤亮
责任校对：齐　欣
封面设计：Insect
内文设计：cain酱
封面绘制：清　茗
出版发行：花山文艺出版社（邮政编码：050061）
（河北省石家庄市友谊北大街330号）
销售热线：0311-88643221/29/35/26
传　　真：0311-88643225
印　　刷：长沙鸿发印务实业有限公司
经　　销：新华书店
开　　本：889×1194　1/32
印　　张：9
字　　数：270千字
版　　次：2018年10月第1版
2018年10月第1次印刷
书　　号：ISBN 978-7-5511-4300-4
定　　价：36.80元

目 录

目 录

第一章

虞太太一家住在同福巷的一栋老洋房里。

房子原是一位白俄贵族蛰居上海时置下的产业，初抵沪时，白俄人因为手头宽绰，于衣食住行上，样样都考究，光是装点这幢房子，听说便所费不赀。

谁知没多久白俄人染上烟瘾，渐渐地坐吃山空，就典当起家产来，不久便告贷无门，连洋房也一并抵押给了别人。

十余年过去，洋房早已不复当年风光，楼上楼下共三层大开间，如今分别赁给了四户人家。

以虞太太家为例，底下是爿裁缝店，住的是一对彭姓夫妻。这家人白日开门做生意，晚上管教孩子，从早到晚叮叮咣咣，没个停歇。

虞太太家住在二楼。

三楼辟作了两半，一边住着位姓向的中年男子，中分头，鼻梁上架着圆镜片子，常年一副悒郁的苍白面孔。虞太太知道这位向先生学问是顶出众的，不然不能在大学里任着教员，就不知为何年近四十了还未娶亲。

另一边嘛……

想起那女人粉黛妖娇的模样，虞太太嘴角浮起一点鄙薄的神气，放下手中的活计，朝桌上的西洋钟看过去。

六点了，可是够晚了。

她心里忖度着，冲着里间紧闭的一扇房门喊道：“红豆，别光顾着用功了，下楼看看你哥哥怎么还没回来。”

接连喊了两声，房门里头一无动静。虞太太叹口气，无奈起了身。

推门一望，就见女儿果然半偎在床头看报纸，许是怕热，身上只穿一件玉色袄裤，雪白胳膊露在外头，满头乌发用一只樱桃红赛璐珞发夹夹住，黑漆漆地垂在一边胸前。

见她进来，女儿半点没有起来的意思，仍睇着手里的报纸，懒洋洋地喊了一声“妈”。

“耳朵做什么用的？让你去看看你哥哥，半天都不答应。”虞太太走近，不容分说地抢过报纸，见是专讲奇闻轶事的花边小报，更添一层愠意，“只当你在用功，原来尽挑这些来看，这上面的东西乌糟糟的，对功课有什么益处？”

话没说完，见上头赫然写着：

“天迤影片公司头牌明星陈白蝶小姐近日离奇失踪，疑为贼匪绑架，此消息不胫而走，一时间轰动沪上——”

虞太太一呆。

近来坊间不太平，常出绑票案。邻里太太们在一起打麻将时，偶然聊起这些事，都猜是拆白党干的。听说遭殃的大多是平头百姓，再不然就是小家小业的生意人，所讹资金从数千至一万不等。大家为图平安，给钱就算了事。想不到这些人胆子越发大了，竟连陈白蝶这样的明星也敢绑票。

再定睛一看，文字旁还附着一张小照。虞太太虽不常看电影，名头响的明星还是认得几个的。这照片经过油墨影印，略有些斑驳，但从相中人浓艳腴腻的风姿来看，的确是那位大明星陈小姐。

女儿虞红豆摇头喟叹：“上礼拜才跟同学去看了陈小姐的新电影，都觉得这陈白蝶卖相好、演技佳，以后准大有前途，哪想到才几天工夫，就出了这样的大新闻。”

虞太太耳朵一动，立刻将陈白蝶抛到脑后，顺势坐在床边：“我竟不知道你跟同学去看过电影，男同学还是女同学？”

红豆浅浅一笑道：“男同学。”

说罢，推开报纸便欲起身，被虞太太一把拦住：“你给我正经一点！”

红豆两手一摊：“我说是女同学您又不信，非迫着我扯谎。”

虞太太软下来：“妈妈知道你是个拎得清的好孩子，可是现在外头风气太坏，到处倡导什么自由恋爱，年轻人要是眼下只顾着感情用事，将来准要后悔的。你在外面走动时，遇到那些花言巧语的男同学，当心别给人哄了去。何况你素来有志气，好不容易考上了那么好的学堂，总该以功课为主。”

红豆听得不耐烦，本来还打算玩笑几句，瞥见母亲神色寂然，知道她老人家这是想起了早逝的小姨，一时有所触动，便收敛了戏谑之色：“妈，您放心，女儿晓得的。上回电影是跟顾筠一起去看的，平常出去玩也都是这几个玩得好的女同学。”

一番话倒说得虞太太怔了一下。

女儿这狡黠疏懒的性子也不知随了谁，有时候顶糊涂，有时候又顶懂事，平日管教时，这孩子三句话里总有两句在敷衍。难得这么一本正经地回话，反叫她不知如何接话了。

愣了一会儿，她轻轻叹息一声，揽过女儿。

窗外落日如金，虞太太借着那淡金色的余晖细细掸拂着女儿衣裳上的褶皱：“你哥哥现在在警署做事，轮不到妈妈管教，只有一个你，才十九岁，又是姑娘家，妈不操心你操心谁？不过是白嘱咐几句，总嫌我啰唆。”

红豆抬起双臂环住母亲的脖颈，含笑微微后仰，认真打量着母亲的脸庞，不一会儿，佯作惊讶道：“哟，妈您少操点心吧，您瞧瞧，您眼角这儿的纹路又深了，照这样下去，三花牌雪花膏也不管用了。”

虞太太果然被这句话引开了注意力，急忙推开女儿，对着桌上的小菱花镜，仔细睃着说：“瞎说——”

红豆忍笑踱到门口说：“妈，您慢慢瞧吧，我下楼去看看哥哥和周嫂。

周嫂买菜都买了一个小时了，还不见回来，哥哥嘛，最近这些拆白党到处犯事，他捉人恐怕都来不及，晚归也不奇怪。”

虞太太回头冲着门外道：“天快黑了，到堂子门口看看就回来，别耽搁太久了。”

红豆应了。她刚走到客厅，正好碰到周嫂进屋，看样子收获颇丰，左手韭黄，右手小葱，胳肢窝下面还夹着一小袋面粉。

“咦，周嫂你回来了。”

周嫂连忙挡在虞红豆面前，压低嗓音说：“小姐这是要出去？”

“去迎迎哥哥，顺便买点烘山芋晚上吃。”虞红豆把手搭在把手上，“怎么了周嫂？”

周嫂眼色里有兴奋的意味：“外头有人，小姐这时候不好出去的。”

红豆大感好奇，忙也跟着压低嗓门：“什么人？”

周嫂把一堆东西放到桌上，指指楼上说：“还能是谁，三楼那个女人呗。”

这时候虞太太早听到动静出来了，听了周嫂这话，脸不由得一沉。

三楼那位邱小姐，是百乐门的名舞女，虽说是交际花，却一向很守规矩，出入时从不招摇，更不往家里带不三不四的男人，正因如此，邻里之间睁一只眼闭一只眼，彼此倒也相安无事。

可是听周嫂眼下这语气，这位邱小姐难道领回来人了？真要是这样，为着红豆，这房子无论如何赁不下去了。

周嫂神神秘秘地说：“刚才我回来，在楼下撞见一个年轻人，穿一件白衬衣，斯斯文文的，长得哟，那是真俊，就不知为什么在打听三楼那个邱小姐。我正好路过，就给那个人领了路，越看越觉得这年轻人眼熟，后来一想，这人不是纱业巨子嘛，好像是姓贺。”

“纱业巨子？”

“那个纱业大亨贺孟枚的二公子啊，上一回大少爷拿回来的报纸我还看到过，说这人系留德学工程回来，学问、模样样样出众，就不知为何一回来就卷入那桩——”

虞太太极严厉地大咳一声，冷而硬地发话："周嫂，灶上煨着牛肉，火候应该差不多了，你去看看要不要关火，顺便再去洗点青菜。"

周嫂连忙闭紧嘴巴，往厨房去了。

红豆也听说过那桩新闻，但错过了那份刊载贺公子照片的报纸。出于好奇,明明感觉到背后来自母亲的两道灼灼目光,她仍悄悄打开门,往外头看去。

就见二楼通往三楼的楼梯间站着两个人，暮色朦胧，看不清那男子的模样，单觉得他身形秀拔，偶有一句两句传来，嗓音低沉清冷，显得非常年轻。

略说了几句话，邱小姐便扭着纤腰款款上了台阶，一下子拧亮回廊里的路灯。可是就在这时候，那男人却低下头去点烟，仍未让虞红豆看到正脸。

她兴趣顿失，在母亲的注视中回了里屋，一边走一边伸懒腰说："哎，明天就要回学校上课了，我复习功课去。"

到了卧室，她伏在西洋彩绘玻璃窗前，闲闲地往下看，本意是瞧哥哥，不想却看到了一辆自行车。那车停在一楼彭裁缝铺门口，约有五六成新，被铺子里射出的橘黄色灯光一照，整个车身都泛着浅浅的金属光泽。

她想了一想，楼里并无其他新来的客人，那么这辆半旧自行车只可能是那位贺公子的。

她简直惊讶，近日风气浮夸，人人恨不得把"阔"字写在额头上，手里略有点钱的，譬如买办明星之流，动辄洋车出行，像这等轻车简行的富人，还真是不多见。

她歪头思索了一会儿，见哥哥还未回来，便弯腰到床下拖出一个纸箱，翻出数月前的一宗新闻。

报纸乃是一份名气不大的花边小报，新闻则是三个月前的旧新闻。

标题写着："古有郓县武潘氏，今有沪上美娇娥，某贵户因叔嫂不伦，险酿家庭惨剧！"

通篇未点名道姓，然而从行文中透出的一鳞半爪，不难猜出所指的是那位纱业大亨贺家。

譬如“该缙绅共两儿两女，大小姐及大公子乃是原配所出，而后两名子女，则系继妻所生”，又“大公子去年登报声明结婚，婚礼在卡尔登大酒店举行，当日名流云集、车马骈阗”云云。

随后便笔锋一转，写道：“大公子这位娇妻原与二公子是同学，虽身嫁大公子，心却暗系二公子。二公子留洋回国后，叔嫂二人日夜相对，为旧情所触动，终至暗通款曲。此事被大公子侦知，大公子大怒之下，拔枪欲射杀爱妻，幸而及时为人所劝，未铸成大错，然二人婚姻已如裂帛，断难存续，兄弟更是自此反目。”

文章比照鸳鸯蝴蝶派的写法，笔底生花、活色生香，哪怕隔着铅墨，仍能感受到撰写者喷洒而来的飞沫。

桃色新闻向来为人所好，何况出自这种数一数二的缙绅之家，在得爆这桩丑闻后，这家报社的报纸一夜之间便名声大噪、人人争相抢购。

红豆家里的这一份，还是哥哥从楼下彭裁缝家讨来的，但哥哥当初找来这报纸的目的不是为了看贺家的桃色新闻，而是为了一桩上面的寻人启事。

时隔三月，红豆先不理会那寻人启事，单看这桩贺家新闻，简直处处经不起推敲。

比如这位多情嫂嫂如果真心喜欢小叔子，一年前为什么要嫁给大哥？当今社会讲究革故鼎新，父母之命媒妁之言那一套早不流行了，贺家较之其他富户，走的又是文明路线，倘若对方小姐不愿意，断没有强娶的道理。

且报上说贺二公子四年前便留洋了，今年才回来，如果真与嫂嫂有旧，他为何不赶在去年举行婚礼前回国，偏要等生米煮成了熟饭，再行偷鸡摸狗之事？

捧着那报纸，她啧啧摇头。人们在听到这种糟污的新闻时，往往偏听偏信，哪怕这文章漏洞百出，也懒得计较真伪，以至于以讹传讹，最后赤舌烧城。想来当初看了这则新闻后，不管贺二公子贺云钦如何自证，人人都认定了他跟嫂嫂有不伦之恋。

不过该小报并未风光太久，没几日便宣告关张，而撰写文章的记者为了暂避风头，连夜想要逃离上海，怎料人刚到车站，便被人逮住闷头夯了一顿，听说骨头都被夯断了好多根，不用想也知是贺家授意下所为。

更讽刺的是，周嫂说，在这桩丑闻爆出之前，贺家为了祝贺二少爷留洋回来，曾在好几家报纸上登载了贺云钦的博士全身照，认真算起来，街头认得贺云钦的人不算少。

想来后来出事后，这位贺某人不管去哪儿行走，都少不了被人指指点点，然而刚才匆匆一瞥，红豆又觉得这人出入都很泰然。也不知是真措置裕如呢，还是觉着自辩无用，索性破罐子破摔。

红豆在推敲好玩的事情时，向来是天马行空、自由挥洒，用圣约翰大学林牧师的话来讲，“这孩子有点恶趣味”，这一点，红豆自己也承认。

正想得乐不可支，就听底下嚓啦一声，似是有人出来了。

她本就懒散地斜倚着窗口，听得这声音，眼睛不由得往下飘去。

就见一个高挑男人下了台阶。

诚如周嫂所说，这贺云钦上面穿件西式白衬衣，底下一条西装裤，行动间挺拔简利，不见半点纨绔习气。

只可惜从窗口往下看，只能看到他的头顶。

他径直走到自行车边上，并不立即上车，而是站在铺子前的路灯下，一声不响地吸着烟。

又过得片刻，他忽然掐熄了烟头，抬头往楼上看来。

红豆忙将上半身往后一仰，免得跟这人对个正脸。

一错眼的工夫，只觉得这人生得朗眉星目，比哥哥还年轻一两岁。

等了一会儿，迟迟没听到贺云钦骑车离开的动静，她有些不耐烦，便借着窗帘的遮掩再一次往外看。

就见这人站在原地，似乎仍盯着楼上。

红豆不怀好意地想，这贺云钦也许跟三楼的邱小姐陷入了热恋，因为一份相思之苦，所以才不舍离去。可是细究之下，又觉得他脸上那抹神情很怪，于探究之中还带着些许玩味，像是楼中某样事物让他大感兴趣似的。

这老房子能有什么让他感兴趣？想来想去，也只能是邱小姐。

偏偏这时起了风，那风带着点凉薄的秋意，从窗外徐徐灌入，吹起两边低垂着的细白雪纱。

红豆唯恐桌面功课被拂乱，正要按住那窗纱，就在这时候，彭裁缝家的两个胖半大小子嗒嗒嗒地从铺子里跑出来了。

两个孩子见了贺云钦，也不怕生，只笑憨憨地将他围住，一个劲地问长问短，彭太太在铺子里扯着嗓子斥了两声，全无效用。

好在那贺云钦倒没不耐烦，跟那两个孩子说了几句话，又从裤兜里掏出一样东西，随手递给彭家小儿。

想是惠而不费的糖果之类，两个孩子接过那东西，欢呼着跑开了。

贺云钦临走前回头又往楼里看了看。

不过很快，他就转过脸，上了车潇洒离去。

红豆将窗帘合拢，拧亮桌边的台灯，逐一看那旧报纸上的新闻。

果然，右下角有一则《寻人启事》。同那位失踪的大明星陈白蝶一样，这则启事旁也附有一张小照。

相中人圆盘子脸，十八九岁，梳一对长而粗的麻花辫，像是头一回照相，两只手不知如何摆放，只顾紧紧绞着二蓝布斜襟袄子的下摆。

启事里说这姑娘叫王美萍，半月前从绍兴来投奔在沪的舅舅、舅妈。头天夜里在绍兴上了火车，本该于次日傍晚抵沪，可是王美萍的舅舅、舅妈——周先生、周太太，从下午到凌晨，一直等到火车站关门，都未能等到王美萍。

两人只当王美萍改了行期，或是临时未赶上火车。回家一商量，周先生次日去车站继续等王美萍，周太太则带着几个孩子在家守候。

与此同时，夫妻俩还拍了一份电报到乡下去。

谁知一等四天，王美萍仍未见踪影。乡下复电回来，也说王美萍四天前便上了火车。

周先生、周太太这才慌了手脚，忙去报馆拍寻人启事，又夤夜去警署报官。

记得哥哥拿回这报纸回来研究的时候，她曾在旁边瞄过一眼，然而这位失踪的王女士不比大明星陈白蝶，并不能立刻勾起她的兴趣。要不是今日听周嫂提起贺家的桃色新闻，她几乎都要想不起这个人了。

一晃三个月过去，也不知王美萍回家了没有。

第二章

红豆第二日起来，才得知哥哥昨晚很晚才回来，天不亮又走了。

吃早饭的时候，虞太太呶呶不休，无数次感叹儿子当差不易。

好不容易吃完饭，红豆回房间取书包，时间不算早了，要想不迟到，一会儿须得骑车上学，便舍了洋裙，找出长衣长裤来穿。

刚换好，母亲就将一件刚织好的绒线衫拿进来，让她穿上：“今天比昨天凉了不少，可不能再穿单衣了。”

红豆看那绒线衫，浅浅的鹅黄色，绒绒的不算厚，胸前钉了一排雪点子似的圆珠子，颜色是珠光白，跟鹅黄配在一起，意外地显得别致。

她忙接过来穿上，笑嘻嘻地大嘬母亲腮帮子一口：“谢谢妈。”一阵风似的背着书包出去了。

今天第一堂是全系令人闻风丧胆的国文课，“迟到”便意味着“灾难”，即便胆子最大的学生，也从不敢在这堂课上出幺蛾子。

女儿一到周一就这样，虞太太早已见怪不怪，只跟在女儿身后叮嘱道：“晚上要是你哥哥回来，就叫辆车去趟你舅舅家，把节礼送过去。”

红豆应着出了门，谁知刚跑到楼下，就见门口立着一个浓眉大眼的高个子年轻人，不由得一喜：“哥，你回来了？”

虞崇毅原打算回家取样东西，不想撞上红豆出来，忙立定了上下一扫，见妹妹行色匆匆，心知她恐要迟到，便皱眉说：“你怎么才下来？”

红豆被这话一提醒，再顾不上跟哥哥搭话，将自行车推出来道：“哥，我先走了。对了，你今晚什么时候回家，妈要我们给舅舅家送东西去。”

虞崇毅略一犹豫，将路上刚买的桂花糖递给红豆，接过那车把说：“回回都这么横冲直撞的，也不怕马路上出事。今天还有点时间，哥哥送你去学校吧。”

红豆喜出望外，忙收好那桂花糖，跳到后座上：“好咧。”

彭太太坐在铺子门口的杌子上，正给两个孩子喂早饭，见了这情形，由衷称叹：“难得看到这么和睦的兄妹，真真让人羡慕，哪像我们家这两个小人，从早到晚吵嘴。”说话的工夫，还佯怒戳戳大儿子阿元胖鼓鼓的脸颊，惹来阿元一串稚气的不满咕哝声。

彭裁缝拿着一卷软尺从里头出来，笑着应道：“还不是人家虞先生、虞太太教得好。”

他三十出头，生就一双眯眯细长眼，不笑时也一副笑模样，就是太黝黑矮小了些，尤其是跟肥白高壮的彭太太站在一起时，足比妻子矮半个头。

红豆老觉得这两口子一个像白汤圆，一个像西洋芝麻糖，当下扬脸一笑道：“彭先生、彭太太说笑了，阿元、阿宝这才几岁，等他们长大了，自然也懂得兄友弟恭的。”

虞崇毅待红豆坐稳，招呼一声说：“走了。”一踩脚镫，自行车像箭一般冲了出去。

红豆家所住的弄堂离圣约翰大学不远，路上只需绕过一条马路并一个园子，算起来不过一刻钟。

兄妹俩迎着秋阳疾驰了一会儿。红豆抬手压住乱飞的发丝，问哥哥说：“哥，你还记得之前找彭裁缝看报纸的事吗？那个王美萍找到了吗？”

虞崇毅顿了一下才想起妹妹说的是谁，慢慢说：“哦，她啊，没找到。”

“她是不是被拆白党绑票了？”红豆好奇地追问，“那帮人没跟她家里要过赎金？”

虞崇毅奇道：“谁告诉你她是被绑票了？”

红豆耸耸肩：“我猜的。好好的一个大活人，就这么离奇失踪了，总该有个说法。”

虞崇毅知道妹妹向来喜欢拣这些新闻来看，见她大发议论，倒也不觉奇怪，只认真说：“这几月我们也逮了不少拆白党，细问一圈下来，没一个有王美萍的消息。如果当初贼匪是冲着钱绑票她，她一个乡下姑娘，又是独身出行，身边所带财物想来也有限，而且事后这几个月，她家里人也从未接到过绑匪打来的勒索电话。”

若是图色，他和同僚这些日子把上海那些明娼暗娼摸了个遍，始终没能找到跟王美萍相像的被拐来的“新货色”。

其实上海一年到头不知要丢多少人，哪能个个都大费周章去找寻？之所以在这个王美萍身上花了这么多工夫，还不是因为王美萍有一个小有名气的舅舅。

这人叫周同强，是沪上一位小有名气的学者，家境虽清寒，骨头却硬，每写起文章来，针砭时弊、臧否要员，篇篇议论都辛辣无比。

警署的长官想是畏于周同强在上海有一定影响力，才特意交代下来要仔细查访。

然而一找数月，他们将租界那些收容所、歌舞厅、教会医院，乃至郊区的收尸场都翻了个遍，依然毫无头绪。

怕妹妹继续追问，他略有些心虚：“没找到不等于人没了，像王美萍这样旧式家庭里出来的女性，一年总有几例离家出走的，许是为了追求自由恋爱，跟人私奔也是有的。”

虽然听出哥哥话里的敷衍之意，红豆却承认这并非不可能。

“那个大明星陈白蝶呢？”红豆想想又问，“你们这几天这么忙，就是忙着在找她吧？”

虞崇毅叹气说："可不是。"

不少名流与陈白蝶有来往，她这一失踪，警察厅上上下下都跟着人仰马翻的。就拿昨晚来说，他就是奉命去法租界陈白蝶名下的一套公寓里搜查，忙了半晚上才消停。

"那你们有线索了吗？"

"没有。"转眼间就到了圣约翰大学门口，虞崇毅刹住车，"到了，下来吧。"

红豆下了后座,往哥哥脸上看去,不知为何,她总觉得哥哥今天有些颓丧。

虞崇毅扭头对上妹妹打量的目光，迟疑了一会儿，忽道："红豆，要是哥哥换一份差事，你觉得怎么样？"

红豆一愣，换差事？好端端的，这是从何说起？

虞崇毅像是千头万绪不知如何开口，默然了许久，最后抬手摸摸妹妹的头顶，苦笑着说："好了，先去上课吧，回头再说。"

红豆只好道："好吧。"

抱着书包往里走了一段，她又回过头，冲哥哥龇牙笑道："哥，你是不是交女朋友了？就算要瞒着妈，可千万别瞒着我呀。"

虞崇毅理都没理这话，一踩脚镫便扬长而去，只远远说："下课跟同学早点回家，要是有空我就来接你。"

红豆边走边暗自揣测。

父亲在世时，做的是皮货生意，为了攒下一笔家财，常年在外闯荡。哥哥那时候不懂事，活像一个空心大萝卜，根本静不下心来读书，成日只想着玩。虽也跟父亲出去历练过几回，却半点生意经也没学到。

父亲染肺病去世后，哥哥成了家里唯一的男人。仿佛一夜之间，他就长大了不少，懂得顾家，也懂得体谅母亲了。

当时北平形势不好，连带上海这边风声也紧。母亲怕打仗，干脆关了皮货铺子，又将父亲留下的产业一一变卖，一部分折算成现款，另一部分折算成金条，撙节着用度，仔细打理一家三口的生活。

此后时局稍稍清朗了些，哥哥未能考入大学，不愿就此在家赋闲，便去拜谒父亲生前一位友人，请对方开具了一封介绍信，到警察学校去读书。

当时沪上警署招学员尚未形成严格的一套系统，哥哥毕业后，顺利进入警察厅下属公共租界的一个辖所，成了一名警察。

然而如今警察“名声”在外，自上而下，鲜有不尸位素餐者，哥哥混迹其中，只能和光同尘。

譬如那个王美萍的案子，哥哥当时还曾特意找来不同报社登载的寻人启事来看，可见哥哥为了破案，十足下了功夫，可惜独木不林，单他一个人使劲又有何用。

他又素来秉性纯直，长久下去，免不了会郁郁不得志。

可是，如果哥哥不做警察了，又打算做什么营生呢？

路上，红豆碰到了同学顾筠和肖喜春，彼此心照不宣对了个眼色，齐齐往课室赶。

课室盛况空前，一眼望去，乌压压全是人头，想来学生们都畏于“严夫子”的威名，无人敢随意缺课。

严夫子是国文系教授，有着过目不忘的惊人本领，自第一堂课始，便不动声色对着花名簿，将所有学生的相貌记在心里。

此后上课从不点名，只需举目一望，便可知哪位学生未来。

缺课一次，本门成绩作废，迟到两次亦然。

又规定作业必须墨笔恭楷，若有潦草敷衍者，只要累计达三次，立刻剥夺期末考试的资格。

多年来铁面无情，就算校长前来说情也无用。

红豆刚在教室后排坐下，便发现课室里有些陌生面孔。新学期伊始，多半是从外系转来选修的学生。

她注意到坐在第三排正中间的那个女同学生得秀谧温婉，衣裳也做得极为俏巧，不由得多瞧了几眼。

“那是贺孟枚的四千金。”顾筠悄声说。她生就一张小圆脸，脸上架着一副圆镜片，据她自己说，因为父亲是报社社长，所以从小家里有许多书供她阅读，一读多年，终于读成了近视眼。

红豆一吓，这是何等的巧合，昨天才看见其兄，今天便看见了妹妹。

“而且我们这学期会来一位新的音乐老师，跟贺四小姐有着密切关系，同时还是沪上有名的大美女，你猜，会是谁？”顾筠消息广博，每逢周一，便会带来不少新闻。

要是没有昨天那桩旧闻，红豆恐怕怎么也想不到答案，可是这时候脑瓜子一动，居然有了一点猜想，刚要搭腔，便有一位白发苍髯的老者快步走了进来，正是严夫子。

他今日穿一件皱巴巴的蓝色丝光棉长袍，满头乱蓬蓬的银发，项下纽扣又忘了系起，却丝毫不损及他的威严。一到讲台，他便将手中厚厚一沓作业扔到桌上，痛心疾首地喝道：“暑期功课有半数不及格，我竟不知你们如此慢怠功课，须知等你们知道用功时，徒惊岁晚而已，你们尽管敷衍先生，愧我老矣，精力委实有限，只能用些‘好’法子来统一逼逼你们。今日功课，全部拿回去重写！”

这一声暴喝，瞬间让教室里的氛围降至冰点。

前排有个女生似乎格外胆小，一惊之下，瑟瑟抖个不停，不一会儿便身子一歪，软软倒了下去，惹来一片惊呼。

红豆忙往下一看，是那位贺家千金。

有人急声道：“贺同学这是犯了西洋医学所说的‘低血糖’，哪位同学有糖，快，快拿给贺同学吃。”

教室里顿时骚动起来，严夫子哪想到自己一嗓子吼倒了一个学生，虽竭力维持着镇定，暗急之下，不免也跟着扬声道：“谁有糖？”

红豆想起来时路上哥哥给自己的那包桂花糖，忙取了出来，起身朝贺四走去：“我有糖。”

走着走着，突然不合时宜地冒出一个念头：难怪昨天那个贺云钦随手就能掏出糖果给彭家小子，难道时刻是为了他妹妹预备的？

这边红豆走到第三排，外面正好一群人路过，其中有位身穿珠纱灰旗袍的年轻女士无意中往里一看，顿时大惊失色：“四妹。”

忙快步走来，一边走，一边从腕上小包里取出一块朱古力似的物什，可没等到她走到跟前，红豆已将手里的桂花糖送进了贺小姐的嘴里。

贺小姐很快悠然醒来，看到那女士，轻声道：“大嫂。”

红豆暗吃一惊，原来这人便是那位传闻中跟贺云钦“有私”的贺家少奶奶？再看对方时，便存了打量之意。

就见这人二十三四岁，长相略有些欧式，高高的鼻梁，长而秀的眉。

虽说已入了秋，却仍穿着短袖旗袍，珠灰衣料似是舶来品，极为明滑光软，笼在身上，一寸不紧、一寸不松。前胸处春云拥簇般绣了好些别致的花样，越发衬托得胸脯饱满。定睛一看，绣的是白梅。

跟贺少奶奶一同进来的还有外文系的汪玫莉主任，两人似乎私交不错，汪主任直呼贺少奶奶为“明漪”，又建议带贺四到学校旁瑞士人开的西医诊所检视。

贺少奶奶像是接纳了这提议，安慰贺四几句，便要扶她起来。

谁知贺四低头看见红豆手里的那包桂花糖，愣了一下，回头看向红豆，柔声道：“谢谢你。”

红豆笑笑：“你好些了吗？”

贺少奶奶这才看向红豆，打量一番，微露笑意道：“原来是这位同学拿来的糖，刚才真是多谢你了。你叫什么名字？也是外文系的？”

“我叫虞红豆，是教育系的。”说话时，红豆注意到贺四自清醒后便始终紧紧依偎着贺少奶奶，看来姑嫂两人感情不错。

贺少奶奶颔首笑说：“可是巧了，再过几天我们又能见面了。”说完这句话，她像是急于带小姑子去检查身体，并未加以解释，只笑了一笑，转过身来，同讲台上的严夫子打声招呼，搂着贺四便往外走。

他们这一走，同学们蠢蠢欲动，大有彼此交谈的愿望，被严夫子一声大咳，复又变得鸦雀无声。

红豆回到座位，顾筠推了推鼻梁上的镜片，低声说："我说得没错吧，段明漪就是我们这学期新来的乐理老师。"

原来贺少奶奶叫段明漪，难怪刚才说过几天会再见面，要知道乐理课可是教育系的必修课，人人都绕不过去的。

严夫子开始讲课了，两人不敢再明目张胆地交谈，顾筠取下衣襟上别的那支金笔，在纸上沙沙写下两个字："厉害。"

红豆表示不解，执笔回道："什么厉害？"

"段明漪。"

红豆用笔轻轻敲了敲下巴，垂眼看着那三个字，也不知顾筠是指段明漪身负桃色新闻仍能应付裕如，还是指她能将与丈夫隔母的小姑笼络得这么好，好像无论从哪一点来看，的确都当得起"厉害"这两个字。

第三章

下课后，肖喜春和梅丽贞要去上农艺课，红豆则和顾筠去钟楼底下的课室听《法兰西文学史》。

路上遇到政治系的几个男同学，望见红豆，推推挤挤便走过来，其中一个叫秦学锴，长得高高瘦瘦的，笑着问红豆：“虞同学，这周末我们团契有活动，你来不来？”

红豆不大提得起兴趣的样子，懒洋洋地想了想说：“周末我兴许无事，什么活动？能预先说说吗？”

学校里有好些团契，其中一个便是所谓“西洋神秘学”，她觉得很有意思，便拉着顾筠入了会。会员约有四五十人，隔三岔五便聚上一回，有时候找一些神秘文学的资料进行讨论，有时候只共同朗读一些翻译小说。

现在这团契的会长便是秦学锴。

秦学锴眼睛亮亮地看着红豆，见她的脸庞在暖阳照射下，越发显得嫣润娇俏，声音不由得有些发紧：“我们打算几个系举行一次大型的读书茶话会，专门交流沪上的神秘事件，到时候隔壁震旦大学的几位学生、新来的一位德国副教授，以及上过报纸的王彼得探长等人，都会一同来参加，不单只讲神秘事件，还有好些有趣的真人真事分享。你要是来的话，一定会大有收获的。”

顾筠被秦学锴无视许久，不满道：“秦学长，我也是团契成员，怎么不见你邀请我参加？”

秦学锴微微一笑说：“因为我知道顾同学是虞同学顶好的朋友，邀请了虞同学，就等于邀请了顾同学。两位同学，到时候一起来吧。”说后一句话时，眼睛却是盯着红豆的。

他知道红豆对这方面的主题最有兴趣，很有信心红豆会愿意参加。

红豆果然意动了：“好吧。到时候同学们在哪里集合？”

聚会地点在新亚茶社，时间则定于礼拜六的下午三点。

秦学锴又说起茶话聚会拟订了好几个具体议题，每个议题都很有内容，彻底引起了红豆的兴趣。

红豆欣然答应：“只要到时候家里没有事，我就来参加聚会。”

秦学锴高兴得脸都涨红了几分：“那就这么说定了，礼拜六下午不见不散啊。”

双方分了手，红豆和顾筠继续往课室走。

路上，顾筠发表议论：“红豆，你对秦学锴是什么看法？你不会不知道他对你有着好感吧？”

红豆低头整理着怀里的课本：“我对他的看法由始至终没有变过。”

“不是你的那杯茶？”这是林牧师的口头禅，有一回在文学课上，林牧师讲述自维多利亚时期兴起的茶文化，大谈他们英国人是如何爱喝茶，即便一战时期也会冒险进行茶叶的海上贸易，从早到晚茶不离口。他还由衷感叹：“茶和瓷器是中国人对世界最伟大的贡献。”

上课时间尚早，两个人在草坪旁的小径上慢慢地走，道旁的梧桐树染上了薄薄一层秋色，被风一吹，一片簌簌声响中，无数叶子离开枝头，四处飘坠。

红豆咈呀咈呀吹着颊边掉落的一缕发丝，对发丝的兴趣都比对秦学锴来得大。

顾筠点点头说：“其实秦学锴算很不错的了，功课好，能力也出众，为了引起你的注意，老是想方设法弄些聚会，他在校刊上发的新诗你看见没？写得很罗曼蒂克的，换作别的女同学，也许早就接受他的追求了。”

红豆“噫”了一声：“顾筠，怎么连你也变得俗不可耐了？你不是一向倡导自由恋爱吗，恋爱的前提难道不该是两个人互相吸引？就算秦学锴完美得像一尊罗马雕像，到了我这里，没兴趣就是没兴趣。”

顾筠无奈叹气：“看来这是一点办法都没有的事了。红豆，你这么刁钻古怪，以后也不知什么样的人才能入得了你的眼。”

红豆狐疑地眯了眯眼：“顾筠，你今天真的很奇怪，说起话来全不像你平时的口气。老实讲，你这么帮着秦学锴说话，是不是他给你什么好处了？”

顾筠肩膀一耷拉，坦白说：“秦学锴的确托我向你打听你对他的看法，我起初是不答应的，可是经不住他再三前来找我，而且他听说我跟着父亲在做明清文化研究，不知从哪儿弄来一幅朱耷的《折梅》小画，虽然我一看就知道那是后人的仿迹，但算起来也有上百年了，可见他为了追求你，连你身边的人都知道投其所好，可真是没少下功夫。”

红豆气了个倒仰：“一幅仿画就差点让你把我给出卖了。”

顾筠抱紧怀里的书：“我可没有收那幅画。我知道恋爱的基础是自由，怎么可能不尊重你的意愿？我只是同意帮秦学锴打听你的想法，别的可什么都没答应。”

她毕恭毕敬地一鞠躬：“红豆同学，下次我绝不会这样了。”

红豆声调扬起来：“下次？难道你还想有下次？”

“绝没有下次了。”顾筠挺直腰板说，“这一次也是我想岔了，所以才办了糊涂事。以后无论哪个男同学托我打听你的看法，我都绝不会再答应了，红豆，请你原谅我。”

红豆哼了一声，迈开步子就往前走：“这次如果你不请我个十来回‘小有天’，休谈原谅二字。”

顾筠家境殷实，当下拊掌笑道：“十次‘小有天’算什么，再加两回大世界的电影票并一套莎士比亚的原版精藏本如何？”

红豆收住脚，扭头看顾筠，嘴角微翘，一副提得起地球的气度：“那就这么说定了。”

放了学，几个同学在校门口话别。

顾筠家里有车来接，肖喜春和梅丽贞各自骑了自行车，红豆在校门口张望了一回，没看到哥哥，知道他多半忙于差事，没时间来接她，便跟同学们告别，打算自行坐电车回家。

谁知这时门房的印度阿三探身出来，用一半夹生的上海话喊她：“密斯虞，喏，这是你的自行车。中午，你的哥哥送来的。”

红豆跑过去一看，果然见自己的自行车收在门房，车头前还挂着一个卡片，上面写着：“请交给二年级教育系的虞红豆小姐。”

一看是哥哥的字迹。

自行车并不便宜，家里统共只买了一辆，以前总是哥哥在骑，后来为了她上学方便，哥哥便把自行车让给了她，从此每天坐电车上下班。

比起挤电车，红豆自然更愿意骑自行车回家，喜滋滋地道了谢，紧踩几步车踏板，轻轻松松便追上了肖喜春她们。

就在这时候，一辆漆身黑亮的西洋轿车从她们身旁开过，后座上的贺竹筠无意中往外一看，忙推推身边的男人：“哥，快看，那个就是今天拿桂花糖给我的女同学。”

贺云钦正低头看报纸，被妹妹这一提醒，漫不经心一抬眼，刚好看见一位穿鹅黄色绒线衫的窈窕少女一晃而过，骑着自行车，速度还很快，一路说说笑笑的，声音被风送进窗内，清润流畅得好像一串音符。

他心不在焉地点点头，重又细看报纸，看到某行内容时，大起兴趣地扬了扬眉。显然，相较于外头那些女学生，报纸上的内容更引他注目。

贺竹筠却仍微笑看着渐行渐远的那抹背影，明明不过是骑着自行车，但从红豆洒脱的神态和扬起的笑脸来看，仿佛一只高高飞舞的风筝在蓝天里御风而行。

单那姿态就令人羡慕。

她自小体弱，出入极为注重保养，鲜有这么恣意的时候。

“我想我听从大嫂的建议选了圣约翰大学是对的。”她望着窗外说，“这才刚开学，我已经在学校里遇到了很多有意思的人，比如这个虞红豆，虽然才见了一面，但我老觉得她是个很幽默的人。可惜她跟我不是同系，又比我高一届，不然我很快就会交一个新朋友。”

一扭头，见哥哥正摸着下巴研究报纸，她不由得有些生气，微嘟了嘟嘴：“哥，原来你都没听我说话。”

贺云钦收起报纸，摆出认真倾听的姿态：“听了，怎么没听？这位同学跟你不同系，姓虞，叫虞红豆，很幽默。”又故作正经地问，“有你二哥幽默吗？”

贺竹筠捂着嘴笑了起来：“没有。谁也比不上二哥。”

贺云钦一笑，露出满口白牙：“想结交朋友也不急于一时，上了大学，有的是机会认识新同学。平时除了上课，各类活动也多，有你感兴趣的，尽管去参加就是了。比如这周末新亚茶社会就有一个活动，邀了我去，你有没有兴趣，要不要跟哥哥一起？”

“好啊。”贺竹筠想了想又道，“哥，对了，你回来以后收了那么多聘书，最后为什么偏偏选了震旦大学？今天我听大嫂说，在这些学校里头，震旦的工程学可不算顶尖的。”

贺云钦慢慢收敛了笑意，盯着贺竹筠看。

贺竹筠不知自己哪句话说错惹毛了哥哥，但她从未见哥哥在自己面前生过气，被贺云钦这么静静看着，并不害怕，只纳闷地回视：“哥，怎么了？”

贺云钦笑了笑，抬手摸摸她的头：“没事。震旦大学工程学名声不算顶尖，却也委实不差，而且平时课时安排少，清闲，方便我谈恋爱。”

贺竹筠脸一红：“哥你有点正经样子行不行？你要是真谈恋爱了，怎么会连个女朋友的影子都没有？”

贺云钦双手插在裤兜里，回答得很敷衍：“也许哪天就能领回去一个了。”

贺竹筠撇撇嘴，哥哥顶爱拿她开玩笑，这些话半真半假的，她一句也不信，倾身把二哥的衬衫衣袖扯上一点，她低头看他的腕表，才五点：“哥，一会儿回了家，你帮我仔细挑几样礼物，我想拿到学校去送给系里的先生们。”

贺云钦讶笑道：“家里那些东西无非是些金银玉器，送先生们可不合适。”

贺竹筠顿时没了主意：“那送什么好？”

贺云钦说：“我那儿有些德国自来水笔，还有一些锡兰买的珐琅书签，你拿到学校去送人。”

贺竹筠想了想，深觉这种礼物既体面又不突兀，高兴道：“还是哥哥心细。”

贺云钦笑着捏了捏她的脸颊：“往后多在外头认识新朋友，不要老闷在家里。”

贺竹筠虽觉得哥哥这话似乎意有所指，仍点点头说：“那是自然。”

第四章

红豆到了家门口，下车跟彭裁缝和彭太太打声招呼，推着自行车往楼内走，尚未来得及拉门，忽觉车身一轻，回望一眼，原来是住三楼那位向先生回来了，想是见她推自行车有些吃力，随手帮她一把。

她忙笑道：“谢谢向先生。”

向其晟点了点头，擦过红豆身畔，飘然走向门廊深处。他这一动，头上中分着的头发不小心跌落一缕到镜片前，他似乎恍然不觉，连手都未抬。

红豆目送那瘦削的深蓝色背影远去，无所谓地耸耸肩。向先生向来是这样，一身的诗人气质，常年郁郁寡欢。

听说他在震旦大学任教，教的是文学，早年间在英国留洋，回国后发表了不少诗和文章。红豆在学校图书馆借书时，有幸在杂志上拜读过几篇。

其中一篇痛骂鸦片和妓女，言辞甚为激烈，说烟鬼和妓女生而为人，却行狗彘不若之事，两者皆为世所贱，是社会亟待解决的毒瘤。

由于这篇文章观点极端，给红豆留下了深刻的印象。按照她原先的设想，邱小姐搬进来后，向先生会因为耻于邱小姐的职业，立刻搬离此处，不想竟彼此相安无事，一住至今。

不怪周嫂整天嘀咕说向先生恋慕着邱小姐。

到了家门口，前来应门的是周嫂，母亲不在客厅，家里静悄悄的。

周嫂对红豆努努嘴：“太太刚从舅太太家回来。”说完眨了眨眼睛，低声补充一句，“像是在生气。”

红豆一怔，早上母亲不是才让她和哥哥晚上去舅舅家送礼吗？谁知白天她老人家倒自己去了。

到了里屋门口，她拧了拧把手，门锁着。敲了敲门，半天才听到由远及近的脚步声。

门一开，她还没来得及看清屋里情形，就被母亲一把抓着胳膊拖进了屋，飞速关上了门。

红豆讶然抬头，望见床上那两个小箱子，心里有数了，母亲这是又在数金条呢。

这是母亲生气时惯有的毛病，照她老人家自己的说法，就算有天大的气，只要面对着这些黄灿灿的物什来回数上几遍，百气皆消。

这些金条虽不算多，却是父亲辛劳半生攒下来的心血，若是俭省度日，足够他们一家三口后半生过活了。

“您这又是怎么了？”她平静地看着母亲。

虞太太闷声不响走到床边，将那些金条一一收回箱子，没好气地说：“往后不要去你舅舅家了。”

红豆心里早已有了点影子。母亲白天才去了一趟舅舅家，回来便如此反常，多半是因为在舅母那里受了气。

舅舅在南宝洋行任职，几年前升了大买办，因手头渐阔，不久便搬进了公馆，如今家里用着两个当差，处处都讲究，就连两位表姐出入都是一副阔小姐的派头。

其实父亲在世时，舅舅不过是洋行一个小小的书记员。

舅妈见哥哥生得一表人才，虞家生意做得也还算火热，曾提过给大表姐跟哥哥结亲，父亲和母亲当时都顶喜欢大表姐，便怡然接受了这个提议。

谁知不久父亲去世，皮货铺关门，虞家日渐萧条，舅舅却渐渐发达起来。

后来舅妈见哥哥不大像会有大出息的模样，更决口不肯再提当年之事。

如今大表姐在震旦大学任文员，因为容貌出众，追求者众多，舅妈一心让女儿嫁个好人家，竟是有意开始疏冷两家的关系。

舅舅虽也略知妻子的打算，但一来忙于做生意，二来也想借女儿的好婚姻来巩固自己在洋行的地位，便默许了妻子的行为，只三不五时背着妻子偷偷给虞家送些吃用。

说起来，母亲早已不是头一回在舅妈那里碰软钉子了。

“说是大表姐现在好些人追求，什么公子、教授的不乏其人，话里话外都瞧不上你哥哥。呸！我还瞧不上她呢，就她这样的德行，再好的孩子都能被她带歪。你玉淇表姐小时候多讨人喜欢，现在不也学得势利起来？我倒要看看，你舅妈的两个好女儿以后能嫁给什么样的好人家！他们难道都忘了，当年三妹是怎么死的了！”

母亲一提起小姨就伤心，话未说完，嗓音已经发起哽来。红豆略有些慌神，暗自吐吐舌头，好在母亲还不知道哥哥打算换差事的事，要是知道了，必定又是一场好闹。

话说回来，哥哥前些时日半点不像厌烦了这行当的样子，突然间想换差事，是不是在警署里遇到什么难办的事了？

她假意看不见母亲眼角闪动的泪花，搂住母亲，故意轻描淡写地说：“母亲，哥哥又不喜欢玉淇表姐，硬要他娶，他也不会娶的。而且你还记得吗，上回我们学校的一位美利坚教授说了，表哥表妹结婚似乎是有危害的。玉淇表姐愿意嫁给谁就嫁给谁好了，也许哥哥以后找来的嫂嫂比玉淇表姐还要漂亮许多呢。”

虞太太愤然扬声说：“谁一定要她嫁给你哥哥了？我早就淡了这份心了，我只是气不过你舅妈……”

红豆干脆踢掉鞋子，躺在母亲的腿上，仰面看着母亲说：“妈，小时候都说玉淇表姐漂亮，但是上回哥哥可是亲口说了，我现在比玉淇表姐漂亮多了，前些日子去舅舅家时，我仔细对比过，也是这么认为的。”

虞太太见女儿一脸认真，“扑哧”一声笑起来，拿手帕狠狠擦擦眼泪，一指女儿凝脂般的脸颊：“不知羞。”这些年女儿五官越长越开，早已是个大美人了，照她看来，丝毫不比玉淇差，怕女儿野了心不好好读书，从不敢当着女儿的面提起而已。

红豆见母亲终于破涕为笑，暗松了口气，嘻嘻笑着说：“妈，我饿了，我们什么时候开饭，要不要等哥哥？”

虞太太听说女儿饿了，再顾不上伤心，拉着红豆起来，顺带抚了抚旗袍上的褶皱：“你哥哥最近忙着满上海找人，昼夜都颠倒了，哪还顾得上回家吃饭？早上回来时就说了，要我们娘俩晚上早些睡觉，不要等他。”

一连几天，哥哥的确早出晚归，红豆没能跟哥哥说上话，自然也就无法打听哥哥想要换差事的因由。

到了礼拜六这日，顾筠和肖喜春几个按照提前的约定，到红豆家楼下等她。虞太太见全是女学生，也就放心让女儿去了。

新亚茶社离震旦大学不远，是一座二层小洋楼，旁有一公园，环境幽僻，客厅里常年有法兰西的乐师驻扎，演奏地道的古典钢琴曲。

轻灵飘逸的音乐佐以咖啡和红茶，人若置身其中，常有一涤俗肠之感，加之这茶室西洋点心做得非常美味，在沪上名声甚著，因此不时有文人名流前来聚会。

红豆跟顾筠等人给门口的仆欧（侍者）出示了邀请函，入内一看，今日与会者甚多，偌大一个客厅聚满了人。

她们这边一露面，便另有仆欧领她们落座，好几道热烈的目光落在红豆身上，似有结识之意，红豆只当不觉。

她随意往厅中一看，一下子看到了好几个面熟的人，有一个穿着西式衬衫，高高地背立在窗前，被客厅里的树枝状巨型水晶灯一照，比她前几日刚看到时更潇洒出众几分，只是这人目光不知落在何处，显得有些心不在焉。

“原来秦学锴所说的那个德国副教授就是指的贺云钦？”顾筠微讶。她是报社千金，对贺云钦的新闻知之甚详，一眼就认出了贺云钦。

贺云钦身边站着那日晕倒的贺竹筠，她似乎一直注意着门口，看见红豆等人，略微一愣，忙放下手中的碟子，翩然朝这边走来。

红豆却只顾盯着厅中的另一个穿洋装的女郎，那女郎手里端着一个金耳咖啡杯，正热络地跟一位中年男子交谈，鬈发高高束起，露出一张丰丽的脸庞。

“玉淇表姐？”

玉淇只顾忙于跟面前那人交际，根本未注意红豆，大约讲到了非常有趣的话题，不时被对方逗得咬唇轻笑。

那人背影挺拔，年近中年，一手插在裤兜里，另一手则端着咖啡。银灰色马甲、笔挺西裤，两鬓头发梳理得一丝不苟，腕上尚有一块金表熠熠发光，交谈时似乎不忘压低音量，因而显得非常有绅士风度。

红豆看了一会儿便失了兴趣，转头正要跟顾筠说话，忽然眼前微暗，有人说道：“虞学姐。”

红豆抬眼一看，万想不到在这里遇见那位晕倒的贺四：“咦，贺同学？真是巧，你好些了吗？”

“好多了。”不知为何，贺竹筠一见红豆就想发笑，“谢谢虞学姐挂怀。”她虽性情腼腆，得益于多年来的家庭训练，待人接物并不如何局促，“这次茶话会邀请了我二哥，二哥怕我在家发闷，就带我一起来了，稍后有个议题会由他来主讲。”

说着，往身后一指：“那边就是我二哥。”

那边贺云钦早就注意到妹妹在与人交谈，见是个十八九岁的女孩子，料定是妹妹说的虞红豆，便草草打量一眼，见这女孩儿脸庞异常娇美，一双眼睛流盼生辉，从头到脚没一处刻意追求时髦，难得倒也不村不俗。

白衬衣外面套件墨绿色绒线衫，底下是双擦得极干净的黑色圆头皮鞋。头发用珠贝色的赛璐珞发箍箍住，清清爽爽地垂在肩头。身上似乎有一种明快憨欢的气度，自坐下之后便一直在兴致勃勃地观察厅中的人与事。

红豆没料到贺竹筠突然提起了她二哥，碍于社交礼节，不得不佯装惊讶看过去，谁知刚好对上贺云钦的目光。

他不知注视这边多久了，目光显然有打量之意，一支烟卷放在嘴里，另一只手抬起来正要点烟。细看之下，不愧跟贺竹筠一母同胞，不少地方生得挂相，只是他的鼻梁高直一些，眉毛也更飞扬几分。

见红豆看他，贺云钦慢腾腾将西洋打火机收回裤兜，冷不丁地，冲红豆展颜一笑，笑容乍眼看去无懈可击，细究之下，却有些敷衍的意味。

红豆一龇牙，回贺云钦一个不咸不淡的礼节性笑容。

贺竹筠捂住嘴，咯咯笑道："虞学姐，你真有趣。"

红豆一愣，不知自己哪里有趣了。

贺竹筠解释说："我二哥人其实顶好，就是有时候爱开玩笑，你千万别往心里去。"

红豆尽量让自己看上去很诚恳，笑呵呵地点头说："看出来贺先生人非常好了。"

贺竹筠抿嘴对红豆说："虞学姐，忘了说了，我准备了一些小礼物，想送给你们。"又冲顾筠等人说，"几位学姐，虽然我目前还无法一一叫出你们的名字，但我既然有幸成了圣约翰的一员，以后总有机会跟大家熟识的，我叫贺竹筠，非常高兴能认识你们。"

这番话像是预先有人教过她，一口气极流畅地说下来，说完便将带来的自来水笔送给红豆，又拿出珐琅书签一一送给顾筠她们。

她如此恳切，红豆几个少不得起身将礼物收下："贺学妹何必如此多礼。"

钢琴旁有人发表讲话，茶话会正式开始了。贺竹筠像完成了一桩大事一般，冲大家友善一笑，便含笑起身离去。

主持人是秦学锴。

第一次主持这等大规模的茶话会，他比平日稍显拘束，站在大厅当中，先是抬手扯了扯领结，接着又抻了抻西服的下摆，再开口时，声音出奇的高亢：“今天的议题内容空前丰盛，与会者更是沪上各个领域的人才……”

红豆对冗长的介绍词毫无兴趣，探身挑了一块仆欧拿来的茶点放到嘴里，又抬眼去找玉淇表姐，才发现她早已不在厅中了。

“想必大家都看过报上的《彼得专栏》，王探长身负奇学，解决过几起警察厅久未侦破的悬案……”

听到王彼得的名字，红豆终于来了兴趣，这人的专栏虽说故事真伪参半，趣味性却很强。在他撰写专栏期间，她不但篇篇拜读，更向哥哥打听过案件的原型，后来王彼得忽然停笔，她还失落了许久。

听哥哥说，这王彼得的确是有真本事的，帮警察厅查过几桩案子，还提出过好些中肯的建议。可惜自从换了警察厅长，王彼得就因为跟新厅长脾气不相容，再也不肯与他们合作，后来索性避去德国，连报纸上的专栏都罢写了。

现在警察厅想要请王彼得帮忙找些线索，简直不可能，他不是常年不在沪上，就是干脆装成酒鬼，以至于后来连他们都快忘了这个人的存在了。

“今天第一个议题，就由我们王彼得探长为我们讲述《沪上神秘事件》。”

众人一看，王彼得的座位上空无一人。

大家议论声渐起，秦学锴更是哑然失措，就在这时候，贺云钦突然冲秦学锴招了招手。

秦学锴忙快步走到贺云钦面前，听贺云钦低声说了几句，神色初定，自顾自到后面寻人去了。

不一会儿王彼得果然被找来，红豆一看，心顿时凉了半截，怎么王彼得与她想象中全不一样，竟是个干瘦矮小的老头儿，油光水滑的中分头，红红的一张倒三角脸，五官像被人胡乱捏了一把，滑稽地挤在一处。

好在这人穿衣还算讲究，身上西服十分合身熨帖，应是专门于西洋礼服店定制，并不像寻常酒鬼那般胡乱去成衣店买来套上。

王彼得像是刚痛饮一场，走路尚且不稳，幸而思路还算灵动，说起话来不见打结：“抱歉，抱歉，让先生们女士们久等了。”

他仿佛要醒酒似的，接过仆欧送来的清水喝了一口，放下茶杯，摇摇摆摆走到厅中，然后转过身来，懒散靠在钢琴上，款款说道：“在下研究沪上神秘事件数年，确有一定心得，为了这次茶会，我总共准备了三桩神秘事件，不知各位想要听哪一桩奇闻？在我看来，这些年最曲折离奇的当数电影院放映员杀妻案。”

红豆认真听了一会儿，越来越失望，王彼得果真被酒精糊住了脑筋吗，讲来讲去，全都是他原来在专栏上撰写过的那些旧案。

好在在座之人至少有半数未看过他的专栏，听王彼得颠来倒去讲些陈芝麻烂谷子，倒也不觉乏味。尤其是顾筠她们，以往从未接触过这些诡闻，头一回听人说起，居然个个都听入了神。

红豆无聊地吃了会儿点心，想起玉淇表姐，不由得再一次环顾周围，仍未能找到玉淇表姐，想是已提前离席。

王彼得讲完那三桩案件，按照预先的流程，本该谢幕，谁知他像是还未醒酒，忽然一时兴起道：“不知在座有没有兴趣跟在下玩个小游戏？我这儿有一副桥牌，稍后随机抽取一些花样出来，只要有谁能完整复述我发放的桥牌顺序和图案，我就帮这位聪明人解决一个亟需解决的棘手问题。”

诸人听到这提议，立刻便兴奋起来，一时之间，举手应声之人不在少数。然而等众人冷静下来，想到王彼得是难得一见的聪明人，他提出的条件必定有着异乎寻常的难度，厅中复又变得安静。

王彼得打了个酒嗝说：“各位料得不错，这游戏确属不易，这么多年，我只见过一个人记下了所有的桥牌位置和图案，喏，就是我这位好朋友，贺云钦博士。”

红豆朝贺云钦瞥去，这人正跟一位教授模样的人说话，身后不远有好些装扮时髦的女郎，全都被贺竹筠牵绊住。

原来把妹妹带出来，不单只为了增长见识，还可以让她替自己挡些不必要的麻烦。红豆看得暗暗称奇，这主意妙极，换作是她多半也会这么做。

王彼得再次开口：“我给各位半分钟的时间，如果大家都无兴趣，那么这游戏就只能取消了，”

红豆咬了咬唇，王彼得开出的条件实在诱人，哥哥最近在警署寸步难行，整日疲于奔命，甚至还萌生了辞掉差事的念头，要是能让这王彼得安心待在上海帮忙找寻陈白蝶，哥哥的处境会不会有所改善？

反正除了教国文的严夫子，她还没见过有谁比她更过目不忘。何况就算没能通过这游戏，也一点都不丢人嘛！

“哎，看来是无人能打破贺博士创下的纪录了。”王彼得摇摇头，看样子打算回到座位了。

红豆抢在其他同学之前站起来，说道：“王探长，我想试试。”

大家纷纷回头，贺云钦也转头看过来，看清是红豆，扬眉笑了笑，似在鼓励，又像是同情。

也是，这么多年无数人挑战过这个游戏，单贺云钦一人独擅胜场，这游戏的难度可想而知。

红豆笑嘻嘻道：“王探长，请发牌吧。”

第五章

王彼得请仆欧拿过来一个硕大的镏金托盘，将两副桥牌置于其中，亲自托了盘子，不急不缓走到红豆面前，行个西式礼道：“还未请教这位女士的名讳。”

红豆笑道：“我叫虞红豆，是圣约翰大学的学生。”离得近了，王彼得身上的酒气扑鼻而来，她对西洋酒没有研究，分辨不出是什么酒类，单觉得那味道格外辛辣。

王彼得仰脸慨叹道：“啊，圣约翰，‘Light and Truth’，光与真理，这可是你们学校的校训？”

红豆略提了提嘴角：“这是校训之一。”

王彼得颔首：“不揣冒昧地说一句，贵校这句校训也是鄙人毕生之追求，‘光与真理’——听上去何其诱人。”

虽是用诙谐随意的口吻说来，却一改之前的醉态，神情透着几分庄肃。

然而不等红豆答言，他话锋一转道：“密斯虞，你准备好了吗，我要开始发牌了。”

红豆挺了挺背，兴奋地点点头。

王彼得便转过身，吩咐仆欧开始计时，又将盘子里的牌扇形铺开，夹了第一张牌在两指之间，请红豆过目。

红豆定睛一看，尚未来得及出声示意，王彼得已将牌面扣回盘内，飞快翻开下一张。

盘子里的桥牌顺序提前被打乱了，点数究竟是大是小，花色是黑桃抑或红桃，全无规律可言。

怕作弊，王彼得又规定宾客们不得靠拢。众人立于一旁，见王彼得翻牌速度快得目不暇接，光是看清牌面已是不易，想要记下顺序和花色更难如登天，不由得都暗自为红豆捏一把汗。

王彼得显然常玩这游戏，很快便在规定时间内将数十张牌一一翻完，待最后一张牌掷回盘内，他微笑道："密斯虞，轮到你了。"

红豆定了定神，因为太过紧张，额上不知何时沁出了一层密密的汗，闭上眼，牌面仍历历在目，心知这影像稍纵即逝，需在最短时间内进行复述，便如同竹筒倒豆子一般，噼里啪啦说道："红桃5、方块Q……"

她说一张，仆欧便在王彼得的指引下翻转一张，接连十来张，张张都中。

王彼得神态甚是轻松，任谁玩这个游戏，只要是智力正常者，都能轻松复述前面的牌面，难就难在后面，脑海里那新鲜的画面会随着时间的流逝变得模糊，越到后面越混乱。

他随手端起旁边酒盘里的一杯白兰地，顺势跟一位震旦大学的学生聊起天来，从天气直聊到最近兴起的几家饭馆，话题广泛，声音不低，意在搅乱红豆的思路。

似是为了抵抗他的干扰，红豆清脆的嗓音陡然拔高了几分，且语速越来越快，一气不歇连说了数十张牌。

不知不觉间，盘内只剩最后十张未摊开的牌了，王彼得往嘴里丢了一颗酒渍樱桃，醉眼里终于兴起了浓厚的兴趣。

当只剩最后五张牌时，他缓缓将酒杯放回盘内，看向落地窗前的贺云钦。

贺云钦点了一根烟，脸上那副看好戏的神情始终未变。

无数人都折在这最后五张牌上，这位虞红豆恐怕也不例外。

红豆的速度果然慢了下来，需想一会儿才能说出一张牌面："方块J，嗯，梅花4，黑桃K，不对，是黑桃8。"

宾客们停止了议论，空气里的紧张气氛越来越浓，人们盯着最后那两张牌面，大气都不敢出。

红豆歪头又想了好一会儿，慢吞吞地说："唔，梅花A。"

王彼得提醒她："密斯虞，你只剩最后十秒了。"

红豆太阳穴上悄然滑落一颗汗珠。

最后一张牌因为恰好与她生日相撞，她侥幸记得数字，可是花色究竟是红桃还是方块，她怎么也想不起来了，若是说错，前面的努力等于白费，她无从打破贺云钦保持的纪录，更无法向王彼得提出任何要求。

游戏玩到这个程度，她怎么也不甘心就此放弃，冥思苦想了一会儿，仍是记不起，抬手拍拍脑门，印象反而越发稀薄。就在这时候，王彼得为了捣乱，还不怀好意地开始了倒数："五，四，三，二，一……"

红豆咬了咬唇，她骨子里天生有股冒险精神，既然记忆靠不住了，不如索性赌一把。

想起前几日报纸上那张陈白蝶的小照，那饱满的额头跟秀巧的下巴配在一起，多么像一颗红桃。

冲着这美人的脸形，就猜红桃吧。

她粲然一笑，在最后一秒到来前，冲口而出："红桃9！"陈白蝶小姐，能不能把你找到，全看你的运气了。

仆欧尚未翻开牌面，王彼得已然微微色变。

贺竹筠感染了现场寂然中的紧张气氛，回头看向二哥，不知何时，二哥嘴里的烟积了老长一截烟灰，浑然忘了弹。

仆欧翻开那张牌，果然是红桃9。

满堂哗然。

红豆暗道侥幸，不知该赞陈白蝶运气不错，还是该赞她自己运气好。

秦学锴带头鼓起掌来，大步走到红豆面前，昂奋地说："红豆，你真了不起。”

红豆微笑扬起脸，坦然接受来自四面八方的夸赞。

王彼得从怀里取出一张名片，歪歪斜斜地走到红豆面前，笑道：“密斯虞真让我刮目相看。既然你赢了这游戏，这是我的名片，本月的任何一天，你带着这名片到上面的地址来找我，把这名片递给门房，他自然就会告诉我你来了。不过我得提醒密斯虞，你提的要求不能涉及大宗钱财，更不能触碰现有的律条，否则我有权拒绝履行承诺。”

红豆道：“那是自然。”接过那名片，好奇地看了几眼。顾筠她们围拢来，都满脸羡慕。

跟同学们热热闹闹地说了一番话，下一场议题开始了。

回到座位，红豆想起刚才贺云钦那副高高在上的悠然姿态，忍不住睨向落地窗前，打算欣赏欣赏他此刻的表情。

谁知窗前只站着闲散的几位客人，贺云钦早不见人影了。

再一环视，不知何时，王彼得也走开了。

王彼得不紧不慢地踱到后面的一间茶室，推开门往里一看，贺云钦果然在内。

见他进来，贺云钦靠在沙发上，把腿伸直道：“想不到你为了找到一位得力助手，连这种馊主意都能想出来。”

王彼得到沙发另一隅坐下，摇头喟叹道：“谁叫我请不动贺博士这样的大人物，又不想随便找个糊涂虫，只能出此下策了。你也知道，我手里的资料浩如烟海，整理起来十足浪费时间，早就需要一个过目不忘的助手了。这位密斯虞能顺利通过这游戏，说明智力相当了得，有她帮忙，我的工作也会轻松不少。”

贺云钦不知为何脸色没刚才那么闲适，冷笑道：“你怎么知道她愿意给你当助手？也许她刚才不过一时兴起，过两天就把这事丢到九霄云外了。”

王彼得从西服兜里掏出一个小酒瓶，拧开瓶盖，喝了一口道：“这位密斯虞明知游戏难度不小，却敢在众目睽睽之下站出来应战，一来说明她极有好奇心，似这种性格，不大会排斥我手上那些稀奇古怪的工作。二来也说明她最近的确遇到了解决不了的难事，亟需外来的帮助。等她如约去我的寓所来找我，我就会以帮她为饵，诱惑她做我的助手。但凡是个聪明人，必定不会拒绝这要求，毕竟每个礼拜只需抽出两天时间来帮我整理资料，报酬又相当丰厚，还能顺便解决她遇到的困难，何乐而不为？”

他看一眼贺云钦，古怪地笑了起来：“你思路一向走在我的前面，我都能想到的事，你居然想不到？怎么，看到你的纪录被人打破了，觉得智力受到了挑战，不高兴了？”

贺云钦带着点藐视的口吻：“笑话。我从来没觉得这游戏有多了不起，打破纪录又有何难。”

王彼得倾身上前拍拍他的肩：“刚才那位密斯虞说到最后一张牌时，明显拿不定主意，这跟你当年一口气说完所有牌面可不一样。我想她之所以能猜对答案，多少也沾了点运气的光。可是，人生逆旅，谁又能说运气不重要呢？多少事情进行到最后，靠的可全是一点好运气。这个密斯虞不但聪明狡猾，更是鸿运当头，我们侦探所正需要这样的人才，就算她不来找我，我也会去找她的。”

贺云钦扬了扬眉，起身说：“那么就提前恭喜王探长找到一位称心如意的助手了，我还有事，就不多奉陪了。”

王彼得讶然道：“这就要走了？你该不是被我说中了心事，姑作遁词吧？”

贺云钦在门口立定，回过脸来，一指墙上的西洋钟，笑了笑道：“我的讲课要开始了。”

第六章

第二堂茶话议题虽不如第一堂那么动人心弦，却也内容丰富，乃是由一位师范大学的教授分享他研究失传古琴曲的心得，口述尚且不够，该教授还将带来的古琴置于案前，仿照古人抚琴的风度，当场演奏还原的琴曲，边抚边唱，意气甚豪。

茶话会间歇，红豆从盥洗室回来，方坐下，背后有人踢她椅背道：“哎，你叫什么名字？”

红豆扭头一看，见是个二十多岁的年轻男人，衣饰阔绰，长得也不差，然而满身轻浮之气，一看就令人生厌。

她记得刚才后面坐的是一位洋人，这人想是刚进来不久。

见对方言行无礼，她把他从头到脚打量一遍，似笑非笑道：“你哪位？你问我我就要告诉你？”

她横他一眼，冷冷扭转头。

那人再踢一脚：“哟，这位密斯脾气还挺大。我是南宝洋行的少东家，你不认识我吗？”

南宝洋行，不就是舅舅供职的那家？

这又如何。

南宝洋行的小开必须人人认得吗？

她仰头冷笑一声：“哈！”

理都不理那人，耐心等第三堂茶话会正式开讲。

不一会儿，秦学锴开始介绍第三堂议题，原来主讲教授是贺云钦，主题是《沪上建筑神秘事件报告》。

秦学锴做完介绍，贺云钦上台，闲闲立于众人面前，粲然一笑道：“早在一个礼拜前，在下就接到了圣约翰大学几个团契联合发来的邀函，函上说这次茶话会旨在交流神秘事件，务要准备些轻松趣怪的议题，可鄙人研究的是工程学，平时总与枯燥严肃的工程图打交道，委实不知怎样才能将议题讲得妙趣横生，想来想去，刚好我手头有些建筑学的资料，其中有几幢建筑因历史颇古，有些趣怪传闻，想来符合今日主题，便姑且拿来议论——”

他讲课时与旁的教授不同，非但一点也不严肃，且有一股倜傥意态，兼之口齿清晰，言语诙谐，直如闲话家常。在座不少女士飞红了脸，哪是在听讲，分明早已心猿意马。

红豆正要感叹这帮人记性不好，这么快就忘记贺云钦与其大嫂的桃色新闻了，身边的空椅子突然坐了一个人，扭头一看，是那个南宝洋行的小开。

“这样吧，我讲讲绅士风度，我先自我介绍。我叫陆敬恒，家里嘛，刚才也说过了，开着一家洋行。现在轮到你了，你叫什么名字？家住何处？是震旦的学生还是圣约翰的？”

他说着说着，索性更凑近一点，盯着红豆的脸细瞧，另一只手则放到红豆身后的椅背上，做出个将她圈在怀里的姿态。

红豆大怒，这人好不要脸，一气之下，险些站起来痛斥他，顾及身处的环境，牙齿缝里挤出字道：“这位先生，请你放尊重点。”

后面顾筠等人也斥道：“哪儿来的流氓！”

秦学锴那边瞧见这情形，跟旁边的同学低声说了一句话，快步走过来：“这位先生，这是正经的学术茶话会，你已经扰乱到会场的秩序了，请你停止骚扰这位女同学，要么另择座位，要么立刻离开。”

那陆敬恒手指夹住一封邀请函，懒洋洋道：“看清楚，这是新亚茶室经理发给我的邀请函，你算老几，有什么权力替新亚茶室撵人？”说着，直当秦学锴是空气，自顾自对着红豆问长问短，“我前几日才去了震旦，学校里没看到这么漂亮的女孩子，所以我猜你一定是圣约翰的。”

这边掀起了不小的动静，贺云钦讲课被打断，一抬眼，很快便认出纠缠虞红豆那人，佯作惊讶道：“我当是谁，原来是南宝洋行的陆少爷。怎么，陆少爷百乐门逛够了，来逛西洋茶室了？”

陆敬恒先前注意力全在红豆身上，看都未往台上看，此时一回头，认出贺云钦，虽然二人年纪相当，却生出几分忌惮之意：“我来不得吗？

贺云钦道：“你来可以，我在的时候不行。”

这话近乎藐视了，陆敬恒怒道：“贺云钦，你别以为你有多了不起，今天我偏不走，我倒要看看，你能拿我怎么样？”说着便示威似的将两条腿高高搁在前面的椅背上，另一只胳膊还明目张胆地去搭红豆的肩，好在还未碰到红豆的衣服，便被红豆恶狠狠地一掌拍开。

贺云钦低头一笑，抬眼看着陆敬恒道：“陆少爷，我给你一分钟的时间，你好好考虑考虑我的建议。我这人脾气不怎么好，这一点我想你比任何人都清楚。”

这话分明意有所指，陆敬恒脸色一变，身上那副浑不在乎的架势有些维持不住了，一双眼睛直勾勾地盯着贺云钦，下颌线条越绷越紧。

就在这时候，忽有人高声笑道：“对不住，对不住，竟错过了这么热闹的茶话会。”

红豆闻声望去，见是一位生得颇富态的中年人，身上穿着簇新西装，眉宇间透着一团和气，料是新亚茶室经理之类的人物。

这人之前未在厅内，突然现身，多半是有人看陆敬恒闹得不像话，特去将他找来。

那人冲贺云钦一笑，语气熟络：“宗麟，你难得在我这儿讲一回课，照理我该在此恭听，可惜适逢月底，我忙着跟几位管事清点库房，连坐下喝口茶的工夫都没有，只能俟下次机会了。看样子你正讲到精彩处，怎么突然中断了？我们新亚茶室最照顾宾客的情绪，来来来，你自管讲你的课，莫要为旁事所扰。”说着，歉意地拱了拱手，快步走到陆敬恒旁边，低声说了几句话。

陆敬恒这才借坡下驴，慢慢将腿放下。

他起了身，又看红豆一眼，意味不明地笑了笑，双手插在裤兜里，跟那人走了。

顾筠拉拉红豆的衣襟说：“我曾听我父亲报社的同僚说过，南宝洋行跟贺家有点生意往来，虽说现下势头好，但因是新近暴发的，处处受制于贺家，别看刚才陆敬恒好像天不怕地不怕的，其实他自己心里也清楚，他是根本惹不起贺云钦的。”

红豆满脸不以为然。她虽不认识陆敬恒，但也知道南宝是沪上数一数二的洋行，不然舅舅的薪俸不会那么优渥。然而从陆敬恒那横行无忌的姿态来看，若单只是顾虑到两家的利益，并不足以让此人对贺云钦这般忌惮，可见两人之间还有过其他过节。

茶话会结束得晚，出来时已是暮霭四合，为着安全考虑，红豆同顾筠她们结伴一道回家。

秦学锴唯恐陆敬恒再来纠缠红豆，自告奋勇加入了她们的队伍。

一行人出了茶室，秦学锴想起王彼得，回身问红豆：“红豆，你真会去找那个王探长吗？”

当着同学们的面，红豆并不想提及哥哥正查陈白蝶的案子，只无所谓地说：“为什么不？他那里有那么多奇闻，光是听他讲故事也会很有趣的。”

顾筠道：“可惜王探长只同意你一个人去他的侦探所，不然我们跟着一起去听听也好。噫，来的路上我还看到有卖烘山芋的，这会儿怎么不见了——”

这时后头驶来一辆洋车，驶到他们身边的时候，那洋车缓缓停了下来，有人摇下车窗：“虞学姐。”

红豆偏头一看，是贺竹筠，旁边坐着贺云钦。

贺竹筠将手扶在窗沿："虞学姐，你家住哪儿，刚才那位陆先生那么无聊，我们送你一程好不好？"

"不用了。"红豆笑道，睨贺云钦一眼，他也正看着她，"我家很快就到了，而且我还有这么多同学同行，实在不必这么麻烦。"

贺竹筠四周看了看，确是如此，红豆身边少说也有十来个同学，便点点头笑道："那好吧，各位学姐路上注意安全，礼拜一再见。"

红豆目送秦学锴等人的身影消失在黑魆魆的巷弄中，转身上了台阶，刚推开大门，就听见楼道里噔噔噔的声音，像是有人急匆匆从楼上下来。

她侧耳分辨了一会儿，抬手按亮门廊里的灯，喊道："哥？"

那人应道："红豆。"果然是虞崇毅。

"你怎么才回来？天都黑了。"

"我跟同学参加茶话会去了。"她往里走了几步，抬眼见哥哥脸上有些异色，讶然道，"怎么了？"

自从上了大学，她常跟同学出去采风，若是看电影晚了，日暮方归的时候也是有的，有时候哥哥回来得早，就会到外头马路上一边漫步一边等她，见她贪玩，偶尔也会责备几句，然而语气近乎随意，从未有过这等郑重其事的时候。

虞崇毅像要确认她的安全似的，仔细打量她一番，这才拉着她往里走："以后晚上不要出门，学校里的课上完了就回家。"

这话无端透着几分诡异，红豆心突突直跳："哥，出什么事了吗？"

虞崇毅闷声不响上了一段台阶，忽道："那个王美萍找到了。"

王美萍？那个三个月前来沪投奔舅舅的绍兴姑娘？记得前几天问哥哥时，哥哥还说没这姑娘的消息，怎么一转眼的工夫就找到了？

哥哥脸色极差，俨然受了惊吓的模样，她心里忽然生出不舒服的感觉，迟疑着问："在哪里找到的？她……还活着吗？"

虞崇毅摇摇头。

红豆一震："死了？"

死了，身上还被钉了好些尺来长的木钉。当差这么些年，从未见过这么怪异的死法。

红豆还在追问："被人谋害？自寻短见？"

虞崇毅断然截住她的话："总之最近街上不太平，没事不要出去瞎走，尤其是晚上。"

一抬眼已到了家门口，两人不得不打住话头。

屋子里飘着黄鱼蟮面的浓香，周嫂在厨房里忙前忙后，母亲端坐在沙发里织着毛衣，脸色平静如常。

兄妹俩一进来，母亲就放下毛衣，张罗着开饭："你这孩子就是贪玩，非要玩到天黑才回来，饿了吧，你哥哥也还没吃饭。"

哥哥绝口不提刚才的事，红豆不得不将书包搁到一边，若无其事挨着母亲坐下。

吃完饭，见哥哥没有走的意思，红豆深觉机会难得，便拉了哥哥进屋，找出那张王彼得的名片道："看，大名鼎鼎的王彼得探长。"

虞崇毅接过一看，奇道："你怎么会有他的名片？"

红豆将先前的事说了，又蹲到床边，将旧报纸箱拖出来。

翻了好一会儿，找到那两张报纸，一齐在桌上摊开。

一张是陈白蝶的寻人启事，一张是王美萍的寻人启事，她回身问："哥哥，王彼得这个人靠得住吗？"

虞崇毅大致猜到了妹妹要做什么，走到桌前，茫然地看着报纸上陈白蝶的小像道："我跟他共事过一回，当时记得是桩钱庄抢劫案，因为有他指点，贼匪很快就找到了。"

"可见这人并非浪得虚名。"红豆漫不经心地点点头，"王美萍死了，陈白蝶却还没有下落，如果我拿着名片让王彼得帮着找寻陈白蝶，你说他会不会答应帮这个忙？"

“但是他久已不插手警察厅的事务了——”虞崇毅想了想，“他当时是怎么跟你说的？”

“他说只要不涉及大宗钱财、不触碰现有的律条即可。”红豆耸耸肩，“而且今天茶话会上那么多有头有脸的人物在场，我想他绝不至于食言。可是刚才听哥哥你的描述，王彼得可不是那种会大发善心多管闲事的人，为什么会突然想起来玩这个游戏？”

“你担心他别有所图？”虞崇毅挠挠头，“可是……他这人虽然脾气古怪，心地倒不坏，而且当时与会者那么多，要是想要对你不利，岂不是很快就能查到他的头上？”

红豆没搭这话，自顾自回想当时的场景，只觉得疑团百出：“对了，哥，陈白蝶有消息了吗？绑匪开出条件没有，她名头这么响，赎金不会低吧？”

虞崇毅一顿，极慢地摇头：“没有，由始至终没有接到过绑匪的电话。”

红豆惊讶道：“那不是跟王美萍一样？”

然而现在王美萍死了，下一个，会不会轮到陈白蝶？

默然了一会儿，红豆冷不丁开口道：“哥，你是不是因为陈白蝶的案子太棘手，所以才想着换差事？”

虞崇毅愣愣地望着红豆，好一会儿才哭笑不得道：“我说你怎么总打听陈白蝶的事呢，原来是在担心哥哥。”

红豆抱起了胳膊：“不然我才不参与王彼得的游戏呢。你最近究竟为什么想换差事，跟陈白蝶的案子有关系吗？”

虞崇毅叹气道：“这些事情太复杂了，一时半会儿跟你讲不清。”

红豆见哥哥没有全盘否定她的猜测，垂眸想了一会儿道：“既然你们现在没有头绪，不如去王彼得那儿碰碰运气。明天礼拜日，你要是有时间，陪我去一趟王彼得的侦探所好不好？”

虞崇毅略一犹豫，点头道：“也好。他跟警察厅这边闹得这么僵，要是认出我了，没准会误以为是警察厅的主意，再不肯帮忙，而且这名片既是给你的，也只能由你出面去找他。明天我陪你一道过去，到时候你上去找他，我在门房等你。”

红豆收起那报纸道：“那就这么说定了。”

这时候，楼下彭太太喊道：“虞太太，你们家大少爷在不在家？警察厅里打电话来了，好像有急事要找他。”

虞崇毅跟妹妹对视一眼，转身就往外跑，接了电话上来，换了衣裳就要出门。

虞太太看看时间，都快九点了，不由得心疼不已，非逼着儿子喝一碗热好的牛乳才让他出门。

红豆送了哥哥出来，问他：“出什么事了？”

虞崇毅心神不宁地回了一句：“江口那边发现了一具尸体，不知道是不是陈白蝶，让我们过去看看。”

“啊！”红豆骇在原地。

这晚哥哥没回家，第二日也踪影全无。

红豆虽说有心一个人去找王彼得，担心不妥当，只能闷在家里。

晚上哥哥还是没回来，到楼下拿回几张报纸来看，没有一条关于陈白蝶的消息，便暗猜那晚的女尸不是陈白蝶，不然沪上的报业早炸开了锅。

礼拜一下午没课，红豆中午骑了自行车回来，尚未到家，远远就看见巷口停着一辆洋车，莫名觉得眼熟，往车里一看，这不是舅舅公馆的司机吗？

一路上了楼，还没开门就听见里面有压抑着的哭声。进屋一看，舅妈半歪在沙发上，早已哭成了泪人，头上原本时髦的烫发乱蓬蓬的，身上暗金色的乔其纱旗袍也揉得皱皱巴巴，整个人活像在灰尘堆里滚过了一样，哪还有半点平日的阔绰派头。

舅舅灰着脸在厅里踱来踱去，似乎也丧气得很。

听到红豆回来的动静，夫妻俩双双看过来，见是红豆，都掩不住满脸失望。

舅舅尚存一丝理智，勉强挤出笑容道：“红豆回来了。”

红豆觉得那笑比哭都难看几分，皱了皱眉道：“舅舅、舅妈，出什么事了？”

听了这话，舅妈珠泪双洒，哭得越发凶了。

红豆放下书包，挨着舅妈坐下，低下头往舅妈脸上一瞧，不由得暗吃一惊。她从不知一个人的眼睛可以红肿成这样，若是在街上偶然遇到，她准不认不出这人是舅妈。

母亲从厨房里端了刚熬好的粥出来，宽慰舅舅、舅妈道：“你们两口子一天一夜没吃东西了，就算再没胃口，也多少该吃一点，别到时候玉淇找到了，你们两口子又倒了。”

红豆怔住：“玉淇表姐不见了？”

虞太太想是还记恨舅妈是如何嫌弃虞家，脸上的焦虑较为克制，对女儿说：“礼拜六出去了就没回来，两天两夜了，你舅舅舅妈该找的地方都找了，就是找不到，到警察局报了案，只让他们回家等消息，一连两天，半点回音都没有。怕毁了玉淇名声，你舅舅、舅妈不敢四处寻朋友相帮，更不敢随便登报，无奈之下，想起你哥哥在警察厅，便找上门来了。”

红豆的心猛地往下一沉，礼拜六？岂不是新亚茶会那天？记得刚进茶室时，她的确曾看到过玉淇表姐，可是等到茶话会正式开始时，表姐就不见了。原以为是提前离席了，谁知竟是失踪了？

她抬头要说话，门口传来钥匙开门的声音，是哥哥回来了。

虞崇毅这几天都没好好休息，一脸疲色，抬眼看见屋中景象，愣在门口道：“舅舅、舅妈？”

舅妈如同见到了救星，忙从沙发上起来，扑上前搂紧了他哭道：“崇毅，玉淇不见了！”

虞崇毅近来最怕听到“不见”二字，当即脸色一白：“玉淇不见了？”

舅舅相较于舅妈，勉强保持着镇定，拉过虞崇毅，将来龙去脉讲述了一遍，又道：“我们家现在住在法租界那边，所以是在法租界的警察署报的案，不知算不算你的同僚，总之是半点消息都打听不到。”

虞崇毅胡乱抹了把脸道：“好，我知道了，舅舅、舅妈，我这就去趟法租界。”

红豆忙道：“哥，礼拜六那天我在新亚茶室见到过玉淇表姐。当时她正跟一个中年男人说话，我记得那个人衣冠楚楚的，手上戴着一块金表，两人说了一会儿话，没多久玉淇表姐就不见了。舅舅、舅妈，你们仔细想一想，表姐的朋友里面，有没有这样一号人物？”

这话一出，两口子越发自乱阵脚，舅妈木着脸回想了一遍，猛地抬起头来，冲舅舅焦声道：“我记不起来有这样一个人，会不会是你的朋友？你这个糊涂虫，女儿出了事，你一点办法都没有！你倒是想一想呀！”

舅舅被骂得心烦意乱，双眼一瞪，胡乱斥道：“你还有脸说我？要不是你一心要玉淇嫁个好人家，女儿能出事吗？她的那些朋友总有一半是你招来的！”

舅妈捧着脸大声痛哭起来：“你尽管骂好了，总之我里外不是人，要是玉淇出了事，干脆我也不活了！”

虞太太见闹得越发不像话，忙劝道：“现在崇毅也回来了，眼看要去帮着找玉淇，我劝你们两口子还是回公馆去等消息，万一那边警察厅有了玉淇的下落，别回头找不到人。”

两口子这才如梦初醒，胡乱站起来，就要同虞崇毅一道下楼。虞太太时刻记得儿子已是两晚未眠，忙端了一碗粥道：“吃东西耽搁不了多少工夫，本来就不眠不休的，再不垫垫肚子，纵是铁打的都熬不住。”

虞崇毅草草喝了一口，便推开那碗道：“我得尽快把新亚茶室的事告诉法租界那边。”

舅太太一边看着，脸上仿佛有些过意不去似的，幸而有狼藉的泪痕做掩盖，并未明晃晃地露出来。

虞太太何等眼力，一眼就瞧见了，原以为会觉得痛快，低下头来暗自一想，心里也不见得比舅太太好受多少。

第七章

跟女儿送了一行人下来，母女俩立在台阶上发了一会儿呆。红豆抬头看了看那碧朗的晴天，忽道：“不行，我得去找一趟王彼得。”

虞太太一吓：“王彼得？这人是谁，你去找他做什么？”

“一位探长。妈，您还记得那个大明星陈白蝶吗？我总觉得玉淇表姐这件事不简单，一会儿要是哥哥回来，您跟他说我去找王彼得了，他知道王彼得的地址，自会去寻我的。”红豆一股脑说完，咚咚咚上楼换了件衣服。

跑到门廊里一看，自行车已经被哥哥骑走了。

好在王彼得的侦探所离同福巷不远，乘电车只需两站便到，从电车下来，又去寻名片上的那条富华巷。

好不容易找到地址，正要往里走，就听身后“滴滴”两声，有人似乎在冲她按洋车喇叭。

她回头一望，正好一人从车上下来，待看清那人，脸色一沉。

真是冤家路窄，想不到在这里能碰到南宝洋行那个陆敬恒。

“喂，虞红豆。”见她扭头便走，陆敬恒几步就追了上来，“总算让我知道你家住哪儿了，你刚才跑得那么急，我还没来得及跟你打招呼你就上了电车，差点就追不上，你来这里做什么，这里住着你的朋友？”

红豆冷笑道："陆先生，我现在急事在身，实在没空理会你，你要是识趣就趁早让开，别等我说出好话来。"

陆敬恒啧啧道："脾气真大，我倒要听听，你能说出什么好话？来，你小点声，单说给我一个人听。"

这时正好有人要进富华巷，望见这情形，笑起来道："真是不巧，又撞上陆少爷要流氓了。"

红豆听那声音极耳熟，一偏头，原来是贺云钦。

他穿件浅灰色的衬衣，许是怕热，领口解了一粒，骑着那辆半旧自行车。

陆敬恒也不知在贺云钦手上吃过什么亏，当即把脸一寒，一声不响扭头就往车门走。

然而他上了车之后，却并不立即开走，只将手搁在那方向盘上，阴沉沉地望着这边。

贺云钦转而望向红豆道："虞小姐还不走？"

红豆这才意识到他这是怕陆敬恒再找她的麻烦，有意留在了原地。

她扬扬手中的名片，笑道："我是来找王探长的。"

贺云钦倒一点也不惊讶，只扬了扬眉道："那正好顺路。"等她进了巷中，慢悠悠推着那车跟在她身后。

两个人一前一后走着，贺云钦在身后一声不吭，红豆走了一截，单只听见那辆车吱吱呀呀，想起贺云钦那副散漫闲适的模样，暗想，这人怕是她见过的最吝啬的阔人了，自行车都旧成这样了还舍不得换。

她想了一想，回头道："刚才谢谢你了。"

贺云钦自上而下望她一眼，一笑："虞小姐多礼了。"

这人笑起来比不笑更好看，红豆给他的白牙一晃，想起茶话会上自己也这样对他龇牙笑过，略一品咂，暗觉他这笑容里有调侃和些许报复的意味，便微微收了笑意，回身往前走去。

原本就不熟，彼此也没有要装熟的打算，接下来的一段路，两人各走各的，一句话都没再讲。

巷子不长，出来后别有洞天。王彼得所赁寓所相当体面，乃是一座临街的二层洋房，奶白色的墙，窗户漆成暗红色，几扇玻璃擦得光洁如新，门前尚有一小块绿茵茵的草坪。

左近有西洋杂货店和理发铺，样样都方便得很。

到了门口，贺云钦停好车，拿锁头相当宝贝地锁好那旧车，这才抬手揿铃。

门房是个黧黑的文莱人，似是与贺云钦熟识，一俟（等到）他进来，便鼓着一对鱼泡眼笑道：“密斯托贺，下午好。”

“下午好，洛戴。”贺云钦随手将钥匙收回裤兜。

红豆把名片给这位叫洛戴的门房看：“您好，我是来找王彼得探长的。”

想是王彼得提前做了交代，洛戴接过名片，只对着红豆看了两眼，便领着她往楼梯间去：“是密斯虞吧，请随我来。”

刚欲走，被贺云钦拦住：“洛戴你自去忙，我带她上去就是了。”

红豆心知贺云钦跟王彼得熟络，听了这话，迈开脚步跟在他后头，边走边打量道：“王探长在二楼办公吗？”

贺云钦“嗯”了一声，见红豆没有走在前头的打算，便率先上了楼梯。

他身材高挑，一步抵得上红豆三步，几下便上到了二楼。

红豆闷头爬了几步梯阶，再一抬头只瞥见贺云钦的背影。

好在这人还有些绅士风度，并未自行进房，待她也上到了二楼，这才抬手推门。

这是一间套房，外头是小小的会客室，里头是书房。

进来时，王彼得跷着脚歪在靠窗的躺椅上，正自斟自酌。旁边圆几上搁着西洋玻璃酒瓶，里头盛着琥珀色的液体。

见二人一前一后进来，他明显有些惊讶，打了个酒嗝道：“你们二位是约好一道来的吗？”

“半路遇到的。”贺云钦坐到沙发上，向王彼得讨水道，“渴了，有水喝吗？”

王彼得放下报纸，从躺椅上起来，迎过来道：“密斯虞想喝点什么？我遇到过很多像你这样的年轻女孩子爱喝橘子汁，你要不要也来一杯？”

红豆自进来后便只顾着打量房间里整垛山墙似的书架，听了这话便笑道：“谢谢王探长，不必了，就跟贺先生一样来杯水就可以了。”

王彼得于是揿铃让人送了两杯水来。

托盘很快送到了跟前，贺云钦待红豆先拿了一杯，才端起另一杯来喝。

红豆暗想，贺云钦这人虽然时刻一副傲睨万物的模样，教养倒甚佳。

王彼得到对面的法兰绒椅子上坐下，颇有兴致地盯着红豆：“密斯虞，我没想到你会这么快就来找我。”

红豆皱起眉头：“我遇到了很大的麻烦，想请王探长帮忙。”

“哦，什么麻烦？”

红豆垂眸暗自思忖，王彼得素来跟警察厅有隙，倘若直截了当说出这几件失踪案的首尾，他准会拒绝帮忙，斟酌了一番，不提陈白蝶和王美萍，只道：“王探长，我想请你帮忙找一个人。”

王彼得跟贺云钦一对眼，讶道：“密斯虞要找什么人？”

红豆顾及表姐的名声，本不欲当着贺云钦的面说出表姐的事，然而贺云钦从头到尾没有要避开的意思，王彼得更像是早已习惯了贺云钦的在场，再一想人命关天，贺云钦料也不是那等好言是非之人，便定了定神道：“我表姐潘玉淇。”

贺云钦听到这名字，喝水的动作一顿，不动声色地望红豆一眼。

“你是说你表姐失踪了？”王彼得原本歪着的身子稍稍坐正，“这确实很不幸，难怪你这么快来找我。唔，密斯虞，能说说具体经过吗？”

“上礼拜六我表姐从家里出来，参加新亚茶室的茶话会。因为我加入了学校的某个团契，所以也在应邀之列。那天下午我跟同学到茶室时，大约是两点五十，进门的时候，我还看到过我表姐，不过当时她正跟一位男士聊天，我们俩没能说上话。后来等到您开始讲课的时候，我表姐就不见了，之后我又找过一回，仍未能在大厅看到她，当时我以为她提前离席了，可是直到今天中午我才知道，我表姐礼拜六那天就失踪了，至今未回家。”

王彼得敲了敲太阳穴：“也就是说，你表姐失踪两天了。”

红豆绞住手指：“是。”

王彼得静了几秒，借着醉眼，认真打量红豆的神色：“密斯虞，你经常看报纸，应该知道最近沪上有不少拆白党作乱，一个月总少不了有一两起绑票案。按照拆白党的惯例，他们在绑了人之后，往往会在一个礼拜之内主动联系被绑人的家人，眼下你表姐刚刚失踪两天，你们只需一边找寻你表姐的下落，一边静等绑匪的电话即可。”

红豆心里咯噔一声。

贺云钦放下水杯，往椅背上一靠，洞若观火地望着红豆。

王彼得道：“你该知道这些拆白党虽然经常作乱，图的仅是钱财，意不在伤人，他们在收到钱后，自会毫发无损地放人。据我所知，近一年来的绑票案几乎全是如此，鲜有例外。”

红豆从容应对道：“因为我担心绑匪会对我表姐不利。”

她看了看贺云钦：“贺先生跟我表姐在同一所大学共事，若是早前见过我表姐，应该很清楚我表姐长得非常漂亮，要是那些绑匪见色起意，极有可能会对我表姐造成巨大的伤害，所以我想尽快找到我表姐。”

王彼得眼皮耷拉下来，掸了掸西裤上的细绒：“仅仅是这样？”

红豆笃定地点头：“就是这样。”

王彼得手指敲了敲椅子的扶手，脸色稍冷，显然失去了谈话的兴趣。

红豆暗暗皱眉，果然如她早前所料。王彼得为人精明，一点也不好打交道，这才一两句话的工夫，已然看出她情绪上的不对劲。而且显然，说谎根本行不通。

她挺直了背：“我想当时王探长在给我名片时曾经说过：只要我提出的要求只要不涉及大宗钱财、不触碰现有的律条，你会一概予以满足，谁知真等到了履行承诺的时候，王探长会旁生出这么多附加条件。”

王彼得想不到红豆会反将他一军，呆了一下。

贺云钦似是笑了笑，起了身，走到近旁书架前，双手插在裤兜里，盯着那一排竖立着的杂乱卷宗。

王彼得很快便进行反攻："如果我不听到你的实话，如何能判断是否会损及大宗钱财，又是否会触碰现有的律条？密斯虞，合作的前提是真诚。这不仅是默契，更是放之四海的准则。在我决定要不要帮你之前，我有权听到你说出实情。"

红豆锁紧了眉头。陈白蝶的案子闹得满城风雨，一旦破案，破案的警察势必出尽风头，以王彼得和警察厅的关系，不会有兴趣替警察做嫁衣裳，无论如何，绝不能让他知道哥哥正查着陈白蝶的案子。

怪只怪她刚才太心急，低估了对方的能力，不知王彼得当年因为什么跟现任的警察厅长闹翻，还有没有转圜的余地。如今她骑虎难下，只能另辟蹊径，想来想去，她决定以王美萍的死亡案来吊起王彼得的好奇心。

她清了清嗓子道："三个月前，有位名叫王美萍的姑娘来沪投奔舅舅，她跟我表姐的情形相似，也是无故失踪，当时警察怀疑是王美萍遭了绑票，曾当作普通的拆白党作乱案来处理，然而一连仨月，她的家人从未接到过绑匪的电话，就在上礼拜六，他们终于确认她已经死亡。"

这回不仅王彼得吃了一惊，连贺云钦也微讶朝红豆看过来，口气严肃："虞小姐，这是警察才会知道的细节，你是怎么知道的？"

"嗯——"她犹豫要不要说自己是王美萍的邻居或是亲戚，就听王彼得带着警告的意味对她笑道："密斯虞。"

她叹气，就算能瞒得过眼下，最多也瞒不过明天，于是放弃了扯谎的打算，直视着王彼得道："我哥哥是侦办此案的公共租界的警佐。我也是无意中才得知近来有几桩绑票案并不简单，正因为有王美萍的例子在先，所以我才格外担心我表姐的安全。"

王彼得极慢地点头："原来绕来绕去，还是跟警察厅那帮酒囊饭袋脱不了干系。"

他拂然起身道："密斯虞，我们谈话到此结束。比起帮警察厅那帮废物积累升官的资本，我宁愿多喝几杯白兰地，你说的事鄙人毫无兴趣，你的要求恕鄙人无法满足。"

红豆涨红了脸："王探长，我的要求并不过分，毕竟人命关天，我只是想请您帮着找我表姐而已，既不会损及您的钱财，更不会触碰现有的律条——"

"律条？"王彼得声音蓦然拔高，"不跟警察厅的人打交道就是鄙人的第一律条！"

他目光冷飕飕的，态度也十分强硬。红豆眯了眯眼，仍徒劳挣扎道："王探长，就在茶话会那天，我曾听您亲口说过，您说我们学校的校训'光与真理'乃是您毕生之追求，如今至少有三位年轻女性卷入了神秘的绑票案，其中一位更是因此丢了性命，以王探长之能，要是能介入这些案子，说不定会迅速找到其他两位受害者，继而踏上真正的'光与真理'之旅。然而王探长明知这是大义之举，却一味执着于过去的私人恩怨，怎敢忝言追求'光与真理'？比起您所说的昏庸无能的警察，您又能伟大几分？"

王彼得怒极反笑，断然打断她道："好一个伶牙俐齿的密斯虞，当真是圣约翰教出来的好学生！明白告诉你，今天就算你说破了天，我也绝不会插手此事！洛戴，洛戴，这里有一位虞小姐闹事，快上来送客！"

红豆气怔在原地，见王彼得果然揿铃将洛戴找来，霍然道："不劳您送，我自会走！"

走前想起贺云钦从头到尾几乎未置一词，摆明了是要置身事外，想想表姐算起来还是他的同事，可见此人何其心冷。

于是她连带着贺云钦也恨起来了，立于沙发前，怒瞪贺云钦一眼，这才快步走到门前，拉开门走了。

转眼便传来"咚咚咚"下楼的声音。

贺云钦被她无故拿眼睛这么一剜，不由得一怔，倒也未生气，只有些好笑地盯着空空如也的门口看了一会儿，到沙发前坐下，手里翻着报纸，对王彼得说：“你的谈话技巧还是这么糟糕，好不容易找到这么‘鸿运当头智力过关’的助手，就这么谈崩了？之前你不是还对她抱有极大期待吗？”

王彼得喉咙里冷笑两声：“大不了下次遇到沪上学生聚会，再当众玩一次桥牌游戏。”

“可是她说的虽是气话，却也有些道理。官僚可憎，人命却是无辜的，如果她说的这几件绑票案真的涉及人命，依照警察厅的办事效率，等他们找到人，可就什么都晚了。”

王彼得将两只脚搁到茶几上：“你没听到她哥哥是公共租界的一名警佐吗？哦，我帮她哥哥破案，送她哥哥平步青云，然后再来一个白厅长？想都不要想！”

贺云钦将报纸丢回去，语气闲适道：“你一定不管？”

“一定不管！”

贺云钦起了身，往门外走去。

王彼得拿一双三角眼瞪着贺云钦的背影：“这就走了？等等，你别告诉我你要插手这件事。”

想起虞红豆刚走不久，他越发笃定：“你要去追那个虞红豆？”

第八章

红豆从王彼得家里出来时本就懊丧，谁知下楼梯时又不慎崴了脚，这一下雪上加霜，顿时让她心情低落到了极点。

来之前她并未指望能一下子就说服王彼得，但也没想到会碰这么一鼻子灰，照她看来，王彼得何止顽固，简直近乎冷血。

一瘸一拐走了一段，她的气渐渐消了。怪她，情急之下想岔了，就算王彼得身负奇能，凭什么一定要往自己身上兜揽麻烦呢？

她悻悻然想了一会儿，很快又振作起来。先回家等着吧，也许事情没她想的那么复杂，哥哥既然去法租界打探消息了，没准回来就能理清点眉目。

王彼得这地方算得闹中取静，一路走过去几乎没几个行人，只巷弄里不时冒出几个岔路口，难免让人有点迷糊，幸而不长，眼看再拐个弯就能出巷子了，身后丁零丁零传来自行车的铃声，回头一看，竟是贺云钦。

红豆往边上一让，并没有停步的打算。

谁知贺云钦骑到她前头，居然刹住那自行车将她拦住，笑了笑道：“虞小姐，我们谈谈好不好？”

红豆睨着他：“贺先生有何见教？”

贺云钦道：“你哥哥是公共租界的警佐？”

红豆一怔，戒备地点点头："是。"

"王美萍的事你是从你哥哥那里听来的？"

红豆疑窦渐生："怎么了？"

贺云钦取出一根烟，擦了根洋火欲要点上，抬眼见红豆脸上还有点愠意，又将火熄了："你哥哥是怎么跟你说起王美萍的案子的？"

这人真奇怪，为何一再追问王美萍的事？

她回答得很审慎："我哥哥并未刻意提起过王美萍。"

话音一顿，瞄瞄他，要不是那晚他老人家去找三楼的邱小姐，她不会找出那桃色新闻来看。那旧报纸上有三个月前王美萍的寻人启事，跟陈白蝶的失踪案重叠在一起，很难让人不留意。

说来说去，对贺云钦的好奇算是她关注这一连串失踪案的起因。

当然这话她只在肚子里打了个转，说道："我哥哥见王美萍出了事，觉得最近沪上不大安全，特拿此事敲打我，让我往后晚上不要出门。贺先生，你打听这个做什么？"

贺云钦做出惋惜的样子："有王美萍的案子在先，你表姐潘玉淇可能真遇到了危险，她是我课研室的文员，不幸遇到这种事，我关心一下也是应该的。"

红豆嘴角轻撇，是吗，刚才是谁一副事不关己的模样？

贺云钦显然知道红豆心里在想什么，并不介怀："王彼得自有他的顾虑，我虽说跟他交情不错，但也轻易说服不了他。你哥哥既然负责这几桩案子，算起来是最清楚案件首尾的人，要是你真想找到你表姐，还得从你哥哥身上入手。"

这话什么意思？她狐疑地瞅他："贺先生这是给我提建议吗？"

贺云钦不予否认，顺势道："你哥哥在不在家？带我去见他吧。"

他一边说，一边推着那车往前走，回头见红豆还站着不动，只好又停下，闲闲道："虞小姐，时间可不等人，再这么耽搁下去，任谁都救不了你表姐了。"

红豆早就心里打鼓，听了这话更觉一惊，把他从头到脚看一遍，暗想：贺云钦这是要插手管这件事？可是，王彼得是破案能手，贺云钦可从未听说过有这方面的才能。

贺云钦万想不到自己会遭受到来自红豆的藐视，盯着她看了一会儿，似笑非笑道："虞小姐听说过一句话吗？'一个好汉三个帮'，我虽不如王彼得名头响，帮着出主意总是好的。"

虽是调侃的口吻，眉宇间却透着一种自信，可见他对自己这方面的能力确有把握。

红豆越发疑惑了，贺云钦不像那等心血来潮之人，轻易不会自找麻烦，而且查案找人自有它的一套章法，外行想要破案又谈何容易，不然哥哥不会数月找不到王美萍，更不会被陈白蝶的事弄得这么焦头烂额，贺云钦的自信究竟从何而来？

她忽然想起那晚贺云钦在裁缝铺门口往楼上看的情形，这些日子不见他去找邱小姐，莫非他那晚不是来谈恋爱，竟是来查事情的吗？

略一踟蹰，她决定旁敲侧击："贺先生以前查过案吗？"

贺云钦不搭她的腔，自顾自转头看着前方问："你家住在哪儿？"

红豆含笑点点头，忽然把脸一沉，高高扬起下巴道："贺先生不告诉我帮忙查案的真正原因，我不会带你去见我哥哥。"

还挺倔。贺云钦侧脸朝她看过来，在日头下站久了，她脸蛋被晒得粉扑扑的，因着一份焦虑，嘴唇远不如上一回看时那般嫣润，为了表示自己绝不肯轻易就范，小脸板得一丝笑容也没有。

他摸了摸下巴，把车靠墙停好，一本正经道："虞小姐，我向你保证，不论我出于什么目的插手此事，我会尽我所能帮你找寻你表姐。而为了顾全你表姐的名声，除非万不得已，我不会向任何人提及此事。第三嘛——"

他双手插在裤兜里，走到红豆面前，垂眸看着她道："王彼得能在多短时间内找到你表姐，我只会比他更快。有这三点做保证，虞小姐肯跟我合作了吗？"

红豆细细琢磨一番，一抬眼，正好对上他居高临下的视线。除了父亲和哥哥，她不曾这么近距离看过男人，只觉得他眉峰形状生得很好，肤色比哥哥干净几分，瞳色不像哥哥那么墨黑，竟是深琥珀色。

她下意识地挪开视线，盯住他的衬衣领口暗自思忖，这个人靠得住吗？会不会有什么陷阱？家里唯一值得他做文章的，无非就是哥哥的警佐身份，这人突然大发善心，难道就是奔着这一点来的？

可是，贺云钦到底在查什么，他会是个坏人吗？

这事她一时做不了决定，想来想去，她决定带他去找哥哥，毕竟哥哥知道几个案子的相关细节，案宗又全在哥哥手里，究竟要不要跟贺云钦合作，还得哥哥自己拿主意。

“那好吧。”她仰起脸来微微一笑，“我带你去找我哥哥。”

贺云钦暗自松了口气，虞红豆说起来跟四妹差不多年纪，心眼儿却仿佛平白多了一窍，简直比妹妹难哄一万倍。

他推了那车，斜眼看着她道：“虞小姐还等什么，你家住哪儿？”

红豆想起那晚情形，有心试探他道：“同福巷。”说着便一眨不眨盯着他瞧。

贺云钦脸上果然起了微妙的变化，然而不过一转眼的工夫，又恢复云淡风轻的表情道：“陆敬恒可能还在外头，我带你一道出去。等送你上了电车，我自会去同福巷，要是你哥哥在家，我就去上楼找你。”

两人走了一截，贺云钦回头看了看红豆微跛的脚道：“这要走到猴年马月，虞小姐，这里没几个人认得你，你要是不介意，我骑车带你出去。”

红豆一讶，这是要她坐他的后座。

他看出了她的踟蹰，语带淡讽笑道：“我不过是提个建议而已，愿意就愿意，不愿意也就算了。”

言下之意，他对她本人并无兴趣，她委实不必多心。

红豆给这话一激，两边一望，料也撞不上什么熟人，便跳上他的后座道：“我们走吧。”

心底暗自将贺云钦当作一匹泛驾之马，而她身为骑士，正挥甩着马鞭，驱动这马为她效力。

正想得美滋滋，忽然屁股底下像是硌到了什么，一下子传来一股钝痛。

她“哎哟”一声，推他的背：“快停，快停。”

贺云钦给她这么一扯，不得不刹住车，扭头一看：“怎么了？”

红豆跳下来，低头一看，果然在后座上看到一截支出的生了锈的铁丝，幸而裤子还算厚，不然非扎出血不可，饶是如此，裤子仍被扯出了一个洞。

贺云钦忙停好车，见状，伸手按了按后座那铁丝，买这车的时候，他可从未想过要用它载人，自然也就无从去检查后座上的铁丝。

算起来虞红豆是第一次坐。

刚才隐约听到衣料扯破的声音，他不好往她裤子上看，只得歉意盯着她道：“裤子扯破了？没扎到肉吧？”

红豆气得满脸通红，深悔今天出门忘了看皇历，憋了许久的话终于冲口而出：“贺云钦，你真是我见过的最吝啬的阔人！”

她脸色和音调同时变了，显然这一下气得不轻。

贺云钦看她两道秀眉都竖了起来，不知为何有点想笑。可他也知道此时绝不能笑，不然事态只会更糟，见她不像伤到了皮肉，料只扯破了裤子，便以极严肃的口吻道：“虞小姐在这儿等我一会儿，我去想办法。”

红豆牙缝里挤出话道：“希望贺先生想点好法子。”

贺云钦故意皱起眉头，骑着那车走了，回来时见虞红豆背贴墙老老实实站着，倒有点像小时候他被父亲罚站时的光景。他不让心底的暗笑浮到脸上，到了她面前，踩住脚踏道：“我回王彼得那里打了个电话，一会儿就会有洋车过来接虞小姐。”

洋车？红豆很想提反对意见，可是她挂破了裤子，现下连动也不敢动，出去呢，外头说不定还有个虎视眈眈的陆敬恒，何况这样子乘电车，怕是会给人笑掉大牙。想来想去，除非这时候母亲或哥哥从天而降，不然也只能如此了。

她鼻子里哼了一声，脸色淡淡的，可见仍未消气。

贺云钦从裤兜里取出洋烟点了，看红豆一眼，怕烟熏到她，便走到一边自顾自吸烟。

红豆等了一会儿不见车来，朝贺云钦看过去，见他嘴里含着烟，眼睛却盯着地面，像是在想事情，显得异常沉默。

似是察觉了她打量的目光，他转脸朝她看过来，两人目光一碰，他状似随意问道："虞小姐的哥哥当警察几年了？"

"三年。"

"你哥哥一直在公共租界？"

"嗯。"红豆跺跺站麻了的脚，转移话题道，"贺先生，你叫的车怎么还没来？"

话音未落，巷子口传来洋车喇叭声。相较于刚才那个陆敬恒，这喇叭声显得较克制，只响了一声便停下了。

贺云钦将那熄了一小半的烟按灭："走吧。"

红豆紧紧揪住裤子破的那地方，一步一挪跟在贺云钦后头。

到了巷口，果然停着一辆黑色洋车。再往马路对面一看，陆敬恒的车早已开走了。

司机显然是贺家的，一见贺云钦便道："二少爷。"

贺云钦领着红豆径直走到后座门前，对那司机道："送这位小姐去同福巷。"

只字不提红豆的来历。

司机似是受过良好训练，一句也不多问，和颜悦色替红豆打开车门，转而去另一边给贺云钦开门，被贺云钦止住："我还有事。"

红豆上了车，回头见贺云钦仍在外头立着，虽奇怪他为何不一道上车，却也并无追究的兴趣。车后座上放了一摞衣裳，似是临时取来的，最底下一件是件藕灰色的薄呢大衣，虽略厚，正好可以用来遮挡裤子上的破洞。

她望着那衣裳暗自怙惙，一扭头，发现贺云钦还在外头看着她，便狐疑地问：“这是给我备的？”

“我的自行车不小心剐坏了虞小姐的衣裳，临时去不了百货公司，只好让人先从家里取了些未穿过的衣裳来，虞小姐先将就对付一下，改天我抄了虞小姐的衣裳牌子，再去买一件一色一样的。”

想是怕引起司机的误会，不说裤子，只说衣裳。

红豆傲然道：“我这‘衣裳’是我母亲给我做的，百货公司可买不到一色一样的。”

贺云钦脸皮比她想象中厚多了，听了这话连眉毛都未抬：“那我就去买了一样的衣料赔给虞小姐，总之今日之事都是我的错，怪只怪我这人太‘吝啬’，不知虞小姐怎样才能消气，什么要求都可以提。”

他一脸真诚，可是红豆老觉得他话里有话，虽然仍憋了一肚子气，却也不想当着司机的面一味纠缠，便宽宏大量地说道：“贺先生既是无意，也就无所谓赔不赔的了，这外套我今天先穿回去，等一会儿见了面，再还给贺先生。”她才不会占他的便宜呢。

贺云钦似是看破了她的心思，笑了笑，不说好，也不说不好，只对那司机一抬下巴道：“送虞小姐回家。”

洋车启动，红豆穿好那薄呢大衣，在座位上端正了坐姿，左右无事，目光仍落在那摞衣裳上。

一色的时髦洋装，全是簇新未穿过的，既是从家里临时取来的，极有可能是贺家哪位女眷的。

贺大小姐还是贺四小姐？

再么就是大少奶奶段明漪？

后一个念头刚一冒出来，当即被她否认，贺云钦怎么会向嫂子讨要衣裳？何况段明漪她那日见了，身形丰绰有致，比她富态几分，贺四呢，又比她单薄，可是这衣裳她穿着却极贴身，只能是跟她身形相仿的人……想来想去，难道是那位未曾谋面的贺家大小姐？

怕横生枝节，车一到家路口前，红豆便请司机停车，自行下车。

她中午出门时还只穿件绒线衫，回来却披着件大衣，这时候慢腾腾地往家挪，老觉得不自在。

幸而彭太太和彭裁缝都不在楼下，路上又未碰到旁的邻居。

脚还有点疼，她走得不快，一步一蹭上了楼。她刚要敲门，谁知哥哥正出来，见了她，大松了口气："我正要去寻你，你也太心急了，竟一个人去找王彼得了。怎么样，见到他了吗？他怎么说的？"

虞崇毅心粗得很，并未注意到妹妹身上多了件大衣。

红豆四下里一看，趁母亲未在客厅，忙脱下衣裳，若无其事往屋子里走，边走边道："王彼得的事我一会儿跟你细说，玉淇表姐有消息了吗？"

"没有，但我已经知道那天跟她说话的那个男人是谁了。"

红豆忙扭头："是谁？"

这时虞太太从里屋出来，先注意到红豆一瘸一拐的步态，继而又发现了她胳膊上挽着的那件大衣，愣了一愣，忙疾步走过来道："你脚怎么回事？这衣裳哪儿来的？"

第九章

红豆早料到逃不过母亲的法眼，被母亲抓了个现行，反而很坦荡。

“电车上不小心剐破了裤子。”

“剐破了裤子？”虞太太和虞崇毅同时吓了一跳。

红豆自顾自推门进了卧室，今日之事太复杂，一时讲不清，怕母亲夹缠不休，她索性不提贺云钦，单拿出那套早已备好的说辞搪塞母亲：“不知谁家小孩儿在电车的椅子上放了根铁丝，我起身的时候才发现裤子剐坏了。”

“那你这衣服是怎么回事？脚又是怎么受的伤？”虞太太把那薄呢大衣拎起细打量，嗬，鼎祥定制的洋装，“这么贵的衣裳哪儿来的？”

红豆坐到床边，踢掉皮鞋，低头看脚踝扭伤的地方：“下车的时候光顾着看裤子了，不小心崴了脚，裤子一时没办法回家换，正好顾筠家住附近，我就去了她家，这衣裳是她给我的。”

虞太太慧眼如炬，对着那衣裳上下一比画，更加疑团百出。顾筠她是见过的，个子娇小，足比女儿矮半个头，这大衣这么长，非得身形高挑的女子方能撑得起。

红豆早瞥见母亲神色，忙道：“顾筠的衣裳我穿不了，这是她二姐新做的，因新婚里不喜这么素净的颜色，一回都没穿过，暂给我应急，回头我还得还给人家。”

虞太太仍满腹猜疑，然而细一想，顾家虽不算大富大贵，却也置办得起这种洋装，何况女儿不过出去小半天，能有什么奇遇，再看女儿神色自若，便姑且接受了这套说法：“早说不让你一个人去，非要去，这下可好，脚给崴伤了，来，让妈妈瞧瞧伤得重不重，崇毅，给你妹妹拿药酒来。”

红豆躲着不让母亲替她揉脚：“哎哟，妈您歇着去，我自己来。”

虞太太蹲下细细一觑，见女儿脚踝的确未见明显红肿，略放了心，便到衣柜前取了一条裤子，关了房门，要红豆换上：“我看看裤子剐花了哪里。”

“好长一条口子，怕是不好补。反正这裤子我也穿了好久了，还补它做什么？”

虞太太等女儿换了裤子下来，就着窗前的光线细看一回，见剐坏的地方确实太长，就算补了也未必好看，也就未坚持，放下裤子叹道：“刚才你哥哥去法租界打听，仍是没消息。再这样下去，你舅舅、舅妈非急疯了不可。”

这时虞崇毅在外头敲门，进来后，将药酒递给红豆：“那天在茶室里跟玉淇说话的是固金银行的经理袁箬笠，我刚才跟法租界的同僚说了此事，他们已经去袁家调查了。”

“固金银行？”红豆回想那天的男人，印象稀薄得很，应该未曾在报上见过，“哥，这银行什么来头？”

虞崇毅道：“就在法租界，老板就是那天跟玉淇说话的袁箬笠，银行原身是得荣钱庄，年初袁箬笠跟太太离婚以后，拉了几个法国朋友注资，把钱庄改换门庭，重新成立了一家银行，因为刚挂牌没多久，名头还不响。”

“怪不得未听过这银行。”红豆慢慢擦着药酒，仔细回想那日表姐的神情，“表姐好像对这个袁箬笠很有好感，舅妈他们知道这个人吗？”

“刚才我去了一趟舅妈家，舅妈说她只跟袁箬笠的一位表亲在牌桌上打过几圈麻将，跟袁箬笠本人却并不熟，也不知表姐是怎么认得袁箬笠的，从不曾听玉淇透过半点风声。”

红豆不解道：“玉淇表姐为什么要瞒着家里？”

虞太太一戳女儿的额头："所以说你这孩子看着聪明，心里却顶糊涂，你玉淇表姐现在在外头走动，追求的人不在少数，这袁箬笠既离过婚，年纪也不小，前头太太还在，玉淇要是嫁过去，说白了就是续弦，你舅妈他们固然势利，也还指望能给玉淇找个良配，怎么会赞成玉淇跟袁箬笠来往？你玉淇表姐怕你舅舅、舅妈不高兴，瞒着也就不奇怪了。"

红豆歪头想了想袁箬笠的外貌，没看到正脸，单从气度和轮廓来看，的确算得上风度翩翩，会引得表姐对他倾心，倒也不奇怪："哥，茶话会那天，袁箬笠是同表姐一道离开的吗？"

虞崇毅道："门口的仆欧说，玉淇跟袁箬笠一道出来，之后玉淇自己叫了洋车走了，袁箬笠则回到茶话会继续听讲，又听了大概一刻钟才走，至于后来袁箬笠去了哪里，就要看今晚法租界的同僚去问话的结果了。对了，你刚才见到王彼得了吗？他怎么说？"

红豆一听此事就郁悒，当即闷声道："王彼得不肯帮忙，这事就别指望他了。"

虞太太焦虑顿起："这人不是屡破奇案吗？有他插手总该有点好处，若是酬金谈不拢，一切都好商量呀。"

"不是为钱。"红豆摇头，想起一会儿贺云钦会来，便道，"王彼得虽不肯来，却推荐了一个朋友，这人倒是愿意帮忙，一会儿兴许会来家里找哥哥。"

红豆当着母亲的面，只能将话说得半真半假，至于实情，唯有等兄妹两人独处时再告诉哥哥。

虞崇毅讶道："王彼得办案时从来都是独来独往，未曾听说过有搭档啊。"

"一会儿那人来了，哥哥看了就知道了。到底要不要跟这个人合作，还得哥哥自己拿主意。"

虞太太记起厨房里尚煨着汤，周嫂买菜不在家，怕汤煨过了头，便起身往外走："这人什么来头，比得上王彼得吗？"

刚到门边，外头周嫂领来一人，满脸匪夷所思："太太，大少爷，小姐，家里来客人了。”

虞太太往那人一看，见是位二十三四岁的年轻人，身形高拔，模样生得极好。

她一呆，只觉得这人面熟，名字到了嘴边，却怎么也叫不上来。后来还是周嫂见她僵在原地，悄步走来提醒她道：“贺孟枚的二公子，前些日子来过三楼的那位。”

虞太太恍然大悟，再看贺云钦时，便多了几分惊讶和审慎：“贺先生这是……”

贺云钦任虞太太上下打量，淡笑道：“晚辈是来找府上大公子的。冒昧登门，事前未曾知会，还望虞太太莫见怪。”

红豆跟哥哥一前一后出来，见贺云钦气定神闲站在门口，瞟他一眼，转过脸，坦然对哥哥和母亲道：“贺先生就是我刚才说的王彼得探长推荐来的那人。”

虞太太怔住，是他。

想起此人系留洋博士，最是博洽多闻，纵是品行有瑕疵，学问却是不假的，兼之又是经王彼得推荐而来，料有几分真本事，忙换了一副热情口吻：“贺先生快请坐，快请坐。周嫂，还愣着做什么，快奉茶。”

贺云钦见虞太太仿佛随时备有两副面孔，一副藏在后头，一副示于人前，关键时刻两副面孔切换自如，不由得暗觉好笑。

想起她是真焦心那位失踪的外甥女方如此，便敛了异色，道：“虞太太不必忙。”

虞崇毅怎么也想不到妹妹所说的王彼得推荐的人竟是贺云钦，一时仍有些摸不着头脑。愣了一会儿，低头见妹妹正冲他使眼色，他顿有所悟，忙温声道：“贺先生，书房僻静些，既是要谈事情，我们不如到书房相商？”

贺云钦看了看红豆，只当不知是她出的主意：“那再好不过。”

两人一前一后进了书房，红豆唯恐哥哥算计不过贺云钦，也要跟着进去，被虞太太拦住道："你哥哥跟贺先生商量事情，你进去做什么？"

红豆奇道："刚才是我去找的王彼得，这帮手论理是我找来的，为何我不能在场？再说了，找玉淇表姐要紧，多个人出主意是好的，眼看都什么时候了，您还讲究这么多。"

何况哥哥最不会跟人讲条件，贺云钦巧舌如簧，万一一会儿他狮子大开口，哥哥应付不来怎么办？当然这话她只在心里叨咕，并未说出口。

虞太太见这话有理，也就未拦着，看了看墙上的西洋钟，眼看要开饭，不知贺先生吃未吃过晚饭，这饭留是不留？

想了一想，她叮嘱红豆："你婉转问问贺先生在不在我们家吃饭。他们贺家一向炊金馔玉，未必吃得惯咱们家的饭，一会儿你就随意一问，权当全个礼数。"

"知道了。"红豆漫应道，她才不留贺云钦在家吃晚饭呢。

正好这时周嫂奉了茶来，红豆便随手接了那茶盘，推门入内。

虞崇毅站在书桌前，贺云钦却立在书柜前，两人隔着书桌，已经谈了一会儿了。

"虞先生，明人面前不说暗话，刚才我已从公共租界警署处得知，虞先生现今手里积压的案子不在少数，加之令妹为了潘玉淇特去寻王彼得相帮，我猜王美萍和陈白蝶两案都是由虞先生在负责。"

虞崇毅惊讶地看着贺云钦，翕了翕唇，并未予以否认。

贺云钦接着道："王美萍的舅舅周同强是沪上出了名的'一支笔'，为着外甥女的失踪，已经连写了数篇痛骂沪上警方的文章，如今王美萍死了，报上却一点消息也无，想来你们警方为着怕惹来社会上的议论，连周同强也一并瞒着。此事若是让周同强知晓，绝不会善罢甘休，外甥女失踪三个月，警方一筹莫展，如今好不容易找到人了，却是一具尸体……"

他笑意微敛："凶手，毫无头绪；公道，从何说起？"

虞崇毅闷声不响，额上却已沁出大颗汗珠。

贺云钦转而打量书架上的书："至于陈白蝶，此女如今在沪上影响甚著，不少名流与他有着千丝万缕的联系，她的失踪，不止关乎你们的名声，更可能影响你们今后的仕途。虞先生，破不了案，怪不到你一人头上，怪只怪现今警界风气不好，自白厅长而下，不是背公徇私，便是陈陈相因，遇到棘手之事，一味拿些官样文章来敷衍，可是虞先生又秉性爽直，不肯同流合污，近来为了这几桩案子，怕是连个整觉都未睡过。"

虞崇毅搓了搓眉头，难掩满脸疲惫："贺先生，如你所说，这几桩绑架案的确有些匪夷所思之处，陈白蝶已经失踪超过一个礼拜，未曾接到过绑匪的电话，若是跟王美萍系同一伙人所为，怕不是单交赎金就能救得下人来的了。最让我担心的是如今我表妹——"

贺云钦话锋一转："所以当初王美萍失踪的火车站，你们可曾仔细排查过？"

虞崇毅点点头："问过。"

"一个十八九岁的姑娘只身来沪，在等她舅舅前来接洽的期间，周围的饭馆、茶庄乃至杂货店，都有可能引起她的兴趣，这些地方，当时警方可都曾一一去询问？"

虞崇毅脸发起烫来，他曾提过建议，可是同僚嫌排查起来太费事，当时便断然否决了。后来他独自一人查了几家，觉得太琐碎，也就未再继续。

贺云钦微微一笑道："也就是说未查得彻底。我若是你，此时除了继续等法租界的消息，还会再去火车站盘查一番，毕竟除了王美萍，以往沪上从未有过不求赎金的绑票案。她的失踪可能是这一切的起源，是重中之重。"

虞崇毅想了想道："我吃过晚饭便去查。"

贺云钦顺理成章道："时隔三月，即便有什么痕迹，怕是也已经消弭无踪了，想要从头查起又谈何容易，既然我决定插手此事，晚上我同虞先生一道。"

虞崇毅迟疑道："贺先生为何要接管此事？"

"自然是受王彼得所托。"

红豆暗憋了口气走到桌边，如她所料，哥哥在贺云钦面前毫无招架之力。

将茶盘放到桌上，她端起其中一杯热茶，似笑非笑道：“贺先生真是辩才无碍，一口气说了这么多，想是渴了，来，请喝茶。”

贺云钦居然毫无惭色接过那茶杯，垂眸笑望她道：“多谢虞小姐。”

红豆回以一笑，刚要开口，就听母亲开门道：“贺先生，你用过晚饭不曾？若是不嫌敝舍饭菜粗陋，跟我们一起用晚膳可好？”

三人都是一怔。

贺云钦视线从红豆脸上移开，转而看向虞太太，笑道：“正好晚辈稍后要与令郎一道出门，时间紧迫，不便回家用晚膳，既然虞太太盛情相邀，晚辈只好在此叨扰一顿了。”虽是谦卑的口吻，话却接得理所当然。

红豆笑容微滞。

虞太太似乎也愣了一下，然而她毕竟精于世故，忙又笑起来道：“贺先生肯留下吃饭再好不过了。可惜家里没想到会来客人，事先未做准备，贺先生莫嫌饭菜寡淡粗陋才是，眼看要上桌了，你们商量完事情就出来，马上可以开饭的。”

待母亲重新掩上门，红豆斜眼睇着贺云钦道：“贺先生，刚才我进来时听到了您一番高论，贺先生为了说服我哥哥，来时路上还专门去了一趟公共租界警署？”

贺云钦只当听不出她话里的讽意，饮了口茶，回答得很轻松：“既答应了帮忙找人，为了能尽快理清这几桩案子的首尾，少不得先做些功课。”

红豆走近几步，含笑点头：“可见贺先生此番前来做了十足的准备，甚至可以说是势在必得，那么我就更糊涂了，贺先生打定主意往自己身上招揽麻烦，图的是什么？王彼得所托？我看他连提到警察厅三个字都丧气，绝不至于主动请人帮忙破案。”

虞崇毅并不知道红豆跟王彼得交涉的具体情形，听了这话才知妹妹跟王彼得未能谈拢，再看向贺云钦时，目光便添了几分疑惑：“贺先生。”

贺云钦透过茶杯上沿看红豆一眼，很快便将茶杯放回托盘内：“虞小姐，下午你去找王彼得时，曾说过你表姐潘玉淇是礼拜六去参加的茶话会，大概于下午三点左右失踪，换言之，截止眼下，潘玉淇已失踪超过五十个小时。如果绑匪真是同一伙人，潘玉淇眼下的处境可谓大大的不妙，此事悬于眉睫，我们既然已决定合作，当务之急不该是彼此试探，而是尽快找到你表姐的下落。”

三言两语便转移了重点，只差没给红豆扣上一个“不分轻重胡搅蛮缠”的帽子。

虞崇毅听了，脸上果然又泛起了焦灼之色，碍于贺云钦来意不明，一时未有举动。

好在红豆早领教过贺云钦的好本事，并未给这话气死，当即扬眉回道：“固金银行的袁箬笠是表姐失踪案的关键人物，他的问话是找寻表姐下落的重点。如今法租界对袁箬笠的问话还未结束，何谈定夺下一步的行动？就算花些时间问问贺先生此行的目的，并不见得会耽误什么。倒是贺先生，为何每回我问你为何要插手此事，你都要顾左右而言他？若是心中无愧，何必一味遮遮掩掩？”

贺云钦兵来将挡，夷然一笑：“虞小姐，下午你去找王彼得时，我原以为只是一宗简单的绑票案，起初的确并无参与的兴致，可是后来我才从虞小姐口里得知，不单你表姐潘玉淇，陈白蝶和王美萍也疑似遭到了同一伙人绑票，而其中的王美萍，在失踪三个月后，更是已惨遭不测，想来都是无辜生命，你表姐还是我同事。惊闻此案，难道我就不该有恻隐之心？为了救人，我又为何不能参与其中？”

好厉害。红豆暗暗咬牙，颓然片刻，复又奋起：“贺先生，正所谓绠短汲深，贺先生并非警事人员，既要插手连警方都破不了的悬案，想来必定身负与之相匹配的绝学，王彼得听说曾受过系统训练，贺先生学的却是工程学，不知贺先生贸然前来相帮，依仗的是什么？我们又怎么知道贺先生是不是打着相援的幌子，实则另有所图？”

哥哥职位不高，手里紧要的卷宗却不少，若是被贺云钦骗得泄露了不该泄露的，怕是不必辞职也在警界混不下去了。

虞崇毅听了这话，深深看一眼贺云钦，戒备之色顿起。

眼看先前的谈判要告吹，贺云钦一时未答言，只意味深长地看着红豆。

她言辞锋利，嘴角却含着浅浅笑意，脸庞在头顶五彩玻璃西洋灯照耀下，明净一如幽夏的莲瓣。

他直直望她一会儿，将脸色正了一正道：“虞小姐，大家都是敞亮人，既然我诚心要跟你们合作，有些话也就不必再相瞒。王彼得跟我在德国相识，他的一套本领乃是从德国一位著名的痕迹学教授处学来，大约两年前，王彼得因为酗酒身体出了状况，在德国当地一家医院就医，怕报纸上的彼得专栏停止连载，曾委托我以他的名义写过近一年的连载，后来我因忙于正事，无暇再动笔，彼得专栏也就正式停刊了。此事王彼得从未存心遮掩，虞小姐一问便知。”

红豆和虞崇毅都是一呆。

红豆先是拒绝相信，然而沉淀下来一细想，那天在茶话会上，王彼得从头至尾只顾着老调重弹，几乎一桩新鲜案件都讲不出，想是因为病体的缘故，久已不动脑筋了。

而她也不得不承认，彼得专栏有一阵子叙述手法明显跟之前大有不同，案件精彩纷呈，比以往任何一个时期都好看。

原来那竟是贺云钦代笔的吗？

贺云钦见二人惊讶之下久久忘了答言，淡淡一笑，望着红豆仍泛着疑惑的黑眸道：“虞小姐，我可以郑重向你们保证，我此番前来，既为诚心帮你们找寻潘玉淇，也为诚心查办王美萍和陈白蝶的失踪案。我的能力可以慢慢查证，时间却等不了人，眼下救人要紧，两位都是聪明人，能不能暂时放下成见，考虑接受我的合作。”

第十章

红豆从书房出来，一声不吭地跟在哥哥和贺云钦后面进了饭厅。

刚经一番交涉，虽说侥幸弄清了贺云钦跟王彼得的瓜葛。然而到了最后关头，被贺云钦一绕，仍未能弄明白他参办此案的真实目的。此人滑不溜手，想要从他口里套话难于登天，如今再回想下午的事，简直连王彼得都比贺云钦率直可爱几分。

只是眼下找玉淇表姐要紧，王彼得曾委托贺云钦写专栏，可见此人能力是不假的，不如等他顺利找到了人，再让哥哥将他一脚踢开。

想到此处，她心情大好，兴致勃勃地坐到桌边，托腮等周嫂盛饭来。

贺云钦坐她对面，左边是母亲，右边是哥哥。哥哥想是心存戒备，言谈客套之余仍显审慎，母亲却因时刻不忘待客的礼节，早已殷勤地劝起了菜：“贺先生，玉淇的事就劳烦您跟王探长了。”

红豆想起这人下午才刚坏她的裤子，眼下又即将大吃她家的饭菜，胸口顿时一闷，不愿再与他正脸相对，索性仰起脸来，皱眉去看头顶的墨绿玻璃罩悬灯。

贺云钦跟虞太太泰然说了几句话，不动声色一抬眼，见红豆不过一转眼的工夫，已然转换了三四种神情，比起妹妹小的时候，简直还要懂得变脸，不由得暗暗称奇。

次日早上红豆起来，顾不上洗漱，先到哥哥房间去打听昨晚的收获，谁知哥哥一早就走了。

吃饭时，虞太太道：“你哥哥走的时候，说法租界那边回话，那个固金银行的袁箬笠礼拜六从新亚茶室出来，去了什么俱乐部打桥牌，俱乐部里有人给他作证，袁箬笠自己也坚称事后未见过你表姐，可是后来经火车站那边一查，发现附近有爿洋装店是袁家名下的产业。”

红豆一顿，这么巧？

“哥还说了什么？”红豆问。

“别的未说，就说中午可能去学校找你，要是下午你还有课，中午就带你去附近的饭馆吃饭。”

“那最好不过。”她还打算向哥哥打听调查的结果呢。

时间不早了，红豆顾不上跟虞太太讨论，匆匆忙忙用完早膳，便回屋换衣裳。

走前瞥见挂在床架上的那件大衣，本想拿到学校托贺竹筠转交给她二哥，想来想去，怕引起什么误会，遂作罢。

谁知她刚跑到楼下，虞太太竟兜好那大衣追了出来：“不是要还给顾筠吗？昨晚我已经重新熨过，这么贵的衣裳，就算顾筠二姐嘴上不催，随时可能会想起来要穿的，还是早些还给人家为好。”

红豆深觉近日流年不利，简直怕什么来什么。见母亲已经自顾自给她夹到自行车后座，她硬着头皮闷闷道：“知道了。”

到了学校，她抱着大衣到自己的信箱前，比对一番大小，果然塞不进去，只好抱着进了教室。

上午共两堂课，第一堂是令人昏昏欲睡的明清史料研究，顾筠坐她边上，见了那大衣，赞叹不已：“这是哪家洋装店做的？真是好看。”

红豆想起昨天她编的那套说辞，对着顾筠本人，再想起顾筠她二姐，连调侃的心思都无：“不是我的衣裳，一会儿要还人的。”

第二堂是本学期新开的乐理课。

往课室走的时候，顾筠跟梅丽贞几个议论：“听说段明漪在美利坚的威尔斯莱女子学院念的书，学问想来不错，就不知讲起课来如何。”

红豆一愣：“果然是她给咱们讲课吗？”这两天尽顾着找玉淇表姐，倒忘了乐理课新老师的事了。

顾筠对红豆的质疑略为不满：“一会儿上课不就知道了。”

红豆抱着大衣进了教室，刚一坐下，隔壁一个女孩子笑吟吟打招呼道：“虞学姐、顾学姐、梅学姐。”

是贺竹筠。打完招呼，她抱起课桌上的书本走过来，要挨着红豆她们坐。

尚未坐下，贺竹筠低头看见红豆搁于凳上的大衣，讶道：“虞学姐，你怎么带着大衣来上学？”

红豆朝贺竹筠脸上细细一望，见她毫不知情，显然这衣裳不是她的，便不动声色地挪开那大衣，笑道：“一会儿要还人的。”

这时教室里一阵轻微的骚动，红豆看向门口，见一人款款走进来，肤白雪腻，身段绰约，果然是段明漪。

因天气比前些日子清冷几分，段明漪不像上回只穿短袖旗袍，里头穿着蜜色乔其纱西式衬衫，外头还套了件米灰色洋款风衣。

衬衫领口系有同色大蝴蝶结，款式极为别致，底下那条窄裙，式样更是闻所未闻，料子是薄呢，颜色是浓酽的酒红，因裙摆做得窄小，步态显得极婀娜，缓缓走来时，颇有一步一景之感。

红豆目光在段明漪身上打了个转，最后定在对方饱满的胸脯前，略一停留，下意识地便坐直身体，顺带将胸挺了一挺。

与此同时，她不忘在脑中品度一番大衣的尺寸，依旧维持原有的判断：衣裳也不是段明漪的。

这时，不知谁带头欢迎道：“段先生好。”

段明漪一双妙目徐徐掠过教室中每一个角落，莞尔道：“暑期时我有幸接了圣约翰的聘书，本学期执教乐理课。今日既是第一堂课，在正式开讲前，我先向同学们自我介绍，我姓段，夫姓贺，读大学时，我学的并非音乐专业，而是英国文学……”

她似乎早前有些授课经验，简单开场白后，便正式切入讲题，接下来一堂课，语速不疾不徐，深懂要言不烦之道。

贺竹筠一俟下课，便去讲台找嫂子说话。

大家都知她们是姑嫂关系，见两人如此亲厚，倒也不以为奇。

顾筠赶着上下一堂课，起身整理了课本，见红豆仍端坐不动，奇道：“都下课了还坐着做什么？”

红豆手指不耐地在桌上轻轻敲了几下，扶住额头暗瞥讲台上那两人。

左等右等，那两人偏就不走，大衣是贺云钦给她的，谁知出自贺家何人之手，万一叫段明漪认出来，继而生出什么误会就不妙了，于是仍端坐不动，口里对顾筠道：“我肚子有点不舒服。”

“肚子不舒服？”

“早上吃得太腻了，坐坐就好。你先走吧，我稍后就来，对了，记得选靠后头的座位。”

幸而顾筠走了之后没多久，段明漪和贺竹筠也结伴走了，红豆这才抱紧大衣，去另一课室上课。

上完最后一堂课，红豆想起早上母亲的嘱咐，便推了自行车出来，到学校门口树荫下等哥哥。

来来往往经过不少同学，见红豆后座上夹了件衣裳，少不得问几句。

红豆被问得烦了，正琢磨要不要到僻静点的地方去等哥哥，就听不远处有人喊：“红豆。”

她迎着那人走过去：“哥。”

哥哥的衬衣袖子撸得高高的，额上沁出细汗，想是一上午跑了不少地方。

见了她后座的衣裳，照例来一句："怎么还带了件衣裳？哎，这大衣不是你那位顾同学的吗？"

红豆支吾道："唔，一会儿要还人。"

虞崇毅一则心粗，二则满脑子都是案子，并未往下追问，只道："哥哥带你去吃饭，你下午有课吗？"

"没课，表姐有下落了吗？"

"稍后跟你细说。对了，贺先生一会儿同我们一道吃饭。"

红豆一讶，这人还真就对这案子上起了心。

兄妹俩出了校门一瞧，果然停一辆洋车。贺竹筠和段明漪姑嫂二人在车前说话，贺云钦则立在车后，似是为了避嫌，他嘴里叼着烟，眼睛却看着另一边。

贺竹筠瞧见红豆，立时露出甜静笑容："虞学姐。"

红豆脚步稍缓，她们姑嫂不是上午只有那一堂课吗？怎么延宕到这时候才走？

她呵呵笑道："段先生，贺学妹，这是要回家？"借着身形遮掩，把自行车交给哥哥，自己则将那大衣从后座取出，另一只胳膊夹住那大衣，免得叫对方一眼瞧见。

"本要回家，谁知在学校门口碰到二哥，就多说了几句话。"贺竹筠走近道。

段明漪却在原地打量红豆，很快便认出了她："这不是上回拿桂花糖给四妹吃的虞同学吗？"

红豆暗噫了声，这人记性倒好。

贺云钦听到这声音，转脸看过来，见红豆跟虞崇毅并肩走着，胳肢窝底下夹着件东西，定睛一看，未能认出是何物，低头掐熄了烟，对贺竹筠道："你跟大嫂回家，二哥还有事。"

贺竹筠纳闷道："你刚才不是说你在等人吗，那人来了吗？"

段明漪听了这话，微讶地看向红豆，目光滴溜溜在她兄妹身上一转，略一思索，便挽了贺竹筠的胳膊，微笑道：“想是那人已来了。你的身体经不起饿，先回家吃饭吧，你二哥这么大个人，左右丢不了。”

贺竹筠怎么也想不到二哥等的人便是虞氏兄妹，疑惑地在门口人群中又搜索了好一会儿，这才迟迟收回目光，跟段明漪上了车。

司机发动汽车，贺竹筠隔着车窗道：“二哥，别忘了先前咱们说好的，下午务必回趟家，我们还要商量母亲过生日的事呢。”

贺云钦笑了笑道：“忘不了。”

贺竹筠这才冲红豆摆了摆手道：“虞学姐，明天见。”

等车走远了，贺云钦看向虞崇毅和红豆：“虞先生，同福巷离此不远，既接了令妹，不如顺道送她回家？”

经过昨晚的谈判，红豆本诚心诚意要跟贺云钦好好合作，谁知只过了一晚，这人态度又有微妙不同，话里话外的，大有将她支开的意思。

她先是不解，转念一想，贺云钦多半是见哥哥比她憨直，所以才借机想将她撇到一边。

她暗瞪他一眼，对哥哥道：“哥，早上你不是说要带我吃饭吗？边上有一家宁波馆子，菜做得不错，我们就去那儿吃吧。”

虞崇毅会意，忙对贺云钦道：“我妹妹心系玉淇的事，要是不让她知道案情的进展，怕是连饭也吃不香。不如就按照我妹妹的提议，去她说的那馆子将就一口？”

贺云钦没想到红豆一眼便看破了他的打算，只当没看出兄妹二人的眼色，无所谓道：“那就走吧。”

三人到馆子坐定，虞崇毅对贺云钦道：“上午我核实过了，除了火车站那爿成衣店，潘玉淇那日从茶话会出来后去的那家首饰店，原也是袁家的产业，只不过袁箬笠去年离婚之际，将那首饰店划给了他前头的太太。据店员说，潘玉淇在那家店给舅妈订了一串项链，那日之所以去那儿，就是到店里取货，当时潘玉淇还跟店员说了几句话，出来之后便失踪了。”

贺云钦“嗯”了一声：“所以首饰店门口才是潘玉淇失踪的确切地点。上午我去那附近转了转，热闹得很，除了十来家商铺，尚有一家百货公司，问了邻近几家店的店员，都说上礼拜六未听到异常。”

虞崇毅愕然道：“贺先生，你调查过首饰店了？”

贺云钦端起茶壶给自己倒茶：“时间不多，所知线索又太少，要想尽快找到潘玉淇，只能先顺着礼拜六那日她的行车路线排查一遭。”

红豆顺理成章接过话头：“所以贺先生调查了一上午，一定还有其他发现咯？”

贺云钦漫应道：“那是当然，我还知道王美萍不只被人撕票，死状还离奇得很，像是涉及一些古老的仪式，尸首被人做过手脚。”

原以为红豆定会被吓得打退堂鼓，谁知她脸色不过变了一变，立刻皱眉追问道：“这是何故，绑她的人为什么要用这种方式谋害她？她是三个月前死的，还是三个月后死的？”

贺云钦见她非但不怵，还一开口便问到了关键，静静望她一会儿，身子往后一靠：“虞小姐，若是知道了答案，案子不就破了吗？”

红豆见他分明有意敷衍，略带讽意道：“我还以为以贺先生之能，不出手则已，一出手必定手到擒来呢，原来也有能力不及之时。”

虞崇毅见二人一见面就吵嘴，这才坐下几分钟，又闹得剑拔弩张，怕彼此面上不好看，忙在桌子底下拉了拉妹妹的衣服。

红豆只当不觉，深觉贺云钦可恶，她还没将他一脚踢开，他倒已经想着要将她踢开了。

隔着饭桌，贺云钦望着红豆，红豆也望着他。片刻后，贺云钦放下茶杯，主动打破僵局道：“虞小姐，上回在王彼得处多有冒犯，我还未正式道歉，不如今日这顿我来做东，全当向虞小姐赔礼了。”

红豆仰脸而笑：“难得贺先生这么爽快，怎忍拂贺先生的美意。”忙唤了伙计点菜。

她一边点菜，一边暗想，早知道贺云钦今天肯请客，刚才就该提议去“小有天”，那地方的饭菜贵得离谱，一顿下来抵寻常人家一月的伙食费，这人这么坏，狠敲他一笔竹杠才好呢。

虞崇毅心里疑惑，嘴上却客气道：“贺先生，舍妹脾气娇纵了些，不过她一向分得清轻重的，想来她刚才也是担心她玉淇表姐，言语间才多有冒犯，贺先生别见怪。”

贺云钦只笑笑不说话，俨然一副宽厚姿态，任由红豆狮子大开口点菜，过了会儿，拿了一根筷子蘸了水，在桌面上画道：“虞先生，你当警察三年，以往办案时，可曾见过这种古怪的凶器？”

红豆翻菜单的动作一顿，暗暗瞟向贺云钦画的那图案。

虞崇毅摇头道：“不曾。凶手似乎也不在乎我们研究这些木钉，不然按照常理，凶手通常会事先拔出凶器，怎会大剌剌地留下线索。”

“所以它必定有非留下不可的理由。”贺云钦道，“下午我会去一趟王彼得处，他那里资料丰富，我到他那里找一找，也许会有收获。”

红豆想了想，转身看向哥哥道：“我们学校有个研究民间神秘事件的团契，会长是政治系的秦学锴，团契成立好些年了，他手头上应该也有不少资料，一会儿我就回学校去找他，要是查到了什么，哥哥，我去哪儿找你？”

三人一边吃饭一边定下了下午的行程。

吃过饭后，虞崇毅惦记着回警察局，一出来便嘱咐红豆道：“哥哥先走了，你自己回圣约翰，过后哥哥去学校接你。”

红豆抱着那大衣应道：“我知道了。”

等哥哥上了电车，她扭头见贺云钦仍在原地，想是在等车，便走过去，将大衣往他怀里一塞：“喏，还给贺先生。”说罢，也懒得看贺云钦是什么表情，傲然走到自行车前，骑车走了。

第十一章

贺云钦刚回公馆，便有下人迎出来：“二少爷回来了，太太刚刚还在念叨您，眼下已歇下了，少奶奶和四小姐在厅里说话呢。”

贺云钦随手将手里的大衣递给那下人，本想让送到大姐房中，想了想，这衣裳既红豆穿过了，大姐未必肯再穿，便改口道：“送到我房里吧。”

那下人应了。

贺云钦看了看腕表，母亲刚歇下，至少还需半个小时才起来，大嫂和四妹在厅里，一时不便进去，索性点了根烟，立于台阶上，仰头看头顶的天色，一低头，忽然瞥见停在树下的那辆半旧自行车。

他盯着那自行车看了一会儿，下了台阶，蹲下身去，看那后座上的铁丝，越看越觉得铁丝碍眼，回头一望，见管事在剪门前灌木，便道：“李伯，有扳手吗？”

李伯忙到工具箱里翻了一翻，找出扳手送来。

贺云钦接过扳手，将后座上的铁丝拧了，又仔细检察一番，确定再无旁的铁丝，这才打算起身。

这时贺竹筠听了下人的话出来寻他：“二哥，你回来了也不进屋，我还等着你帮我挑礼物呢。”

左右一顾，见贺云钦蹲在自行车前，讶笑道：“二哥，你这是在修车吗？”

贺云钦起了身，摸了摸下巴，自己也有些疑惑，未及深想，将扳手递给李伯，对贺竹筠道：“走吧，看看你都备了什么礼物。”

贺云钦跟妹妹进屋，刚好大姐贺兰芝从楼上下来。

见了贺云钦，贺兰芝微讶道：“今日回来得倒早，学校没课吗？”

贺云钦笑道：“回来商量母亲生日的事。”说着，走到沙发上坐下。

贺竹筠挨着大姐和大嫂在对面坐了，抿嘴一笑：“我刚看见一桩奇事，大姐、大嫂，你们猜哥刚才在外头做什么？”

贺兰芝理了理肩上的大流苏披肩：“你哥自从德国回来，整天尽跟稀奇古怪的人打交道，早染了许多怪毛病，就算你说他修自行车我都不奇怪……”

她话音未落，贺竹筠笑得跌倒在段明漪的怀里：“大姐真是神机妙算，二哥刚才可不就是在修自行车呢。”

贺兰芝不过随口一说，谁知竟说中了，愣了一愣，哭笑不得道：“小弟，你那自行车都旧成那样了，何不换台新的，还修它做什么？”

贺云钦只说口渴，待接了下人递来的茶，这才道：“前日父亲还教训我一顿，说我虽有了差事，自奉尚薄，切不可骄矜铺张，需懂得持盈守成的道理。他老人家的教训我时刻记着呢，我那自行车旧虽旧了些，并不是骑不得了，就这么扔了多可惜。”

贺兰芝转脸看向段明漪和贺竹筠：“这话你们信不信？”

段明漪微笑着不答，贺竹筠捂嘴摇头：“不信，不信。”

贺兰芝好笑又好气地瞪向贺云钦：“你啊，最会讲大道理，这些话你自管拿去应对太太，我们可是不信的。哎，对了，昨天你让余叔回家跟我要衣裳做什么，古里古怪的，该不是外头结识了什么女孩子吧？”

她跟贺云钦贺竹筠隔母，多年来只称呼继母为“太太”，从未改过口。

贺云钦本来很坦然，然而细一想，昨天和红豆的事有些夹缠不清的地方，说出来难免引来误会，便笑道：“那些衣裳大多都未动，只一件大衣穿过了，现已重新熨过，就放在我房里，一会儿就拿来还给大姐。”

如他所料，贺兰芝果然道：“那大衣既被人穿过了，不必再还我了，单拿那几件未穿过的给我就行。”

贺云钦道：“那我回头让鼎祥做件新大衣赔给大姐。”

“何必这么麻烦。”贺兰芝放下茶盅，兴致盎然地研究贺云钦的表情，“我可不等着衣裳穿，何况那衣服料子少见，价格又昂，即便是鼎祥也只进了一两匹，我跟明漪当时一人做了一件，一时想做一样的是不能了，只能俟下次鼎祥再进货了。我只问你，那大衣你拿去给谁穿过了，难道你终于肯交女朋友了？”

贺竹筠好奇道：“二哥，你前几日说要谈恋爱，竟是真的吗？”

贺云钦看她一眼：“要真有了女朋友，必不瞒着你。”说着，抬手看看手表。

时间不早了，须得尽快去找王彼得，他便打岔道：“妈差不多该起了，我上去瞧瞧。”起了身，双手插裤兜里，朝楼梯走去。

贺兰芝故意对贺竹筠和段明漪笑道：“一说到这个就走了，可见女朋友多半是有影子了。”

贺云钦听见这话，脚步一顿，回头朝贺兰芝一笑道：“借大姐吉言，真有了女朋友，我一定早些带回来给妈过目，省得她老人家整天念叨。”

贺兰芝笑着催他：“我们说我们的私己话，你这么急着撇清干什么？不是要去看太太吗，你走你的就是了。”

等贺云钦走了，贺兰芝摇摇头：“你二哥看着散漫，心思却细，向来又懂得哄人，如果真要讨女朋友欢心，何必拿别人的衣裳送人，只管买新衣裳就是了。可是，如果不是女朋友，你二哥又怎会送那人衣裳？所以想来想去，这件事都有些不通。”

段明漪本来一言未发，听了这话，眼波微动，弯唇笑道：“说起大衣，我倒想起一件事。今天在学校里好像看到一个女学生抱着衣裳上学，这学生我认识，就是四妹常提起的那位虞小姐。”

贺竹筠一怔，还真是。记得她当时见了奇怪，还问过虞学姐，虞学姐只说是要还人的。

世上竟有这么巧的事吗？

正要接段明漪的话，谁知二哥去而复返，在楼上淡淡道：“四妹，你刚才不是要我给你挑礼物，礼物在哪儿呢？”

贺竹筠忙道：“在我房里。”起身去找二哥，也就顾不上往下聊了。

红豆到了学校，本打算径直去政治系平日上课的课室找秦学锴，谁知半路碰到顾筠。

“咦，你不是回家了吗？”顾筠怀里抱着一摞书，像是刚从课室出来。

红豆急于找到秦学锴，顾不上跟顾筠闲聊，迈开脚步就往前走：“我去找秦学锴借点东西。”

顾筠更觉得稀奇：“你不是怕引起秦学锴的误会，平时总要跟他保持距离吗，怎么今日倒不怕了。”

红豆两手一摊：“我要找的是‘神秘事件团契’的资料，他是会长，不找他找谁。”

顾筠跟上她道：“下午无课，我也没事，不如我同你一道去吧。”

红豆想了想，有顾筠在场，一来不至于引起秦学锴的误会，二来还可以多个人帮着找资料，便道：“好吧。”

到了那儿，偌大一个课室只有寥寥几个人温书，再一问，下午政治系并无大课。

幸而有个男生跟秦学锴交好，见红豆主动来找秦学锴，深觉机会难得，忙自告奋勇带红豆去找人：“秦学锴这人最是好学，下午无课时，不是去帮系里的先生整理讲义就是去图书馆借书，我猜他这时在图书馆呢。”

三人到了图书馆，秦学锴果然在那儿。

秦学锴一脸欣喜，哪还顾得上温书，忙出来道：“红豆。”转脸看见顾筠，笑意微敛，“顾筠。”

红豆笑了笑，开门见山道：“秦学长，我们那个神秘事件团契的资料不知都收在何处，能带我们去瞧瞧吗？”

秦学锴奇道：“团契资料太多，早前跟学校借了一间杂物室，如今资料全放在小教堂后面那排老课室里，你们怎么想起来看这个了？”

红豆道：“我有些要紧的事急需查一查，你有杂物室的钥匙吗？”

秦学锴略一迟疑，迈步往前走道：“钥匙我有，这就带你们去吧。不过，红豆，你能不能先告诉我你想查什么？”

红豆脚步微缓，王美萍死得离奇，警方至今秘而不宣，在案件水落石出前，不好让旁人知晓，便道：“我前几日听别人说了些古老的民间异术，觉得很感兴趣，正好下礼拜团契轮到我讲课，想起我们团契里肯定有这方面的资料，所以就来查查，便于做准备。”

秦学锴道：“我们团契成立逾十年了，这些年陆陆续续收来的书籍和旧报纸足有半屋子，关于民间传闻的资料专收在一个高柜里，找起来需费不少时间，下午我左右无事，不如帮你们一起找。”

他是会长，要查团契里的资料，怎么也绕不过他去，红豆想来想去，实在找不到借口将秦学锴支开，只好笑道：“那就麻烦秦学长了。”

她嗓音又脆又甜，秦学锴听得脸一红，忙转过脸：“我是团契的会长，这些事本就应该的，何必说麻烦不麻烦的话。”

三人穿过校园，来到小教堂后头一排老旧课室前，因年久失修，课室屋顶有些漏雨，目前亟待修葺，暂不做课室。

学生们觉得课室空着可惜，便跟学校借来做团契的活动室，要么放些活动用的工具，要么收藏会里的资料。

秦学锴领着两人到了最里头一间课室前，取了钥匙开门。

红豆问秦学锴：“秦学长，我们这个团契只说成立十年了，当初到底是谁成立的？”

秦学锴惊讶道：“不是第一回活动就说了吗，这团契是当年一位姓邓的数学系学长组办的。”

红豆无所谓地点点头。第一回来参加活动时，同学们忙着自我介绍，场面乱得很，她又素不喜欢听长篇大论，因此当初秦学锴介绍团契渊源时，她只听了一耳朵。

顾筠推推鼻子上的镜架道：“红豆肯定当时忙着吃东西去了。”

这时门打开了，三人入内，红豆慢慢打量屋内书柜，随口问：“那这位邓学长现在何处？”

“只听说去了北平,具体在何处谋事就不知道了。”秦学锴径直走到窗边，打开最靠里的书柜，自下而上看了一眼，对红豆和顾筠说，“全在这里了。”

红豆跟顾筠一对眼，两人撸起袖子，踮脚就去搬最顶上的那一沓资料，被秦学锴拦住：“你们拿下面的资料，上面的我来吧。”

三个人转眼便分好了工，秦学锴负责最顶上的书柜，红豆负责中间，顾筠最矮，负责最下面两层。

等将书和杂页从柜中搬出来，秦学锴问红豆：“要找的东西有没有具体范围，是仪式还是异术，西方的还是东方的？”

红豆将东西挪到一边，自顾自翻那些泛黄的书页：“只知道是几根一尺来长的木钉，不知何故被人钉在了人身上，我也说不好是东方的还是西方的，更不晓得那东西具体是做什么用的。”

她一边说，一边用手比画：“大约这么长，这么尖。”

顾筠胆子丝毫不逊于红豆，听了这话连脸色都未变：“咦，还有这么古怪的东西，你从哪里听来的？”

秦学锴略一思忖：“倒有点像西方所说的对付吸血鬼的法子，不过这说法毫无根据，只用来唬唬小孩儿，世人都知吸血鬼根本是没影的事，难道真会有人相信这么荒诞不经的传闻？”

红豆一愣，先前只往本地民间传闻上想，倒没想到西方那些神秘学上头，忙道：“那我来找找西方教会的资料。”

三个人各对着一摞书页，翻了半天，一无所获。

最后红豆总算在一份专讲奇闻的报纸上发现了木钉的一则小漫画，画上画一牧师，牧师手中握了一根木桩，正要钉向所谓吸血鬼的胸口。

然而那木桩足有擀面杖那么粗，而中午贺云钦在桌上画的那种凶器是又尖又细，可见两者之间并无半点相似之处。

红豆再一细想，王美萍这几件案子若系同一伙人所为，这些人非但能一再犯案，而且有办法逃避警察的搜索，可见他们自有一套专对付警察的本领，不是天才就是疯子。

忽听顾筠道："你们来看看这上面的记载，这画的东西是不是所谓的木钉。"

红豆过去一看，见是本线装古籍，年代已杳不可考，书页泛黄脆薄，仿佛随时都能被风吹碎。顾筠翻到的那一页，密密麻麻记了一段话，旁边还配有一幅插画，的确画的是细长的木钉样的物什。

红豆一字不落地读完，想起中午贺云钦所说的首饰店的事，微微色变，暗忖，难道跟那个人有关系吗？看来需尽快去找哥哥才行。

红豆拿过那书，对秦学锴道："学长，我能把这书拿回去做摘抄吗？"

秦学锴道："这些资料都是历届团契成员从各处搜罗而来的，若是要取回家私用，得先做个登记。"

说着便从另一个常用的书柜里取了一个线装登记本，抄下那书的封页——《玄宗野录》。

三个人又将先前搬出来的资料一一收回书柜，从杂物室出来。

眼看要走到校门口了，秦学锴看看红豆，忽道："你们下午可还有旁的安排？昨天我听同学说，大剧院排了白玉龙的新电影，既然下午无课，不如一道去大剧院？"

红豆满心惦记找玉淇表姐，唯恐错失良机，哪有心思去看电影，忙笑道："家里还有急事，需尽快赶回去，今日之事麻烦秦学长了，下回我和顾筠请秦学长看电影。”

秦学锴早不知被红豆拒绝过多少回了，失望是失望，却并不气馁，只无奈笑道：“那就等下回了。”

秦学锴走后，顾筠对红豆道：“你到底在查什么，不告诉秦学锴，总可以告诉我吧？”

红豆将那本书夹到后座上，骑上自行车：“暂时还不能说，不过只要能搞清楚真相，我一定第一时间告诉你，我还有事，先走了。”

骑了一截，回头看顾筠仍抱书站在校门口，她又折回来道：“你没事早些回家，近些日子别一个人单独出门，尤其别去车站之类的热闹地方。”

顾筠对红豆的性情知之甚详，听了这话，淡然说出自己的猜测：“我就知道你肯定在查什么，说吧，是不是你哥哥警局里出什么稀奇古怪的案子了？”

红豆摆摆手，扬长而去：“反正你先回家，明天早上见。”

早在中午吃饭时，红豆就跟虞崇毅约好了，若在团契里有什么发现，直接去公共租界警察局找他。

到了警察局，门口阿伯认得红豆，笑呵呵道：“红豆又来找哥哥了。”

红豆下了车，甜甜一笑道：“龚阿伯，麻烦帮我进去跟我哥哥递个话，就说我有急事找他。”

过了会儿，龚伯从里头出来道：“你哥哥这就出来。”

没多久，哥哥出来是出来了，身边却还跟着警察厅的其他同僚。

其中有一人蛮气派，大约四十多岁，生得倒是仪表堂堂，就是脸色看着有些浊气，似是长期耽于酒色所致。

红豆认得这人是白厅长，对其并无好感，见他们出来，忙悄悄将自行车推到旁边树荫底下，转脸看街对面的风景。

白厅长被一众人簇拥着走到车边，趾高气扬地正要上车，谁知一眼看见了红豆，愣了一下，上上下下将她打量一遭，转过身去，遥遥对龚伯招招手。

龚伯忙一溜烟跑过来。

白厅长指了指红豆："那小姑娘哪儿来的？"

龚伯微微哈腰道："回白厅长的话，这是虞警佐的妹妹，说有点急事来找她哥哥，这就要走了。"

虞崇毅皱了皱眉头。

白厅长颇感兴趣地转脸看向虞崇毅："你妹妹？怎么，不介绍认识认识。"

虞崇毅笑容微僵，碍于职位，不得不谨慎回道："属下有些东西落在家里了，让我妹妹帮忙送一趟，马上就走。厅长，您不是为了陈白蝶的事要专门去一趟法国领事馆吗，时间不早了，该上车了。"

白厅长喉咙里干笑了两声："虞崇毅啊，你在我手底下混迹数年，一点长进都没有，还是这么不会说话，你妹妹看着倒是比你机灵多了。也罢，早些去早些回，领事馆回来，我还约了朋友谈事情。你刚才是说，你也要出去办案？"

虞崇毅道："我想去查一查陈白蝶和王美萍两人社会关系上的交集点。"

白厅长意味深长道："难怪你刚才说有事，不肯跟我们一道去领事馆。也好，那么，稍后见。"又仔细看了红豆几眼，这才上了车。

等那车扬长而去，虞崇毅拉了红豆到一边："下次别来警局找我了。"

红豆满脸厌恶地看着街尽头的车影："那人刚才问什么呢？"

虞崇毅说："就问问你是谁，没说别的。总之你下回别来了，有什么事等我回去再说。"

想起白厅长走时的目光，他心里不无隐忧。白厅长的太太是本埠出了名的悍妇，畏于河东狮吼，白厅长在太太在世时还算懂得收敛，然而自从太太去年一病死，白厅长活像挣脱牢笼藩篱的困兽，到处花天酒地，恨不能以加倍的风流来弥补过去二十年的所谓"不幸婚姻"。

与此同时，放话出来：因吃了前头太太的亏，这回定要找个才貌双全的。先后收了几任小老婆，仍不知足，又将主意打到了女学生的头上。只目前尚未找到合心意的，这事不得不暂时搁置罢了。

红豆心里想的却是另一层，点头道：“嗯，我下回不来了。”免得叫哥哥上级看见，平白找哥哥的碴。

虞崇毅道：“你在这儿等我一会儿，我进去跟同僚说我出去办案。刚才白厅长他们在，我不方便取王美萍的验尸单出来。”

红豆惊讶道：“为什么要把王美萍的验尸单取出来？”

“贺云钦要看。”

红豆撇撇嘴，哥哥还真把贺云钦的话当回事：“哥，你就不怕贺云钦别有用心？”

虞崇毅一心破案，听了这话，苦笑道：“哥哥当警察这几年，别的本领不见长，看人的本事还是有几分的。不管贺云钦怀着什么目的而来，总归他不会是坏人。我现在只想尽快找到你表姐，就算泄露了什么不该泄露的，哥哥也认了，大不了不做警察，再去找别的营生。”

红豆怔住，原来哥哥竟是真不想做警察了。再想想刚才哥哥在白厅长面前那副拘束样子，隐约也能体会到哥哥的苦衷。

一时间五味杂陈，也就未再说话。

虞崇毅很快就去而复返，手里果然多了个布袋，径直走到红豆面前，推了自行车道：“我们先去富华巷找贺云钦，约好了五点半，眼看快到时间了，他既然去了王彼得处找资料，没准会跟你一样有些收获。”

红豆嘟着嘴上了自行车后座。

第十二章

两人到了富华巷，原以为还要等些时候，谁知贺云钦早就到了。

虞崇毅刹住车：“贺先生。”

贺云钦老早就看见红豆怀里抱了不少东西，料定他们兄妹下午有不少收获，便道：“怎么样，王美萍的验尸单拿来了吗？”

虞崇毅道：“拿来了。”

红豆见贺云钦开口就问王美萍的验尸单，对于自己在王彼得处的收获却只字不提，有心想扳回他们兄妹的主导地位，怎奈哥哥不肯配合，胸口憋了好大一团闷气，一时无解，干脆仰头看天，借观赏碧清的天空来纾解不豫。

贺云钦心里好笑，假装没看见红豆一脸不悦，提议道：“大街上说话不方便，对面有家咖啡馆，我们去那儿说话吧。”

三人到了咖啡馆，找了僻静角落坐了。

虞崇毅将袋子递给贺云钦道：“这里是王美萍的验尸单，还有陈白蝶失踪前后身边所有人的口供，全在这里了。”

贺云钦翻开报告，皱了皱眉：“所以王美萍是上礼拜才死的。”

红豆大感意外：“上礼拜才死？王美萍不是失踪三个月了吗？为什么那些人三个月后才杀她？”

贺云钦看向红豆："虞小姐，你之前不是去学校团契找线索了吗，查到什么没有？"

红豆想了想，左手拿出那本《玄宗野录》，右手掌心朝贺云钦摊开："贺先生不是也去王探长处找资料了吗？发现了什么，不如彼此交流一下。"

贺云钦跟她对峙片刻，毫无惭色地笑笑道："王彼得不在家，我没能找到资料。不过我向你保证，晚上我会再去他家一趟，如果虞小姐不介意，到时候可以跟我一道。"

红豆没想到他脸皮这么厚，明知他打定了主意空手套白狼，却因急于跟哥哥讨论案情，只瞟他一眼，便宽宏大量地翻到那页："看看这上面画的木钉，跟王美萍身上的是一种吗？"

虞崇毅凝眉一看，微讶道："看着确实是一种，咦，这是什么书，你从团契里拿来的？"

贺云钦拿了那书到手中翻看："《玄宗野录》？"

红豆指了指一处对他们道："你们看边上这段话，这上面写着，人死后，用木钉钉在人的尸身上，可以打散这人的魂魄。姑且不说这法子经不经得起推敲，你们不觉得这凶手太古怪了吗？杀了王美萍还不够，还要用这种法子来害她。王美萍初来上海，凶手哪来的机会跟她生出深仇大恨？哥，你查过王美萍在绍兴的事吗？她过去可曾在家乡跟谁结过仇？"

虞崇毅摇了摇头道："她父母都说王美萍平时老实本分，这回来上海，也是想托她舅舅在本地谋个事，一来攒点嫁妆，二来贴补家用。她舅舅、舅妈也说王美萍性情温和，很少跟人起争执。"

红豆静了一静，说出自己早前的推论："玉淇表姐礼拜六最后出现的地方是袁箬笠前妻名下的首饰店，而王美萍则是在火车站失踪的，巧就巧在火车站也有一家袁家的洋装店……也就是说，这两宗失踪案多多少少都跟袁家有些瓜葛。哥，你之前核实过没有，火车站那洋装店现是属于袁箬笠，还是其前妻？"

"这……我还未来得及去核实。袁家的离婚官司静悄悄就办完了，当时并未见报，我们也无从知晓他们的财产具体是如何分割的，那家丽华首饰店因为生意做得大，所以谁都晓得现今的老板娘是袁箬笠前头太太，怎么了，你问这个做什么？”

贺云钦盯着那书页，头也不抬接话道：“她是在怀疑这些案子跟袁箬笠的前妻有关。”

虞崇毅怔住：“这也太匪夷所思了。她一个不愁衣食的贵太太，为何要绑人害人？”

红豆瞄瞄贺云钦，不得不承认，这人比哥哥思路转得快多了，交流案情一点也不滞涩。

她想了想，模仿彼得专栏的语气道：“我只是在找这几个失踪者的共同点。哥，你查过袁箬笠为什么要跟他前头太太离婚吗？”

虞崇毅道：“查了，成亲十年，太太未有生育，袁箬笠为了子嗣才跟太太办的离婚手续。”

红豆暗暗点头，难道是出于愧疚，所以袁箬笠离婚时才拨了不少财产给前妻？

她继续试着找三名失踪者的共同点：“那你查过陈白蝶跟袁箬笠的关系吗，她跟袁箬笠认识吗？”

虞崇毅露出头痛的表情：“陈白蝶在本埠关系网太复杂了，跟她有来往的人不在少数，袁箬笠怎么说也是一位体面的富商，就算陈白蝶认得他也不奇怪。就不知道他们除了表面上的交际往来，还有没有别的私人关系，这就要再去详细盘问陈白蝶身边的人了。”

贺云钦道：“不必查了。陈白蝶现今的金主我认识，两人已在一起超过两年，而袁箬笠是去年才离的婚，在此之前及在此之后，他都不可能跟陈白蝶有旁的关系。对了，虞小姐，你还记得那日南宝洋行的陆敬恒是什么时候出现在茶话会的吗？”

那个小开？红豆决定稍后再回答这个问题，只追问道：“陈白蝶的金主是谁？”

贺云钦避而不答："这跟本案无关。"

红豆奇道："你怎么知道一定无关？"

贺云钦抬眼看了看她，正要接话，咖啡馆的门忽然被人推开，一行人从外头进来，前头两个人一边走一边说话："陈白蝶的事情弄得我们警察厅上上下下人仰马翻，为了找她，连觉都不敢睡，领事馆那帮洋人废话连篇，除了添乱，半点忙都帮不上，刚才我本想去找他们，想了想，不如找你出来商量商量。"

白厅长？虞崇毅和红豆一对眼，忙用最快速度将桌面上的验尸单藏到桌子底下。

那人看见虞崇毅，愣了一下："虞崇毅？"

虞崇毅站起来道："白厅长。"

白厅长看见红豆，顿时大起兴趣，一只手夹着雪茄，另一手指了指红豆，以极其文雅的口吻问虞崇毅："这是你妹妹？"

虞崇毅脸色有些难看："是。"

白厅长含笑盯着红豆看了一回，眯了眯眼，正要让虞崇毅将红豆领过去正式见面，忽然瞥见红豆对面的贺云钦，认出他来，笑道："这不是贺老的二公子吗？怎么，你也认识他们兄妹？"

贺云钦淡淡往椅背上一靠："白厅长。"他语气颇随意，笑容却很寡淡。

白厅长早前跟贺云钦打过几次交道，心知这人出身好、学问高，平素与人来往时最讲涵养，轻易不摆脸色，像今天这种将"不悦"写在脸上的情形，简直少有。

他纳罕地吸了口雪茄，虽不知自己何处得罪了对方，自问并无碰软钉子的兴趣，干巴巴笑了笑，便施施然在对面坐下，冲虞崇毅招手："你们在跟贺二公子谈事情？"

虞崇毅过去回话："跟贺先生打听点东西，稍后就回警局。"

白厅长望了望红豆，放柔语气道："你们谈完事情先不要走，待我这边忙完，我请你们兄妹到大万国吃饭如何？"

虞崇毅垂下眼帘："多谢厅长美意，只是我妹妹年纪小不懂事，怕说错话惹白厅长不高兴，况且母亲家里做了饭，还等着我妹妹回家吃晚饭。"

白厅长怫然道："虞崇毅，下午让你介绍你妹妹的时候，你就一味推三阻四，现在我不过想做个东，你又百般搪塞。怎么，难道我白某人想请下属吃个饭都不行？"

虞崇毅嘴里直发苦："白厅长——"

"不必啰唆了。"白厅长断然截住他的话锋，以不容置疑的口吻道，"我这就让于荣他们给大万国打电话订位置。"他最不喜欢下属跟他讲条件，今日这顿饭是吃也得吃，不吃也得吃。

红豆早已觉白厅长的态度不对劲，碍于对方是哥哥顶头上司，一时不敢妄动。听了这话，她强压着满腔怒火起了身，笑了笑，便要拿些话来打消这人的念头。

还未等她开口，贺云钦随手将手里的茶水单搁到桌上，起身道："白厅长这话说得太晚了，我今天晚上已经在附近订了馆子请虞小姐吃饭，这就要走了。"

白厅长错愕片刻，讶笑道："贺公子莫不是在开玩笑？"

贺云钦道："白厅长说笑了，我可是诚心诚意请虞小姐吃饭，何来玩笑一说？虞小姐，时候不早了，我们早些走吧。白厅长，少陪。"

红豆微讶地望着贺云钦，贺云钦也正望着她。

他表情认真，丝毫不像在开玩笑。

她只愣了一秒，忙用最快速度收拾好东西，淡着脸跟上贺云钦。

白厅长目送红豆背影消失在门口，冷笑着看向虞崇毅："虞崇毅，这是怎么回事？别告诉我贺孟枚的老二正追求你妹妹。"

虞崇毅生平从未扯过谎，眼下为了让白厅长死心，竟含糊地应了一声。

白厅长细思一回，越想脸色越阴，原本不过起了三分意，一激之下，竟非成事不可，将雪茄重重摁进烟灰缸，鼻子里冷嗤道："难怪你们兄妹瞧不上白某了。虞崇毅，别怪我没提醒你，像贺云钦这种缙绅人家的公子哥，追求个把姑娘算什么，娶回家才算你妹妹的本事，除非哪天你们能请我吃上你妹妹的喜酒，不然这顿大万国的饭她迟早躲不掉。”

红豆跟贺云钦一前一后到了外头，谁都未开口说话。

寂然了一会儿，红豆看看贺云钦：“刚才谢谢贺先生。”

贺云钦并不看她，只随意地望着对面的巷口，笑了笑道：“我这是想着晚上要办案，不想在无聊的事情上浪费时间罢了。”

红豆闭嘴不吭声了。贺云钦这话像是唯恐她多想似的，可就算她再自作多情，也不会误会贺云钦对她有什么好感。

她轻轻撇嘴，看向另一边。

两个人好长时间没再搭言，等了一会儿，虞崇毅终于得以脱身，出来寻他们。

当着贺云钦的面，虞崇毅只字不提刚才的事，只推了那自行车：“贺先生，刚才谢谢你了。”

贺云钦道：“王彼得出门应该回来了，我们去他那儿再找找资料。陈白蝶是在法租界的寓所失踪的，寓所目前应已查封，不知虞先生有没有寓所的钥匙？如果有，我想最好今晚我们能进去搜搜。”

虞崇毅道：“我有是有陈白蝶寓所的钥匙，可是算来她失踪已十天了，警方先后进去排查过几次，就算寓所里有什么痕迹，估计也早已被破坏了。”

贺云钦略一思忖，点点头道：“有总比没有好，现在人多不方便，等晚上人少些了我们再去瞧瞧。”

红豆自顾自坐上了哥哥的自行车后座，虞崇毅温声劝道：“今晚事情很多，也许会忙一整晚，你明日还要上学，一会儿就回去吧，别跟着我们一起去王彼得那儿了。”

红豆摇摇头：“哥哥别忘了我记性很好，就算别的忙帮不上，总可以帮你们找资料。王美萍死得那么惨，我现在最怕玉淇表姐也遭了毒手，就算回了家，我也一定睡不踏实的。”

虞崇毅踟蹰着不肯松口，红豆有些发急，摇着他的胳膊道：“哥，你就让我一起去吧。”

贺云钦头一回听红豆在哥哥面前撒娇，虽是无意识的，声音却极为娇软清润，听了几句，那声音仿佛就在耳根子底下，痒丝丝地对着他吹气。鬼使神差地，他居然抬手摸了摸后颈，仍觉得有些不自在，于是又从裤兜里取出一根烟含上。

虞崇毅被红豆缠了一会儿，为难地看向贺云钦。见贺云钦半点反对的意思都无，他暗松了口气，对红豆道：“那你先给家里摇个电话，免得母亲放心不下。晚上你帮我们找资料，等回头我们去法租界的时候，我再送你回家。”

王彼得果然外出回来了，听洛戴说贺云钦前来拜访，先还满脸高兴，转眼看见贺云钦大摇大摆带来了虞氏兄妹，脸顿时一沉，回到会客室，将两腿高高搁在桌面上，用报纸挡住脸，懒得招呼他们。

贺云钦走到书房，自顾自蹲下身翻了翻某个角落成堆的书籍，对红豆和虞崇毅说：“王探长收藏的民间古怪传闻的资料全在这里了，你们先好好找一找，若有什么发现就告诉我。我再好好看看王美萍的验尸单。”

红豆点点头，将资料大致分做两边，跟哥哥一人负责一沓。

贺云钦坐到边上的法兰绒沙发扶手椅上，看那份验尸单。

三个人在里屋翻东西说话，外头的王彼得一无动静，也不知是他觉得这些资料无关紧要，还是根本眼不见为净。

贺云钦起初一言不发，待翻完整份验尸单，才皱眉道：“王美萍身上的伤痕全是近一个礼拜得来的，而且从好几处大面积的软组织挫伤及胸口的致命贯穿伤来看，凶手行凶时近乎冷血。这就说不通了，凶手既这般残忍，为什么过去三个月，反而肯善待王美萍。”

外头“嘎吱”了一声，似是王彼得挪动了一下椅子。

虞崇毅压低嗓音接话道：“法医官检验过，王美萍生前不曾遭过侵犯，过去三个月也不曾受过虐打。”

红豆一边低头翻资料，一边道：“哥，王美萍跟她生前的相貌比起来，变化大不大？”

“王美萍的尸首被人发现时，头发梳得整整齐齐，脸部也被人擦拭干净了，头面部未遭过损毁，极容易辨认出是她本人。”虞崇毅回答。

“我是说她可像西洋医学所说的出现了‘营养不良’等变化，王美萍失踪前的照片我看过，身形微胖结实，你们找到她尸首时，她可瘦了许多？”

虞崇毅不解。

贺云钦早就在研究这个问题，听了这话，顺口接话报出洋法医写的数字：“122 磅。”

红豆回想了一下王美萍的真人照：“她多高？”

贺云钦言简意赅：“四尺八寸。”

红豆极慢地点头：“以这个身高来说，122 磅算丰满了，可见王美萍自被绑票后，一直被人好吃好喝养着，三个月下来，非但未变得面黄肌瘦，反而还更胖了。”她说完，继续埋头找资料。

王彼得却在外头咳了一声，没得到贺云钦的回应，几秒后，椅子也跟着响了几声。

贺云钦只当没听见，仍一本正经对着那份验尸单：“王美萍被找到时，穿的并不是来上海时的那套二蓝布斜襟袄裤，而是一条浅紫色织锦旗袍，怪就怪在那旗袍的衣料似乎还不错，可见她被人绑架期间不短吃穿。虞先生，你们查过这条旗袍的来源吗，是做的还是在成衣店买的？”

虞崇毅讷讷道：“我们问是问了，可是这衣裳满大街都是，当时问了好几家百货公司都没有，衣裳后头又没有百货公司的标签，所以都猜是裁缝店里做的——”

王彼得不知何时进来了，听了这话，鼻子里冷哼一声：“可是上海的裁缝店有数百上千爿，你们嫌找起来太费工夫，所以也就没有再继续往下查，自然也就错过了找寻凶手线索的关键时机。”

虞崇毅满脸惭色。

红豆不忍看哥哥被人指摘，忙打岔道：“如果能确定这旗袍不是出自百货公司，那就更怪了，王美萍被绑架期间，谁给她做的旗袍？前头那样待她，后头为什么要用那种奇怪的法子杀她？”

她原以为王美萍定是被关在不见天日之所，整日备受折磨，可照这些拼凑起来的线索看，至少头几个月，王美萍非但不短吃喝，还有新衣裳穿。

贺云钦摸了摸下巴：“有几种可能，一种就是凶手过去三个月出于某种原因不能伤害王美萍，必须将她好好供养起来，不知这一点跟所谓仪式有没有关系。还有一种可能就是——”

王彼得靠在门边，掏出酒壶饮了一口酒：“案中案。”

红豆纳闷：“什么叫案中案？”

贺云钦道：“就是绑架王美萍跟杀害王美萍的并非同一伙人。”

他想了想道：“虞先生，仪式的事暂且搁到一边，现在有两桩事急等着办，必须兵分两路。第一就是你回警局取了王美萍尸首上的衣裳来，利用你的警察身份，连同你的同事，到火车站附近的裁缝店一家一家去排查，务必在天亮之前找到那旗袍的出处。第二，就是用你的钥匙打开陈白蝶法租界的寓所，让我和王探长进寓所进行线索收集和痕迹分析——”

王彼得鼓起眼睛：“谁要去了？”

红豆瞄他一眼，赌他八成会去。

贺云钦见虞崇毅面露难色，道：“若是一切顺利，明早也许能找到三个月前真正绑架王美萍的人。只是陈白蝶的寓所目前仍在封锁状态，不便让警方的人知道我们进去搜查证据，如果虞先生实在放心不下，可以让虞小姐同我们一道。”

虞崇毅吃了一惊：“红豆？她怎么行，她完全不懂证物搜集和痕迹学，万一破坏了什么就不好了，而且她明天还有课，晚上需回家睡觉。”

王彼得抱着胳膊道：“有贺博士在场，他自会好好看着虞小姐，必定不会让虞小姐破坏现场的。”

贺云钦看看墙上的西洋钟：“虞先生，时间不多了，还请早些拿主意。”

第十三章

红豆坐在洋车后座上，频频往陈白蝶的公寓门口看。

这寓所是洋人比照大饭店风格新建的新式公寓，地处法租界的逸摩路，装潢摩登，所配设施齐全，楼内还附所谓升降电梯。

刚才从王彼得处出来时，贺云钦为了节省时间，叫了一辆洋车。等车到了，又让车夫回家，自己充当司机。

出发时，王彼得先还表现得不大情愿，后见贺云钦作势要发动车子，这才抖了抖外套，以极泰然的姿态上了车。

到了逸摩路，贺云钦将车停在公寓对面的马路上，问虞崇毅：“陈白蝶的寓所外可还有哨卫？”

虞崇毅道：“陈白蝶刚失踪时，我们留了两名同僚把守，后因寓所里实在找不出什么有用的线索，现已撤了。”

贺云钦往对面看了一眼：“那就更少了一道麻烦。虞先生，我们四人一道上去太惹眼，不如你先上楼，我和虞小姐王探长稍后再进去。”

虞崇毅道：“可是这寓所的门房规矩极严，凡六点以后的拜访者，若无某位住客的首肯，一律不得入内，我只能以查案的名义带你们一同进去，不然我怕门房不肯放行。”

贺云钦手指敲了敲方向盘，一时未接话。王彼得在后头插嘴道：“贺云钦既这么说，自是有他的办法，虞长官无须多言，只管去便是了。”

虞崇毅略有所悟，脸上泛出一丝尴尬之色，挠了挠头道：“王探长说的是，那我先上去开门，陈白蝶的寓所在 4 楼，出了电梯左拐即是。”

他走后，红豆想起王彼得一路上没少对哥哥冷嘲热讽，憋了好大一肚子气，见他二人说话，只管看着外头，不接他们的茬儿。只好奇地想，照王彼得所说，贺云钦要么就是认识寓所里的某位住客，要么自己便是该寓所的住客，不然不能大摇大摆进去。可是听贺云钦早前的意思，他自己也没怎么来过，也就是说，他认识里头的某位住户，就不知是谁。

王彼得和贺云钦说了几句话，因都忙于推敲案情，很快都沉默下来。

半明半暗中，不知谁肚子咕噜噜一声叫，因车内安静，这声音被放大了数倍，落在耳里无比尴尬。

贺云钦斜眼看向王彼得，王彼得抬了抬眉毛道：“不是我。”

红豆默默摸了摸肚子。

从中午到现在，她一口东西都没吃，嘴上不说，肚子却出卖了她。

其实就算大方承认也没什么大不了的，可不知为何总觉得有些尴尬，怕贺云钦猜到是她，忙佯装无事看向窗外。

贺云钦摸摸下巴，推开车门道：“我出去看看。”

等了一会儿，虞崇毅不见出来，贺云钦倒是回来了，上车后，将一包东西递给王彼得，另一包随手给红豆：“先随便垫垫肚子。”

王彼得故意道：“我可不饿。”

贺云钦冷笑道：“知道你不饿。”

红豆接过那包东西，见是桂花糕和烘山芋，大不好意思，忙清了清嗓子，故作淡然道：“谢谢贺先生。”

贺云钦道：“上楼怕破坏痕迹，最好现在在车上吃完。”

“嗯，知道。”

默然一晌，贺云钦看向后视镜，见红豆默默吃了一会儿，似是惦记着哥哥未吃晚饭，只吃了两块桂花糕，便将剩下的都捧在手里。

不一会儿虞崇毅出来了，将钥匙收回怀中道：“房门现在是虚掩着的，楼内的巡逻每半个小时会巡视一遍，我特意等他们走了再开的门，你们这时候进去正好。”

贺云钦看看腕表，八点零五分。

“虞先生，那我们先进去，火车站若有收获，记得到王彼得处跟我们碰头。”

虞崇毅点点头道：“好。”又看向妹妹，“哥哥先走了，回来再送你回家。”

红豆将那包只吃了一小半的糕点递给虞崇毅：“喏，贺先生买的，哥哥拿着路上吃。”

贺云钦一只胳膊搁在车窗上，另一只手扶着方向盘，听他兄妹说话，不知为何有些羡慕，忽然想起自己也有妹妹，顿觉精神一振，等他们话说完了，开车门道：“走吧。”

公寓的门房果然认识贺云钦，见了他便说：“咦，贺先生许久不来了。”

贺云钦点点头，一句话未说，领着红豆和王彼得进了电梯。

到了陈白蝶的房间门口，贺云钦推了推门，门应声而开。

三人进内，贺云钦将门锁好，对红豆道：“虞小姐，稍后我和王探长检查房间时，你最好紧跟着我们，不管你看见了什么，切记不要触碰任何物品。”

红豆道：“放心吧，我都晓得的。”

王彼得哼了一声：“密斯虞极富好奇心，这话一定要说到做到。”

红豆暗暗撇嘴，懒得跟王彼得抬杠。

贺云钦蹲下身去看大理石雪白光亮的地面，先看脚下，然后沿着走廊，用目光缓缓搜索面上的痕迹，一寸都不放过。

红豆牢记贺云钦的嘱咐，不敢乱走，忙也挨着他蹲下，静悄悄地、好奇地观察贺云钦的一举一动。

片刻后，贺云钦起身去推右手边的下人耳房，刚推开门，红豆寸步不离地跟了过来。总之无论他转身或是抬头，老是能闻到从红豆身上传来的幽幽一缕暗香，那香气有着少女特有的清甜气息，暖融融的钻入鼻端，无端扰人。

他突然转过脸：“虞小姐，我这边需要静下心来做事，你跟在我身边不方便，去跟着王探长吧。”

红豆一愣，见他有些不耐的模样，以为自己果真影响了他的判断，忙退开两步道：“好。”

转过身来，对着王彼得的背影研究一番，暗想，此人长期酗酒，脑筋应是不如贺云钦灵敏的，即便被她干扰两下，料也无妨。

于是，她大摇大摆走到王彼得身后。

王彼得听得后头的脚步声，不由得一愣，扭头看了看红豆，又暗瞪一眼贺云钦。

红豆自顾自仰头观摩天花板上的吊钟式样的水晶灯，只当没看见他嫌弃的眼风。

好在王彼得也知查案要紧，倒也未说什么。

外头的房间排查完，王彼得领着红豆进到陈白蝶的卧室，边走边说：“虞崇毅说陈白蝶目前独居，失踪那天，陈白蝶大约是晚上八点半回的寓所，不知道想起了什么，回房打电话叫了车，又穿上外套出了门。下人一直等到第二天中午，见陈白蝶不回来，这才想起给陈白蝶所在的天迤影片公司和家里人打电话。”

他说着，视线一抬，见贺云钦盯着梳妆台上的镜子，走近一看，原来镜面上有一大片浅红色的痕迹，油油的泛着光，似是什么东西胡乱涂抹过。

“口红？”

贺云钦对王彼得道：“拿来吧。”

王彼得眼睛一歪：“什么？”

贺云钦头也不回：“你说呢。”

王彼得只摆了一会儿架子，很快从怀里拿出一小盒纸片状的物什。

贺云钦从盒子里取了一块纸片，揩了一小块镜面上的油红色印迹，收入盒内。

红豆暗猜那是专门用来做分析的洋人的一些玩意儿，不免斜睨王彼得一眼。

这人口口声声说对案子不感兴趣，出来时倒不忘带上痕迹分析的专用道具。

贺云钦道：“应该是陈白蝶讲电话时随手用口红记下了什么东西，电话号码或是人名地名，然后她不知出于什么原因，又随手将其抹去了。”

红豆用手对着那镜面认真比画了一番：“会不会是一长串电话号码？这么大一片范围，按理名字和地名写不了这么长。”

王彼得听了这话，倒有些刮目相看，略一踌躇，从另一个兜里取出一个巴掌大的德制照相机，对着那镜面拍了几张照片，道：“倒也未必。要是光用眼睛看看就能猜到是什么，也就不会有这么多破不了的悬案了，还得回去洗了胶片好好分析。”

三人又在房内其他地方细细搜查了一番，未有其他收获，眼看已到了九点五十几分，便走到门廊，听外头的动静。

不一会儿，就听走道里有人说话，想是楼里的门房见到了整点，前来巡逻。

等脚步声消失，三人才从房里出来。

虞崇毅远比他们来得要快，三人刚回到王彼得处，还未将胶卷洗出，洛戴便领着虞崇毅上来了。

他手里拎着包东西，鼻尖上沁着细密的汗珠：“一家一家问过了，有个裁缝认得这旗袍，说是上个月有个老妈子拿了抄好的尺寸给别人做衣裳。因那尺寸跟老妈子本人相差太远，裁缝觉得奇怪，所以至今记得，那老妈子常来做衣裳，裁缝知道她现在一户姓刘的人家做事。”

贺云钦皱眉：“姓刘？”

虞崇毅点头：“因为刘家就在车站附近，我已跟我同僚去过了，谁知那主人说老妈子上礼拜便辞工不做了，现已回了家乡。我又问这老妈子本埠可有亲戚，那人说只知道有个老姐妹在另一富户做事。巧的是，那富户姓袁。”

红豆霍然起身：“姓袁？”

贺云钦想了想道：“既做旗袍，至少王美萍的失踪与这家人脱不了干系。可是从这裁缝店这条线索来看，这人行事留下了不少漏洞，与凶手的行凶手法又有些出入。虞先生，若事情的确跟袁家有关，你需立刻回警局申请搜查令。”

虞崇毅道：“我就是这么想的，因正好路过富华巷，觉得这条线索太紧要，所以上来说一声。”

王彼得嘴里“啧”了一声，思索着对贺云钦道：“假如事情没你想的那么复杂，这户人既能绑架王美萍，自然也能绑架潘玉淇和陈白蝶，也就是说，只要能在袁家搜到什么证据，潘陈二人的下落自然就水落石出咯？”

贺云钦沉吟着没接话，红豆也满心疑惑。

虞崇毅却振作了精神对红豆道：“红豆，哥哥没时间送你回家，今晚只能劳烦贺先生走一趟了。”

贺云钦讶然抬头看他一眼。

虞崇毅说完也顾不上喝洛戴端来的水，转身便下了楼，不一会儿又回转，对红豆道：“你放心，只要能找到你表姐，不论多晚，哥哥一定想法子送消息给你和母亲。”

红豆想了一会儿刚才的事情，对贺云钦道：“难道真是袁家做的？见王美萍孤身一人来上海，又无甚见识，所以软禁了她给袁箬笠生孩子？”

可是不对啊，哥哥昨天虽然有意压低了嗓音，她还是听见了一耳朵，王美萍生前非但未遭受过袁箬笠的侵犯，还被养得白白胖胖的。

既然孩子还未养出来，为何就被杀了？

“袁箬笠不赞同这件事？”她极慢地在屋里转身，“还是说他们后来才知道她是‘沪上一支笔’的外甥女，见王美萍的舅舅在报纸上骂得太凶，怕身败名裂，所以才生出了杀人灭口的念头？”

她求证似的看向贺云钦，他也正看着她。

可是他并无接话的意思，只看看墙上的西洋钟：“近十一点了，虞小姐，我这就送你回家。”

红豆其实还想留下来看贺云钦和王彼得分析线索，然而贺云钦并没给她商量的余地，说完那句话就率先往楼下去了。

她不甘心地跟在他后头，一边走一边想，这要是她哥哥，只消她耐着性子磨一会儿，很快就会松口。

贺云钦走在前头，也有些纳闷。原以为红豆定会想法子留下，谁知居然安静异常。论理，他该松口气，不知为何又有些失落。

眼看要下楼了，红豆决定最后试一回：“贺先生晚上要洗胶片吗？”

她分明想跟他打商量，口吻比平时软了好些。他只静了一秒，便配合地停下脚步，佯作惊讶回头道：“虞小姐有事吗？”

红豆笑吟吟地说：“哥哥去袁家搜捕，贺先生和王探长留下来进行研究，加起来统共才两双手，能做的委实有限。我们目前尚不清楚那凶器的来源，袁家的事又疑点重重，我在想，既然那本《玄宗野录》是我找来的，不如我顺便拿走一些王探长收集的神秘学资料，等我回家好好看看，也许天亮之前能有什么收获。”

夜深了，她想帮着做些什么，又不便留下来，那么，把这些未翻到的资料拿回去查找一遍也是好的。

贺云钦沉吟着不搭腔，等了一会儿不见红豆继续缠磨，只好无所谓地点点头道：“也好。”

两人搬了一大堆资料下了楼。

开了洋车，路上红豆只是忙于翻资料，贺云钦则推敲案情，两人都未开口。

到了同福巷，贺云钦见弄口黑魆魆的，便将车停到马路边，亲自送红豆到楼下。

红豆怀里抱着那堆旧书慢慢地走，脑子里回想这一下午发生的事，虽说她至今不懂贺云钦主动帮忙查案的目的，但这人好像没头几回那么讨厌了，起码两人不拌嘴的时候，这人还算好相处。

彭裁缝家早就熄了灯，路灯黄黄的，照着门前的水泥汀，四下里寂静非常。眼看要迈台阶了，红豆猛然想起自己的自行车还落在王彼得处，忙转身要问贺云钦，谁知贺云钦也正想事情，一时躲避不及，红豆的额头“咚”的一声磕到了他的下巴。

红豆直喊“哎哟”，忙往后退了一步。

贺云钦“嘶”了一声，似乎也撞得不轻。

待身子站稳，红豆皱眉直揉额头，暗想，她的头顶只到他的下巴，难道他比哥哥还高吗？这人看着高挑，胸膛竟那般结实，好在他衣裳上干干净净的，没什么汗气。

她脑子里乱七八糟的冒了一堆念头，这才想起来问他：“贺先生没事吧？”

贺云钦隔了一会儿将手从下巴上拿下来，有些好笑地看她一眼，语带轻谑：“虞小姐的头可真结实。”

红豆讪讪道：“我才想起来我的自行车落在王探长家了。”

贺云钦一怔：“太晚了，再回去取恐怕来不及了。”

“那我明早再去富华巷取自行车。”

两人重又安静下来，草丛里传来几声虫蝥的啾啾鸣叫声，因入了秋，远比不上盛夏时节热闹。默然了一会儿，她抬眼看他，正要致谢，忽然身后有人推开门出来，先是“咦”了一声，接着便极为柔艳道：“贺先生？”

这声音红豆认得，当即回头一看。

邱小姐踩着高跟鞋，袅袅婷婷地站在门边。

她似是正要去百乐门上班，身上穿件湖水绿蜜绒旗袍，外头套着件同色绒线衫。头上新烫了发，乌蓬蓬的像烟花炸开了似的，脸庞只巴掌大小，两片唇亮汪汪红彤彤，眉毛也细细的画得极长。

贺云钦微敛了笑意道：“邱小姐。”

邱小姐看看贺云钦，又看看红豆，语气里似有探究之意："虞小姐，原来你跟贺先生认识。"

红豆想起贺云钦上回来三楼找过邱小姐，自问并无跟这两人寒暄的兴致，淡淡点点头道："邱小姐，贺先生，我先回去了，你们慢慢聊。"

说罢，推开门进了楼。

两人似乎又说了几句，一时没听到离去的脚步声。

红豆上了楼，母亲惦记着玉淇的事，仍在等她。跟母亲说了几句话，她想起刚才的事，便走到里屋卧室的窗前，好奇地往下看。

楼下静悄悄的，一个人影都无。贺云钦已走了。

第十四章

红豆翻了半晚旧书和旧报纸，没看到什么有价值的线索，惦记着一早要去富华巷取回自行车，于是三点多就睡了。

六点起来，到了楼下，裁缝铺门口的凉棚下竟停着一辆自行车。她一呆，走过去弯腰仔仔细细摸了摸，确是她的自行车无疑。

难道是贺云钦一大早给她送来的？她愣了好一会儿。倒也好，她不必专门坐电车去王彼得那儿，一下子省了不少工夫。

她美滋滋地骑了车，看看时间还早，料那个白厅长不会这么早便去衙门里点卯，便骑车到警局，打算去打听打听哥哥是不是回来了。

哪想到刚到警局门口，有一辆车也到了。门打开，第一个出来的是虞崇毅，跟在后头的则是一名白净瘦弱的中年太太。

这人似乎受了很大刺激，一下车便用手抚着胸口，一径颤声道：“我说过我没有杀人。”

虞崇毅脸板得死死的，说话还算客气：“袁太太，请你先进去等待问话。要真不是你做的，我们必不会冤枉你。现在我们有几条重要线索要向你确认，事关另两名失踪者，请袁太太配合。”

那女人情绪似乎不大稳定，听了这话尖声道：“原来你们也知道我是袁太太，请你们去把袁箬笠找来，就算我耽误了子嗣、对不起他们袁家，毕竟十年夫妻，我出了事，他不该避而不见。”

虞崇毅道：“袁先生也是我们的问话对象。”

袁太太脸上一白：“你们到底要做什么？王美萍我们早就放走了，她死了，不该问我们呀，你们该去找凶手——”

红豆眼睛一眨不眨地望着对街，原来这就是袁箬笠的前头太太，相貌倒着实过得去，身板却太羸弱了些，话里话外似乎仍对袁箬笠有着浓浓的眷恋。

再想想那回茶话会的情形，袁箬笠应是在追求表姐，表姐也很属意他，若是两人结了婚，可真就没这位前头太太什么事了。难道就是因为这个，袁太太才想出那样的馊主意？

不管怎么说，既查到了这人头上，表姐总该有消息了。

想到这里，红豆心境立时宽舒了好些，眼看时间不早了，便骑车回了学校。

因昨晚几乎未眠，她第一堂课直打瞌睡。

挨到下课，顾筠同她到门口信箱取报纸，想起什么，忽道：“我听说最近有人追黎露露，你猜是谁，就是上回骚扰你的南宝洋行的陆敬恒。”

红豆抬了抬眉毛，陆敬恒这么快便转移目标了？简直妙极，那人像只扰人的苍蝇似的，既换了追求对象，自然就不会再来吵她了。

两人边说边走，隔老远便看见校门口停着辆气派非凡的洋车。

定睛一看，陆敬恒大剌剌地站在车前，手里捧着一大捧浓艳馥丽如丝绒般的红玫瑰，似在等人。

看到红豆，陆敬恒明显怔了一怔，不过他很快就嫌弃地撇过了头，大有不屑之态。红豆想起贺云钦敲打过这人几回，虽不知陆敬恒是不是因为贺云钦才转换了态度，仍大觉心情愉悦，拉了顾筠便走。

不一会儿，外文系的系花黎露露出来了，陆敬恒手执鲜花，极潇洒地迎过去。

黎露露似还有些腼腆，拉了另外两名女同学，三个人手拉手走到车前。

陆家司机过去开门。

因那司机腰板笔直，走路如风，红豆不由得多看那人一眼。司机身着体面西装，四十多岁，方方正正一张阔脸，满脸谦卑的笑容。

他恭恭敬敬替黎露露她们开了门，转而到前头坐下。

回了课室，红豆看时间还在，便趴在桌上假寐。

顾筠问她："贺竹筠的母亲下礼拜大寿，家里有晚会，邀了不少同学去她家玩，你去不去？"

红豆听了这话眼睛都未睁："贺竹筠还没问到我头上呢，等她正式邀请我，我再考虑去不去吧。"

顾筠奇道："你平时也顶爱四处乱逛，这么好的机会，你怎么拿起乔来了？"

红豆摆摆手："我最近家里有事情，心里乱糟糟的，没心思出去玩。"

顾筠托腮望向课室窗外，刚好段明漪跟外文系主任汪玫莉并肩走过。

她望着段明漪那曼妙的背影道："段先生说起来才二十三四岁，总感觉跟我们隔着辈分。你知道段先生跟她小叔子也是中学时的同学吗？我听说贺云钦一直对他嫂子念念不忘——"

红豆抬头冷笑道："顾筠，枉你一肚子学问，怎么也学得贵耳贱目了？"

顾筠愣了一下："我也只是随口说说，并没说一定相信，你发脾气做什么？"

红豆摸摸脸："我发脾气了吗？"

顾筠很认真地点头："你发脾气了。"

红豆低头想了想，很快便伸了个懒腰，轻声道："对不住，昨晚睡得不好，肝火太旺，你别跟我说话，让我再睡一会儿。"

顾筠问她："那贺竹筠的邀请你去不去，你要是不去，我也就不去了。"

红豆抬起顾筠的手腕看她的表："我家里有件很重要的事，我等我哥哥中午给我消息呢，只有事情能尘埃落定，我才有心思出去玩。"

下了课，红豆到校门口等哥哥，等了一会儿未果，心知哥哥无暇来找她，只得自行回家。

到家才发现舅舅、舅妈也来了，周嫂忙着在厨房做饭，母亲则陪坐在沙发上安慰舅妈。

几天不见，舅妈活像又老了五岁似的，舅舅也瘦了一大圈。

见了红豆，两人连笑容都挤不出，满屋子愁云惨雾。

红豆一琢磨，舅舅、舅妈怕是打听到袁箬笠两口子被叫到了警局，以为定有收获，所以才迫不及待前来打探消息。

周嫂端菜从厨房出来，摆了满满当当一桌菜。然而那两口子木呆呆地对着饭碗，谁也无心吃饭。

“今天都已经礼拜三了，玉淇可是上礼拜六失踪的，眼看五天了。”舅妈喃喃说着，眼泪掉了下来，“就算最后能找到，怕也是凶多吉少了。”

“胡说。”母亲给她夹了一筷子菜，“你忘了玉淇小时候你给她算过命，说她大富大贵，遇事定能逢凶化吉。现在案子都还没破，你们先自己说丧气话，要是你们先垮了，玉淇、玉沅她们怎么办？”

受这种氛围的感染，红豆也跟着没胃口起来，勉强扒了几口饭，便借口看书，回屋继续研究那堆王彼得处得来的东西，进屋时，顺便还掩上了门。

要是让舅舅、舅妈他们知道王美萍是被那种古怪的凶器杀害的，怕是当场就能昏过去。

看了一会儿，忽然听到客厅里喧哗起来，似是有人回来了。

红豆忙下了床，趿着拖鞋出屋，一愣，不止哥哥，贺云钦和王彼得也来了，

红豆的舅舅常在场面上行走，一眼就认出了贺云钦：“贺先生？”只不认得王彼得。

贺云钦似乎没料到家里有这么多人，脸上闪过诧色，很快便恢复如常：“潘先生。”

虞崇毅在一旁解释道："舅舅、舅妈，贺先生你们都认识了，这位呢，是大名鼎鼎的王探长，两位都是我请来帮助破案的。正亏了他们二位，我们才能这么快查到袁箬笠夫妻头上。"

因着玉淇一事的打击，舅舅、舅妈身上平日的圆滑世故早去了一大半，听了这话，呆呆地望了贺云钦一晌，忽然张大了嘴道："玉淇的失踪真跟袁箬笠有关？玉淇现在在何处？"

虞崇毅忙作安抚道："舅舅、舅妈，你们少安毋躁。"

请贺云钦和王彼得进了书房，虞崇毅对红豆说："你先招呼一下贺先生和王探长。"

红豆想起今早贺云钦帮她取回自行车，正要打算好好当面向他道谢，便亲自沏了茶，端着茶盘往书房去。

进屋一看，王彼得坐在沙发上，贺云钦却站在窗前。

不仅如此，他还古怪地将半个身子都探出了窗口，似在比量窗棂的长度。

看上去竟像在研究屋子结构似的，

红豆纳闷地将茶端放到桌上："贺先生，王探长，请喝茶。"

贺云钦回转身来，若无其事道："虞小姐。"

红豆望着他走近，忽想起那晚来找邱小姐时，他也曾站在裁缝铺门前往楼上看了许久。当时她以为他看的是邱小姐或是楼里的某个人，莫非她猜错了，他当时看的竟是这座老房子不成？

可是这老洋房有什么值得他研究的？

贺云钦端着茶盅喝茶，抬眼一看，见红豆正用探究的目光望着他。

他静静望她一会儿，忽拿话打岔道："你哥哥上午已跟公共租界的同僚将袁家名下所有产业查遍了，既没找到陈白蝶，也没找到潘玉淇。"

红豆虽然早怀疑事情不简单，听了这消息仍大失所望，哪还有心思追究刚才的事："难道真像你早前猜的那样，这一系列失踪案是所谓案中案？今天早上我看到袁太太时，她口口声声说王美萍的死与她无关。"

贺云钦"嗯"了一声："从袁太太的供词来看，自从去年她跟袁箬笠办理离婚手续后，精神状态就出了点问题，袁箬笠也说他前妻一直在一家英国西医诊所看病。

红豆愕然：“精神有问题？”

贺云钦点点头：“四个月前，袁箬笠的前妻听说袁箬笠开始正式追求你表姐，便特意到震旦大学去看过你表姐，见你表姐各方面都很出色，大受了刺激，认为自己之所以失去婚姻全是因为自己没有生育能力的缘故，便去找袁箬笠，说只要他能回到她身边，她不再坚持要求一夫一妻制，等给袁箬笠纳了妾，子嗣问题自然可以得到解决。可是袁箬笠当时已经有了你表姐，断然拒绝了这提议。”

王彼得唏嘘不已，忍不住插话道：“袁太太复婚无望，萌生了借腹生子的荒唐念头。有一回她到车站那爿袁家名下的洋装店收账，正好王美萍下了火车。因舅舅、舅妈尚未露面，好奇之下，王美萍便进了那洋装店闲逛。袁太太跟王美萍聊了几句，见王美萍单纯胆小，身体又极为结实，认定她是恰当的借腹生子的人选，便屏退了下人，将她哄骗到后院，打算以银钱作饵，哄王美萍给她和袁箬笠生下一个孩子。

“王美萍本是要来投奔舅舅，听了这话自然不干。袁太太为了让她回心转意，怎么也不肯放她走，只好吃好喝供应着，每天去劝说王美萍一回。”

“谁知这时候王美萍的舅舅报了警。”红豆了然地点点头，“因为警察没能立刻找到王美萍，周同强接二连三在报纸上发表文章痛骂警察，袁太太这才知道自己无意中闯了大祸，软禁的不是别人，竟是‘沪上一支笔’的外甥女。”

王彼得满脸鄙夷：“这女人昏了头，不知该怎么收场，倘若就此将王美萍放出去，整个上海滩都会知道她为了生孩子犯下了这样的蠢事。事情一旦传扬开来，不但她有触犯律条之虞，甚至会连累袁家的生意，想来想去，唯有硬着头皮继续软禁王美萍。”

红豆不解：“可是后来王美萍死了。如果仅仅是软禁，怎会导致王美萍的死亡？”

贺云钦接话道："按照袁太太的说法，一个礼拜前，袁箬笠无意中知道了此事，大惊之下，把她痛骂了一顿，说她简直是疯子，逼她立刻放了王美萍。袁太太见袁箬笠不肯参与她的计划，又不忍心一辈子囚禁王美萍，便兑换了一笔丰厚的款子当赔金，郑重地向王美萍赔礼道歉，当晚放她走了，时间是八月二十六日，也就是上礼拜三。"

"上礼拜三？"红豆讶道，"可是王美萍的尸首是上礼拜六被发现的，如果袁太太和袁箬笠没说谎，难道说王美萍失踪仅三天就遇害了？"

贺云钦沉吟了一会儿，看向她道："最诡异的地方不在这里。如果陈白蝶的案子系同一人所为，她失踪已有十一天，确切的日期是八月二十二日，也就是说，我们早前的猜测统统得推翻，王美萍并非本案第一个受害者，陈白蝶才是。"

红豆惊讶得说不出话来，怔了好一会儿，试着理清脑中乱糟糟的思路："你的意思是，陈白蝶是八月二十二日失踪的，王美萍的实际失踪日期是八月二十六日（上礼拜三），而我表姐则是八月二十九日失踪的（上礼拜六），所以真正的失踪顺序是：陈白蝶、王美萍、潘玉淇？"

贺云钦扬扬眉："是这样没错。所以一切得推翻重来。"

他顿了下："昨晚我和王探长洗了胶卷，陈白蝶在镜面上写下的的确是一串数字，经过分析，只能知道第一个数字是 7，后面的数字却已经无法进行还原了。如果把她定为第一个受害人，我们一来要重新定位三名受害人的共同点，另外需马上找人确认陈白蝶八月二十二日前后的具体行踪。"

他脸上泛起些古怪之色，想了想，忽然抬头对红豆道："我回家一趟，大概一个小时以后会回来。"

红豆一呆，跟上几步道："贺先生打算找谁确认？"

然而贺云钦并未作答，拉开门便走了。

王彼得掏出酒瓶喝了一口："陈白蝶的金主。"

第十五章

贺云钦回了贺家公馆，径直往二楼去。

正好贺太太扶着丫鬟打算回房午歇，看到儿子，愣在门边：“你总算舍得回来了，外头吃过饭了没？”

贺云钦脚步一顿，亲自过去替母亲开门，笑道：“我这么大人了，还能饿着自己吗？”

贺太太轻嗔道：“整天不知道在忙些什么，成天不着家，我这做母亲的想见儿子一面都不容易。”

走了几步，她又扭头看儿子身上的衣裳：“你这衣裳还是昨日的，昨晚一晚没回家，去何处了？”

贺云钦摸摸眉毛，跟在母亲身后进了房：“昨晚在朋友处忙事情，来不及回家，也就未换。父亲在家吗？”

“在书房呢。你父亲近来也不知在心烦什么，总是愁眉不展的。”贺太太扭头吩咐下人拿换洗衣服来，“找你父亲做什么？”

贺云钦散漫一笑：“商量母亲过寿的事。”

贺太太性情温柔宽舒，遇事素不爱深想，见儿子这么说，也就信以为真，努嘴道：“生日年年都过，难为你父亲每年都大张旗鼓弄一回。”嘴上这么说，眼睛却含着笑意，分明对丈夫有种温柔托赖。

贺云钦笑容微淡，随手接过母亲脱下来的披肩递给下人，脑中暗想，不怪妹妹这般单纯好哄，跟母亲性情倒是如出一辙。

贺太太一边说，一边坐在妆台前，先是对着镜子左右一顾，接着又抬起胳膊拢了拢头发，忽然想起一事，脸色一亮，扭身看儿子："早上听你大姐说你前日派余叔回家跟她讨衣裳，怎么，难道外头交女朋友了？"

贺云钦抬了抬眉毛道："没有的事，拿衣裳是给朋友应急的。"

贺太太一怔："你左拖右拖的总不肯交女朋友，到底是怎么想的？你也知道，因为你和明漪是中学同学的缘故，到现在外头还有些风言风语。要是你能早些成亲，不就正好堵了这些人的嘴了吗？"

贺云钦微讶道："儿子现在又没有中意的，总不能为了辟个谣，随便找个人凑合过日子。何况行得正走得直，没影的事理它做什么？"

贺太太瞪他："你现在大学里教书，平时也总在外头交际，难道就没有喜欢的女孩子？下礼拜我过生日，我特意交代了竹筠，让她多邀些同学过来玩。她的那些同学都是受了西式教育的女学生，想来跟你一定谈得来，若是看上的，就算年纪小点也不怕，等你们结了婚，往后她是要继续读书也好，留洋也罢，我这做婆母的，横竖都不拘着她。"

贺云钦捡起妆台上的梳子递给母亲，故作认真道："这话儿子记住了。"

贺太太气笑道："只管拿话敷衍我，从来没个正形。"又往房门口瞟一眼，淡淡道，"最好找个处处都比明漪强的，母亲看了高兴，你自己也称心。"

贺云钦压根没听到这句，只还在想母亲说的"年纪小"这三个字，不知为何脑海里冒出一人，这人明爽泼辣，讲起道理来动辄长篇大论，看着似乎顶沉稳，可有的时候又很稚气，比如不过到外头吃顿馆子，也能兴致勃勃地对着菜单研究半天，简直让他看不透。

出了会儿神，他对母亲道："妈，您不是要午歇吗，儿子先回屋换衣裳，一会儿还有急事去找父亲商量。"

贺太太道："晚上回来吃饭吗？"

贺云钦道：“事忙，怕是不得空。”

到了书房，贺云钦抬手敲门，不一会儿，管事过来开门，见了贺云钦：“二少爷。”

贺云钦点点头，对管事说：“庄伯，我想跟父亲单独说几句话。”

管事一怔，忙掩了门出去了。

贺孟枚正立在窗前吸烟斗，听到动静回头一看，紧蹙的眉头微微舒展：“今日怎么回了家，学校里不用教书吗？”

贺云钦摸摸下巴，走近，笑了笑道：“父亲，儿子想向您打听一件事。”

贺云钦走后，红豆跟王彼得在书房大眼瞪小眼。

因为前几日的事，两人多多少少还有些芥蒂，谈话无法顺利展开，气氛也有些僵滞。

闷了一会儿，红豆见王彼得的茶喝完了，忙将茶盅放到茶盘里道：“我给您续茶去。”

客厅里，哥哥已将现今为止的调查结果告知了舅舅、舅妈，因玉淇仍下落不明，舅妈复又哭了起来。

哥哥和母亲正忙着宽慰，外头有人敲门。

因客厅里正乱着，红豆便过去开门。

打开一看，却是贺云钦。

“贺先生。”

虞崇毅抬脸一看，忙起身跟着贺云钦到书房。

贺云钦到了书房，长话短说：“陈白蝶二十日去过郊区的一家道观上香，因是跟一位秘密朋友单独去的，所以身边人和电影公司的人都不知情。二十一日，又接到了南宝洋行陆家发来的请帖，帖子上写着陆家有晚会，邀她二十三日前去赴宴。”

王彼得道：“可是陈白蝶二十二日便失踪了，这晚宴自然也就去不成了。”

贺云钦回脸看红豆：“虞小姐，你舅舅在南宝洋行供职多久了？”

红豆想了想道：“已快十年了，三年前升的买办。”

贺云钦沉吟着未搭腔，王彼得想了一想，从沙发上起身，看向虞崇毅：“虞长官，不如请你舅舅、舅妈进来一趟，让贺云钦问问南宝洋行的事情。”

红豆起身去开门：“我这就请他们进来。”

待潘茂生和潘太太进了房，贺云钦开门见山道：“潘先生、潘太太，令嫒失踪前可曾去过郊区？”

两口子错愕地一对眼，潘太太摇头道：“这……自从玉淇到震旦当文员，结识了不少朋友，时常在外头交际，就算有时候跟朋友出去玩耍，也不大告诉家里人。”

贺云钦道：“我听说潘小姐还有一个妹妹，二小姐对她姐姐的事也不知情？”

潘太太道：“玉沅比她姐姐小四岁，如今在女子师范大学念书，性情刁钻得很，动辄跟她姐姐吵架拌嘴，两姐妹在一起说的话还不如跟我们两口子说得多。”

红豆眨眨眼，这话倒不假。玉沅处处都喜跟姐姐玉淇做比较，常吃姐姐的醋，她每回去舅舅家玩，没少撞见玉沅使小性子。

贺云钦又问：“既然潘先生在南宝洋行供职，近来陆家可曾给令嫒发过帖子？譬如请她去赴晚宴之类的。”

潘太太想了一会儿，一时没有印象，不得不求助地看向丈夫。

潘茂生思索了一会儿道：“近来有没有给玉淇发过帖子我不知道，可是我们少东家曾经追求过玉淇一段时间。”

“陆敬恒？”

潘茂生点头：“因玉淇不中意我们少东家，断然拒绝了少东家的追求。少东家这人本就没什么常性，见玉淇不肯理他，转头又去追求别人了，此事也就再无下文。”

贺云钦看一眼王彼得，忽道：“在下有个不情之请，为了查找线索，潘先生、潘太太可否准许王探长去令嫒的房间再搜查一回？”

王彼得眼睛一瞪，似乎想提反对意见，可是贺云钦看都不看他，只等着潘茂生和潘太太的答复，

虞崇毅在一旁道：“舅舅、舅妈，王探长曾侦破过好些悬案，是搜集线索的专家，玉淇的房间，虽说早前法租界的警察去看过，但还是请王探长再查一遍来得稳妥。”

潘茂生和潘太太异口同声道：“那就有劳王探长了。”

做好安排，几人出了客厅。虞太太见儿子、女儿都要去潘公馆帮忙，临时起了意，也跟着上了车。

潘茂生的洋车挤不下这么多人，红豆便挨着哥哥上了王彼得的洋车。

王彼得今日难得未酗酒，充当司机。

贺云钦坐在一边，翻看着虞崇毅抄下来的袁箬笠前妻的供词道：“八月二十三那日，袁太太为了掩人耳目，特等到天黑才将王美萍放出来，怕王美萍再次走丢，又亲眼看了王美萍上了一辆黄包车才走，可惜袁太太因为长期服药，精神大受影响，怎么也想不起车夫的长相，自然也就无从确认黄包车车夫的身份。”

红豆道：“贺先生是怀疑车夫是凶手？可是陈白蝶当晚失踪时叫的是一辆洋车，我表姐从新亚茶社出来时，叫的也是一辆洋车。”说着便转头看向虞崇毅，“哥，你们确认过吗，这两辆洋车可是同一家车行的？”

虞崇毅点头：“早前已经确认了陈白蝶家里摇过的外线，后头又跟袁箬笠确认了玉淇那天所叫的洋车，两家车行并非同一家，车夫也不是同一人。”

贺云钦道：“不管二十三日当晚王美萍中途是否下过车，后来又遇到了什么人，那个黄包车车夫都是关键人物。也许是凶手，或者是目击者。可眼下陈白蝶和潘玉淇还在凶手手中，如果大张旗鼓登报找人，以凶手谨慎的性子，极可能会打草惊蛇，为了湮灭证据，没准会提前下手。所以为今之计，只能顺着袁家洋装店往周同强家去的那条线路，再好好地暗中摸查一遍。”

红豆皱了皱眉头，以前看彼得专栏时，看他们擘肌分理，条条线索摆到

眼前，原以为只要有些侦探本事，破案几乎是手到擒来的事，可是这一回她亲自跟着贺云钦和王彼得四处辗转，处处碰壁，才知道线索的搜集如此艰难琐碎。

好在黄包车不比洋车，晚上接客时常有个固定线路，想要找到那车夫，不至于像大海捞针那般困难。

贺云钦问红豆道：“虞小姐，陆敬恒礼拜六那日曾出现在茶话会上，而且一来就因为骚扰虞小姐制造了一起不大不小的闹剧，你还记得陆敬恒大概什么时候进来的，当时可还有其他异样之处？”

虞崇毅蹙起眉峰道：“陆敬恒骚扰过你？”

红豆嫌恶地“唔”了一声，认真地回想当天的事：“当时我正听贺先生讲课，我记得贺先生刚讲了一段开场白，后头就有人踢我的椅子，回头看才知道是南宝洋行的小开，那位置本来坐的是一位洋人，我也不清楚陆敬恒什么时候进来的。”

贺云钦看着王彼得道：“记得当时开讲前我和你在后头休息室说了一会儿话，大概四点钟到大厅讲课。也就是说陆敬恒四点钟左右就已经到了新亚茶社，而潘玉淇则是三点二十五分离开的首饰店。”

“所以贺先生是在怀疑陆敬恒？”

贺云钦道：“只是一种直觉。我现在不清楚三名受害者之间到底有什么关联，只知道陈白蝶失踪前接到过南宝洋行的帖子，而你表姐早前拒绝过陆敬恒的追求，甚至你表姐失踪当日，陆敬恒也曾在新亚茶室制造过骚乱，他有洋车、有体力，具备一切作案的条件，如果稍后搜查你表姐房间没有别的发现，我和王探长今晚会好好跟着陆敬恒。”

到了潘公馆，红豆刚下车，忽有人叫她道：“红豆。”

贺云钦听这人直呼红豆的名字，朝那人一看，认出是叫秦学锴的圣约翰学生，记得上回在新亚茶室举行茶话会，就是这人牵头组织起来的。

红豆停下脚步：“秦学长。”

秦学锴走近，这才看到红豆身后的贺云钦和王彼得，愣了愣，忙打招呼道：“贺教授，王探长。”

正好这时潘茂生停好车来领路，贺云钦便朝秦学锴淡淡笑了笑，往潘公馆走去。

只听后头红豆脆甜的声音问秦学锴：“秦学长怎么会来这里？”

秦学锴道：“系里一位先生住在这条街上，我来给先生送东西。”

走了几步，声音渐小，幸而红豆未跟那人说太久，很快便跟了上来。

进了潘公馆，下人过来开门，潘太太领着贺云钦和王彼得上二楼：“玉淇的房间在楼上。”

上了楼，沿着走廊往里走了一截，侧手边一个房间忽然开了门，一名少女板着脸从房里出来，见到贺云钦等人，明显愣了一下。

红豆走过去道：“玉沅。”

玉沅理都不理红豆，目光在各人身上扫过一圈，最后落在父亲旁边那个体面男人身上，语气漠然：“这是要做什么？”

贺云钦微讶地看她一眼，并未接话。

潘茂生见女儿不知礼数，大感惭愧，忙将玉沅拉到一边，恶狠狠地低斥了几句，回过头来，又满怀歉意对贺云钦和王彼得道：“都怪鄙人管教无方，小女言行无状，多有冒犯，还望贺先生和王探长别见怪。请随我来，这边才是长女的房间。”说着便领着一行人往走廊尽头走。

玉沅转过身，仍注目众人的一举一动。

到了玉淇房间门口，贺云钦对潘茂生道：“潘先生、潘太太，稍后王探长和我会进令嫒房间搜查，为了找得仔细，不便太多人入内，除了虞先生，余下诸人还请在门口稍候。”

潘茂生只愣了一愣，想起早前法租界警察来时的光景，忙道：“自当如此。”一边说，一边打开玉淇的房门。

贺云钦走到房内环顾一圈，转脸见红豆在门口好奇地往内看，冲她招手道：“虞小姐，进来帮个忙。”

玉沅不满：“为什么红豆可以进去？”

潘太太气得拧她的耳朵：“你这孩子今天怎么回事，书越念越回去了，人家这么说，自有人家的道理。”

玉沅不服气道：“我也想帮着找姐姐嘛。”

贺云钦低头捡起梳妆台上一样东西，淡淡道：“虞小姐受过些粗浅的训练，不会破坏现场。”

玉沅扭头看红豆：“你什么时候受的训练，我怎么不知道？”

红豆懒得跟玉沅抬杠，抬步便往内走，一路走一路想，贺云钦甚少摆出咄咄逼人的姿态，可他无论到了何处、无论面对多么强势的角色，似乎总能不声不响就占据主导地位。

在她和哥哥面前如此，在王彼得面前亦然。

这回到了舅舅、舅妈家，仍是他说了算。

而她是一向不喜欢被人支配的，若不是为了找表姐，她才不会乖乖听他的话呢。

她走到他身后：“贺先生需要我做什么？”

贺云钦拧开一瓶法兰西香水，递给红豆：“这是你表姐的？”

红豆接过一闻，一股子馥郁怡甜的香味冲鼻而来，细辨之下，红玫瑰掺杂丝丝青草，便点头道：“嗯，她常用这味道。”

“每天都用？”

红豆举起瓶子一看，已用得只剩最后一点瓶底了，但因久不来舅舅家，不敢回答得很笃定：“应该是。”

玉沅抱着胳膊在外头冷冷作答：“这香水是我姐姐的朋友送给她的，同样的式样市面上找不出几瓶，她喜欢得紧，每天都用。”

贺云钦抬眼看她：“什么朋友？”

“不知道。”玉沅脸微微一红，平直的语调松动了点，“追求姐姐的人那么多，我哪能个个都认识。”

“八成是袁箬笠。”潘太太道，“玉淇从不随便收别人送的礼，可这香水她不但收下了，还日日都拿来用，说明她极中意这人。可惜这孩子担心我们不赞同她跟袁先生来往，总瞒着我们，不然我们也能早点想起袁先生这条线索了。”

贺云钦从王彼得处讨了一块干净手帕，将香水喷到上头，等表面那层酒精挥发了，交给红豆：“收起来吧。”

红豆一凛，忙学着那晚他们保存证物的模样，小心翼翼将那手帕包好了。

贺云钦见她如此郑重其事，不由得有些好笑，怕露了痕迹惹恼她，蹲下身看妆台和墙壁之间的缝隙。

红豆收好那帕子才反应过来，贺云钦这是将她当作打下手的了？倒是比王彼得高明多了，使唤她的时候不显山不露水的，事后才叫她反应过来。

见贺云钦半蹲在地上不知研究什么，她只得也跟着蹲下来。

贺云钦看了一晌，见那缝隙里头似乎夹了一些东西，不知是何物，对红豆道：“你去跟潘先生借个西洋手电筒来。”

说这话时头也不抬，想是使唤红豆使唤得越来越顺手了。

红豆闷闷地应了一声，到外头接过下人找来的西洋手电筒。

贺云钦打开电筒，往后头一扫，皱眉道：“不是说法租界的警察来搜过房间吗，怎么这后头全放过了？”

王彼得本来在检查床底，听了这话放下床摆，冷笑着起身：“本埠警察向来如此，能来做做样子已不易了，难道还指望他们用心找证物？”

虞崇毅涨红了脸，辩无可辩，干脆一声不吭地过去帮贺云钦搬妆台。

重物挪开的一瞬间，夹在缝隙里的物什簌簌地直往下落。

贺云钦用镊子在那堆东西里挑拣一番，大多是纸片类的物什，也有废旧的糖果纸和不用的赛璐珞发饰。最后，拣出一张皱巴巴的黄纸。

贺云钦将那纸摊开，杏黄色的一张长形薄纸，纸上春蚓秋蛇般画了好些看不懂的符号。

“这是什么？”虞崇毅奇道，“看着像道符。”

潘太太在外头抻长脖子一看，道：“咦，这不是流云观的平安符吗？”

“流云观？”

潘太太道：“是一家道观，就在郊区，破破烂烂的，无甚名气。上回跟我们东家太太打牌时，听她说这道观供奉的天尊很灵验，碰巧我那阵子心口总闷闷的不舒服，就带着玉淇去观里烧了一回香，这平安符就是当时在庙里得的。”

红豆低头看了看，符纸早被揉得皱巴巴的，又落在妆台后头，可见表姐根本未将这东西当回事。

贺云钦任由红豆就着他的手摆弄那符纸，想了一想，问潘太太：“那道观供奉大不大，观里共有道士几人？观外可有洋车接送？”

潘太太摇头：“加上扫地的，统共只有不到十人，个个都年老昏聩，写个符纸都颤颤巍巍，也都不大管事，观里观外都鸦雀无声，别说洋车，就连自行车都不见一辆。”

这时红豆想起下午在家时贺云钦说过的话，仰头问贺云钦：“陈白蝶失踪前日也曾去过道观，不知跟这家流云观可是一家？”

贺云钦垂眸看向她，在想事，并未搭腔。

王彼得摇头道：“要将一个大活人在闹市中运走，非要有洋车不可。如果观里的情况真如潘太太所说那般简陋，起码缺乏作案工具，”

贺云钦又问潘太太：“那道观具体在何处，附近可还有旁的居所？”

潘太太道：“就在明泉山，那地方冬暖夏凉的，住了不少阔人。”

红豆想起去年跟团契里的同学去过一趟位于郊外的明泉山，山上树木蓊郁、悠然一境，的确很适合静养。

潘先生插话道：“我们东家也在山脚下筑有一栋西式别墅，不过我们东家本埠产业太多，光火车站就有好几处私宅，所以我们东家他们也不大去明泉山，那别墅一年总有半年空着。”

火车站？红豆一讶，先前只重点查袁家的财产了，却忘了南宝洋行在火车站也有产业。

贺云钦对王彼得道："抓紧时间翻检翻检，没什么收获我们就走了。虞先生，请你跟电话公司核实一下南宝洋行名下产业的外线号码，如有 7 字开头的，立刻告诉我。"

几人又细细查找了一通，从潘公馆出来，贺云钦和王彼得上了洋车，红豆也要跟着虞崇毅上去，被虞太太拦住："你哥哥他们查案，你跟着做什么，别添乱。"

红豆一本正经道："我现在可是王探长专请来的助手，何来添乱一说。"

虞太太想起刚才几人在玉淇房间所见，对这话将信将疑，求证似的望向虞崇毅。虞崇毅一时拿不定主意，又看向车上的两人。

王彼得在车上将她母女的对话听得清清楚楚，早将一对八字眉竖起来了，这个虞红豆，看着漂亮憨欢，睁眼说瞎话的本事倒是半点不逊于贺云钦。

他早已领教过红豆的好口才，一心不想让她如愿，遂摇下车窗，要当面否认红豆的话，谁知贺云钦在身后偏不让他称心，先他一步道："虞先生、虞小姐，速上车吧。"

虞崇毅忙拉着红豆过来，在王彼得的瞪视下上了车。

第十六章

到了警局，虞崇毅下车，入内核找南宝洋行的电话，剩下的人留在车上。

红豆掏出那方沾了香水的帕子闻了闻，问贺云钦：“陈白蝶特意用口红写下那串号码，想是这号码极重要，既然怕忘，事后为何又要擦去？”

贺云钦身子往后靠了靠，将长腿伸直：“陈白蝶失踪当晚只打过一通叫车的电话，镜子上的号码也许是早前记下的。说不定已记熟了，或者又临时改主意了，总之她觉得那口红碍眼，自然要拭净。”

红豆仍是不解：“下人按理每天都打扫房间，早前那号码还清晰时，下人知道主人留着有用，自然不会妄动，可是后来陈白蝶自己都抹掉了，下人怎么还会留着那团模糊的污垢不管。然而直到我们去检查时，那团抹乱了口红印还在，说明下人还来不及打扫房间就发现陈白蝶失踪了，照此推论，陈白蝶可能失踪头晚才擦掉了号码，而下人次日发现陈白蝶失踪了，自然也就无心打扫房间了。我总觉得，陈白蝶记下号码和擦掉号码的行为，跟她的金主有关。”

贺云钦从裤兜里取出一根烟道：“虞小姐所言很有道理。”

红豆见他语气里透着诙谐，分明有敷衍之意，挑挑秀眉道：“难道我说的不对吗？”

这人真奇怪，每回说到陈白蝶的金主就淡了脸色，好好的话题根本进行不下去，简直匪夷所思。

想起那晚陈白蝶寓所的门房认得贺云钦，她脑子里闪过一个念头，会不会陈白蝶的金主就是贺云钦？

正因如此，所以他才不喜欢聊这件事，所以他才会主动来插手这案子。

她越想越觉得这解释极合情理。贺云钦听说十几岁就去留洋，现今最多二十四五，而陈白蝶却已红了几年，两人应有些年龄差距，难道还是姐弟恋不成？

又想起这人连三楼的邱小姐都去找过，邱小姐虽懂得化妆做遮掩，年龄不会在二十七以下，也许贺云钦就喜欢女人比他大也说不定。

还有段明漪，虽说跟他年龄相仿，毕竟是嫂嫂啊……

平时背着母亲偷偷摸摸看的野闻杂报太多，这时挡都挡不住，全涌到脑子里来了。

贺云钦听红豆半天没动静，看一眼后视镜，见她脸色微妙而复杂，不知道正天马行空想什么，有些好笑道："陈白蝶的金主不是我。"

红豆一惊，这人怎么连她心里想什么都知道？

贺云钦摸摸鼻梁，也觉刚才的话说得多余，正要不着痕迹拿话来找补，虞崇毅去而复返，一走近就扶着车窗道："查过了，南宝洋行名下产业没有7字打头的号码，明泉山的别墅暂时没安电话，但是我刚才顺手查了一下明泉山的其余阔人产业，那地方但凡安装了电话的，全是7字打头。"

贺云钦掐熄烟头："虞先生，别人我不知道，单就陈白蝶来说，你们白厅长为了将她找出来，几乎翻遍了整个上海滩，可是十几天过去，一点痕迹都没有。能将这几人藏匿这么久而不被发现，总该有些说法，你现在给上面打报告，尽快去明泉山进行搜查，着重搜查流云观和南宝洋行的别墅，我跟王探长去跟着陆敬恒。"

虞崇毅吃了一惊道："贺先生的意思是陈白蝶和我表妹有可能被藏在明泉山？"

贺云钦道："凶手留下的线索太少，一切都还只是猜测，总归试一试才行。虞先生即刻去明泉山，如果有消息，立刻来找我们。"

到了大剧院，贺云钦将车停在边上一个不起眼的角落里。

红豆往街对面看，不一会儿，果然看见陆家的洋车过来了。

车停好后，陆敬恒下车，亲自给黎露露几个女生开门，等她们出来，极有绅士风度地微一弯腰，领着女生们入内，稍后又出来对车夫说了句什么。

就见那车夫点了点头，缓缓将车开走了。

这电影一看就是一个小时，红豆吃了一会儿贺云钦给她买的糕点，越吃越困，抬头一看，贺云钦闭目靠在椅背上，似在假寐。王彼得掏出酒壶默默喝酒，显然还精神着，再看一眼对街，仍未散场，

她正犹豫要不要在后座上睡一觉，陆敬恒和黎露露几个出来了。

那车夫很守时，剧院散场前一刻钟就到了，见少爷出来，忙出来给开门。

陆敬恒追求黎露露似乎下了点本钱，将黎露露送回黎家后，又耐着性子将其他几名女学生一一送回寓所，这才驶往陆家所在的沂园路。

王彼得不无讽意道："这败家子几月前在你手里吃过一回大亏，也只老实了一阵子，等好了，加倍做他的狂蜂浪蝶，你看看这一阵子他追求过的女人怕是不在十人之下，只不知道这一个会持续多久。依我看，这些年他唯一用过心的就是你们家少奶奶了。"

贺云钦哧笑："他追谁都与我无关，只要不扯到我身上来就行。"

红豆吃惊得掉了一块糕点，照前几次的经验来看，贺云钦跟陆敬恒定是有些过节儿，可是贺云钦实在不像那种会跟陆敬恒这种败家子计较的人，肯下心思让对方吃瘪数月不敢作声，可见这梁子还结得不小，原来绕来绕去，还是跟段明漪有关。

忽然想起报上那则贺云钦跟段明漪的桃色新闻，那消息先是横空出世，接着便如野火一般迅速传遍上海滩，难道竟是陆敬恒有意散播出来的？

贺云钦懒得再接王彼得的话。

车跟了一路，始终跟陆家洋车保持着不远不近的距离。

待到了陆公馆，车门一打开，陆敬恒大摇大摆下来，正要入内，谁知刚一迈步，似是被车夫提醒了几句，错愕地往后一看，终于发现停在后头僻静处的洋车。

红豆扬了扬眉，贺云钦开洋车技巧甚佳，早前跟踪了陆敬恒一路，对方都未有所察觉，怎料到了最后关头，竟还是被陆家的车夫给发现了。

陆敬恒定睛往这边一瞧，似乎认出了贺云钦，怒容满面便要杀过来，谁知这时路上又风驰电掣般驶来好几辆洋车，一径驰到陆公馆门口方停下。

车门打开，第一个人便是白厅长，后头依次跟着不少警察，虞崇毅也在内，摆出好大阵势，将陆敬恒团团围住。

王彼得看一眼贺云钦："连白海立这东西都出现了，想是在明泉山有什么了不得的发现。"

那群警察果然将陆敬恒铐住，要推他上警车，就听陆敬恒嚷道："白海立，你这是要做什么？枉你昨天还在我家跟我父亲打牌，转眼就翻脸不认人，我犯了什么事？家父就在里头，你敢当面跟我父亲说吗？"

白厅长冷笑道："陆少爷，这一回你捅的娄子实在太大，就连鄙人也无法替你遮掩了！我们刚才在明泉山的陆家别墅找到了陈白蝶带血的衣裳，极有理由怀疑你跟陈白蝶的失踪有关，陆少爷与其在此疾言啧啧，不如趁早交代你是如何绑架陈白蝶、潘玉淇等人的，不然就连天王老子也保不住你的命！"

陆公馆里听到动静，呼啦啦一下子出来好些人，以陆老爷为首，连声质问发生了何事。陆敬恒有老子做后盾，辩嚷的声音又拔高了好些，然而抵不过白厅长口中所谓的"证据确凿"，最后还是被押走了。

贺云钦这边开了洋车，也跟着到了警察厅，为了不给虞崇毅招惹麻烦，特将车停在邻街转角的僻静处。

虞崇毅跟贺云钦王彼得合作这几回，双方已有了默契，大约一个小时后，他便从警局内出来。先是左右环顾一圈，待找到贺云钦的洋车，径直走了过来。

“我们早前在明泉山空置的陆家别墅发现了一件带血旗袍，正是陈白蝶失踪当夜所穿。问陈白蝶家里的女佣，也说陆敬恒头些日子给陈白蝶献过殷勤。现在都怀疑陆敬恒将陈白蝶在别墅囚禁过一段时间，后又转移至他处了，可是陆敬恒嘴极严实，死不承认这几起绑票案是他犯下的。”

他顿了一下又道：“明泉山别墅里搜检一圈，没有别的发现。南宝洋行在本埠共有四十九处居所，现已搜查了一大半，未能找到陈白蝶和我表妹的行迹。”

贺云钦脸色微沉：“也就是说，找到了嫌疑人，找不到受害人。南宝洋行码头的仓库呢？以南宝洋行现今的仓储格局，足可供凶手藏人，你们去码头找过没有？”

虞崇毅摇摇头道：“陆老爷只说他们货仓物品贵重，不容外人来搜检，又质问白厅长是否有他儿子犯事的铁证，倘若事后证明与他儿子无关，白厅长是否担待得起？白厅长虽说在公共租界只手遮天，但也怕惹大麻烦，已夤夜打电话让市长给批个搜捕令，只等条子送过来，我们就去码头搜查。”

贺云钦沉吟片刻，道：“虞先生，陆家明泉山别墅虽说常年空置，但想要随意进出并不容易做到，陆家的下人，你们也该盘查一遍。”

虞崇毅道：“我们正要这么做，刚才给陆公馆去了电话，怕有帮凶混迹在下人中，打算等他们到了，仔细地问一问。”

王彼得思忖着接过话头：“凶手前面行事那般谨慎，为什么会将陈白蝶的衣服落在明泉山别墅，这可是天大的纰漏，贺云钦，你可想过其中的原因。”

贺云钦默了片刻，淡淡道：“你别忘了，下午我去找陈白蝶的金主打听过陈白蝶失踪前的行踪。”

王彼得一愣，一拍大腿：“这位大金主被你一提醒，想着自己只顾着令人暗中找寻陈白蝶，却忘了流云观这个重要线索，于是等你一走，立刻派人去流云观去搜查，我猜派去的人还不少，而凶手可能正好在流云观附近的陆家别墅，得知有人搜查流云观，怕对方顺带找到别墅，当机立断将陈白蝶悄悄转走，但因走得太过慌忙，不小心落下了陈白蝶的一件衣裳。”

贺云钦蹙着眉心久未接话，红豆看在眼里，越发好奇陈白蝶的金主是谁了。

她低下头想了想，顺着王彼得的思路往下说：“而等凶手发现落了重要东西在别墅，再想回过头去找，谁知警察局的大队人马又去了明泉山大肆搜查，根本未给他机会再进别墅。所以凶手并非故意留下那旗袍，乃是一连串意想不到的事所导致。”

王彼得瞟瞟红豆，这聪明丫头要不是警察的亲眷该多好，招来当助手，不知有多省心。

虞崇毅一时跟不上几人的思路，慢腾腾地重新在脑海里整理了一番，才恍然大悟：“原来是这样。”

贺云钦看向虞崇毅：“我早前猜过是否有人故意用陈白蝶的衣裳嫁祸陆敬恒，但照现在看来，凶手也未料到会出现这样的纰漏。此人够聪明够谨慎，就是缺了些运气，今晚的陈白蝶血衣，算是我们意想不到的重大收获，不然我们至今缺乏充足的证据怀疑陆家。”

红豆奇道：“可是，如果凶手是陆敬恒，他明知道陈白蝶有件旗袍落在了明泉山，今晚还能若无其事带女学生去看戏，心智岂非异于常人？”

王彼得满脸嘲讽：“所以我仍然认为陆敬恒不是凶手，就他这种满脑子风花雪月的废物点心，被人绑票还差不多，哪有工夫去绑票别人。”

贺云钦道：“今晚陆敬恒曾跟圣约翰的几名女学生约会，如果他有什么异常，不会毫无破绽，我现在急需确认陆敬恒是凶手的可能性有多大，虞先生，能否请你的同僚去那几个女学生家里打听一下陆敬恒今晚的状态。”

红豆接话道：“那几名女学生都是外文系的，陆敬恒正追求的那位叫黎露露，家住槐花弄，另外两名一个叫吴小春，一个叫唐雅莉。”

虞崇毅点头道：“我这就派人去查问，最多一小时回来。”

虞崇毅走后，车上几人同时陷入沉默。

一片寂静中，王彼得率先打破沉默："这系列案子有太多地方不合情理，比如王美萍明明第二个失踪，为什么第一个被抛尸。杀害王美萍的凶手跟绑架陈白蝶、潘玉淇的凶手，是否是同一伙人？还有王美萍尸首上那些木钉的寓意是什么，至今没弄明白。"

红豆想了想，从后头翻出自己随身带来的那本《玄宗野录》："这上头的解释不知是否齐全，既跟玄术有关，会不会凶手一时心血来潮，要修炼什么法术神功之类的。我听我们团契的同学说过，不论在西洋还是本埠，一旦人误入邪教走火入魔，什么事情都做得出来的。"

贺云钦接过那书随便翻了翻，意兴阑珊道："这书记录得太潦草，这木钉意味着什么，一句未交代。具体如何实施仪式，也写得极简单。"

红豆嘟嘴："可是，这已经是我们现今为止能找到的最接近王美萍死因的异术了。"

她声音里透着不满，不经意便流露一份娇态，贺云钦不知为何心微微一荡，定了定神，将书还给红豆，推开车门道："我到外面站一站。"

冷月高照，马路上一个行人都看不见，偶有秋风刮过，头顶梧桐树的叶子被吹得飒飒作响，霓虹灯照不到的地方，黑魆魆仿佛藏了无数魅影。

他在外头站了许久，直到对面警察局出来人了，才重又开了门进去。

车上王彼得早睡了，歪着脑袋鼻息如雷。

后座上，红豆也摇头晃脑正打瞌睡。

贺云钦闭目假寐了一会儿，睁开眼睛看向后视镜。

红豆困得厉害了，脑袋像钓鱼似的，一下一下往前磕着，这样下去非伤到颈椎不可。

他看一眼王彼得，见对方没有醒来的意思，迟疑了一下，侧过身，打算托着红豆的脑袋，慢慢帮她调整一下睡姿。

然而，没等他的手碰到红豆柔美的下巴，王彼得忽然重重的一声呼噜，猛地睁开了睡眼。

他睡得快清醒得也快，余光瞥见贺云钦胳膊刚往后伸到一半，面露纳罕：

“这是要做什么？”

贺云钦忙若无其事地将胳膊收回来，摸摸后颈道：“无事。”

他脸上分明有些尴尬之色，王彼得更觉奇怪，扭头看看后座，红豆正歪着脑袋打瞌睡，心里豁然一亮，不可思议低声道：“你刚才不会是要摸人家小姑娘吧？”

贺云钦脸一红，幸而光线昏暗，料王彼得看不见，一时解释不清，便以极淡然的口吻，义正词严道：“你睡糊涂了？”

语气极强硬，王彼得只觉得疑团百出，眯了眯眼，见贺云钦大不自在，虽仍想逼问，料以这人的口才，怕是也问不出什么，只得作罢。

好在这时候外头有人敲窗，两人一看，虞崇毅如天神降临般出现了。贺云钦心头一松，从未觉得虞崇毅如此顺眼，红豆听到动静，迷迷糊糊睁开眼睛。

虞崇毅道：“几个女学生都说今晚陆敬恒有说有笑，不见半点异常。就是唐雅莉下车的时候不小心掉了一支自来水笔在后轮胎处，她蹲下去捡笔的时候，闻到一股腥气，像是从后备厢里传出的。”

“腥气？”

虞崇毅“嗯”了一声：“不止唐雅莉闻到，另一个女学生吴小春路上也闻到了，只她不像唐雅莉那般笃定，而且这两名女生都说，等她们后来从大剧院看电影出来，那味道就不见了。”

红豆奇道：“陆家的车怎么装腥臭之物，何况陆敬恒今晚要跟女学生约会，车夫难道都不提前打扫车厢的吗，他就不怕陆敬恒事后找他麻烦？”

四人静了一晌。

王彼得坐直身子道：“陈白蝶的金主下午去流云观搜查，凶手被迫转移陈白蝶等人，不慎落下陈白蝶的旗袍，不久你们警察去搜山，凶手无法返回别墅，陆家的车夫忘了打扫后备厢，陆敬恒去大剧院——”

红豆听他梳理线索，脑中思路也跟着清晰起来，忽然想到了一个可能，脸色微白：“您是说？”

贺云钦眼睛盯着方向盘，也觉不可思议，思忖着说：“难道陆敬恒的洋车后面当时藏了陈白蝶等人？”

虞崇毅大惊失色：“怎么会？”

王彼得断然打断他：“怎么不会？凶手为了躲避搜查，匆匆忙忙用洋车将陈白蝶或者潘玉淇从陆家别墅运下来，还未来得及将陈白蝶转移到妥当的地方，正好撞上陆敬恒要用车，怕露馅，只得先送陆敬恒等人去大戏院，等陆敬恒进去看电影，他才捞着机会处理陈白蝶等人，所以那车后备厢先有腥气，后来就没了。”

红豆万想不到凶手行事竟如此异于常人，后备厢藏了陈白蝶等人，他竟还可以若无其事接送黎露露、陆敬恒等人。

胃里一阵恶心，一股欲呕吐的冲动怎么也压不住。

虞崇毅嘴无声地张了张，道：“探长的意思是说，陆家的车夫有嫌疑？”

贺云钦扬了扬眉毛道：“不仅有嫌疑，而且嫌疑极大。虞先生，你刚才不是说要找陆家下人来问话吗，他们眼下可都来了？陆敬恒的车夫在何处？”

虞崇毅很快便去而复返，急声道：“陆家下人都来了，独差陆敬恒的车夫！”

贺云钦脸色变得极难看，推开车门下了车，将车门猛地一关：“查了这么久，眼看要捉到这只狐狸了，还是晚了一步。”

红豆第一次见贺云钦发这么大的脾气，愣在车里。

王彼得想起刚才贺云钦和红豆的事，也跟着下车，一语双关道：“年轻人火气真是够旺的。还能怎样，接着追呗，上海滩总共才这么大，既怀疑到这人头上，不信还能让他跑了。”

贺云钦脸色稍有好转，对虞崇毅道：“陆敬恒跟车夫常在一处，就算陆敬恒再心粗，车夫的异常之处，他多少该有所察觉，目前尚不能排除陆敬恒是不是车夫的同伙，只能先详细审问，无论陆敬恒知道多少，从他的证词里，怎么都能找出些蛛丝马迹。”

虞崇毅点头：“我即刻回去跟白厅长请示，一队人马去追捕陆家车夫，另一队人马跟我审问陆敬恒。”

约莫过了一个小时，正当红豆又要开始打盹之际，虞崇毅终于回来了：“陆敬恒不大像帮凶，问了许久，一句有用的话也套不出。车夫的所作所为，他也一概不知，现只知道车夫叫陈金生，是个还俗的道士。前些年打仗，陈金生所在道观大受影响，为了讨生活，陈金生还俗南下，恰逢八年前陆家招下人，之后便定在了陆家。因他为人沉稳可靠，陆家上下都很喜欢他，陆敬恒见他身手不错，还特意讨了他做车夫。七年前陈金生跟陆家另一名叫李桂花的下人成了亲，两人的儿子现已四岁了了。”

王彼得看向贺云钦道：“原来这人之前是道士？如果王美萍的案子真系他所为，也就能够解释他为什么懂得那么奇怪的诡术了，可是照这人的家庭情况来看，他有妻有子，日子过得也算安稳，为何突然想要犯案？”

贺云钦不语，陆敬恒此人一贯目中无人，未必会留意身边车夫的异常，便问虞崇毅：“可问过陆家其他下人，陈金生家里有什么不寻常之处？”

虞崇毅脑筋远不如贺云钦几个转得快，然而胜在有份细心和耐心，忙道：“问过了，陈金生的妻子李桂花似是有些身体上的不足，先后怀了两个孩子都未保下，到了最后这一个才算稳住了，可惜这孩子年初得了怪病，低烧数月不退，饮食也少进，先去御仁堂看了不见效，又去了几家本埠有名的西洋诊所去探视，都说得了什么骨髓里头的怪毛病，最多能拖几个月，想要治好是断无可能了。为了给儿子治病，陈金生两口子花光了积蓄又欠下了外债，陈金生还动辄跟东家告假。到了近一两个月，两口子可能已死了心，总算消停了不少，陆家其他下人都劝他们，这个孩子跟他们两口子算是没缘分，夫妻年龄都不算顶大，前头虽说子嗣艰难些，未必往后就怀不上了，都劝他们想开些。”

“这跟他杀人有关？”红豆呆了一呆问。

“尚不知道。”虞崇毅手扶着车窗，焦灼地回头看向警察局门口，“陆家的洋车后备厢已检查过，早已被陈金生清扫过了，一点痕迹都无，现在我就等着去陈金生家的同僚的消息，陈金生有妻有子，就算要逃，怎么也会回家一趟，何况他儿子还病弱不堪。到了眼下，唯有希冀我的同僚能在半路将他一举逮住了。”

贺云钦道：“关键是现在我们还不知道另外两名失踪者的下落，活要见人死要见尸，如果陈金生抵死不松口，我们根本无从找寻，就算凶手落网，也等于白忙一场。”

“这跟那古里古怪的邪术有关系吗？”王彼得跟红豆讨了那本《玄宗野录》翻看，“会不会那两名失踪者的藏身之处跟这有些关系。贺云钦，我们稍后要不要去流云观走一趟？”

四个人完全不懂玄术，对着那本天书一样的怪图看了许久，半点头绪也没有。

红豆忧心地紧蹙眉头，玉淇表姐失踪已有六天了，如果找回来的是一具尸体，抑或连尸体都找不回来，舅舅、舅妈怕是会疯。

第十七章

等了大半宿，直到天亮，虞崇毅那边仍未有消息。

再等下去不合适了，不说天色渐渐明亮，洋车无从匿迹，若是叫白厅长等人看见，怕是会给虞崇毅惹来麻烦。

而且红豆也需回学校上课。

又等了一会儿，不见虞崇毅出来，贺云钦决定将洋车开走，问红豆：“我要回家换衣服，王探长回富华巷一趟，虞小姐是回家还是径直去学校？”

红豆琢磨了一下：“今天第一堂是我们国文系的严夫子讲课，不能迟到更不能缺席，烦请贺先生先送我去学校吧。等上完第一堂课，我再回家换衣服。对了，贺先生，你们什么时候去流云观，等我下了课，可不可以捎我一起去？”

贺云钦刚要回答，余光瞥见王彼得眸子精亮地望着他，脸色旋即转淡道：“恐怕不得空，虞小姐还是早些回家歇息吧。”

红豆见他拒绝得极痛快，想是极不愿意她跟着他们，在镜子里看他一眼，“哦”了一声，不再缠磨。

到了圣约翰门口，陆陆续续已有学生进校了。

红豆下了车，还未来得及跟贺云钦和王彼得告别，就看见了贺家的洋车。

贺竹筠和段明漪一道从车上下来。

因红豆避得及时，未叫贺家人看见。

不一会儿，贺竹筠一回头，果然才看见贺云钦的洋车，一脸欣喜地走近道：“咦，二哥，你怎么一大早来了。”段明漪也下了车，却只静静停在车旁，并不跟着一起过来。

贺云钦之前想起红豆未用早膳，出于绅士风度，本来正打算找个点心摊子给她买点吃的，不料遇到了妹妹，只得作罢，笑道：“我路过办点事。”说话时漫不经心往窗外头看过去，就见红豆早已不动声色走到另一边了。

贺竹筠向来极关注二哥，顺着他的视线一看，这才发现了后头的红豆。

红豆尚未来得及装出刚看到贺竹筠的模样，就觉两道视线落在自己脸上，迎过去才发现是段明漪，便要挤出笑容打招呼，忽然被人挡住视线。

秦学锴道：“红豆。”

红豆笑容微滞：“秦学长。”暗忖，这一早上遇到的人可不少。

秦学锴正色对红豆道：“你昨天不是打听那本《玄宗野录》吗？我问了许多人，都不知道这书的来历，后来查了一下团契里的收录名册，才发现这书是当年那位创建团契的邓学长收录的，所以我又辗转托人打听邓学长如今在何处，结果巧了，昨天下午我去系里一位先生家，他碰巧认识邓学长，说邓学长近日从北平回了上海，就住在圣约翰附近，还把邓学长的地址告诉了我。上午我打算去拜谒邓学长，一来准备给他举办个欢迎例会，二来向他打听一下这本书的来历。他本是研究数学的，但是对玄宗似乎也颇有心得，这书当年又是他收录的，他能解释这怪阵法也未可知。”

秦学锴声音洪亮，离得又近，说一句，贺云钦只觉得车里空气气闷一分，等秦学锴一番话说完，几乎在车里坐不住，心里深以为异，于是下了车，望着贺竹筠不知要做什么，只得皱了皱眉道：“你今日什么课？哥哥若得空就来接你。”

那边红豆仍在发呆，谁想到不过随口一说，秦学锴竟如此郑重其事，愣了好一会儿才赧然道：“太谢谢秦学长了，邓学长在何处，我的确有紧要得不得了的事向他打听。”

王彼得听了他二人的对话，忙往贺云钦那边看过去。

他急于弄明白那阵法的奥妙，等了半晌不见贺云钦接茬儿，只得自顾自推门下来，对秦学锴道：“实不相瞒，虞小姐之所以问这异术，乃是鄙人有一桩待解之悬案特托她打听，既找到了现成能解阵法的人，还请秦同学带我们一同前往。”

秦学锴愣住，求证似的看向红豆。

红豆脑筋转得奇快，当即顺着王彼得的话，对秦学锴笑道：“的确是这样没错。王探长手里有桩悬案跟这书上异术有关，可惜我们都看不懂这阵法，所以才四处打听。”

秦学锴恍悟地点点头：“破案要紧，那我这就带你们去找邓学长。”

事已谈妥，红豆和王彼得四道目光齐刷刷看向贺云钦。

贺云钦仍在跟贺竹筠说话，明知此时就该采纳王彼得的建议，用洋车载着这几人一道去找那位所谓邓学长，可一想起这人是秦学锴找来，又有种难以捕捉的淡淡不舒服的滋味。

说了一会儿，就连妹妹今日那几堂课的先生叫什么名字都一一弄明白了，实在聊无可聊，这才一脸淡然往后头看去。

王彼得意味深长地望着他：“走吧。”

贺云钦看一眼跟红豆并肩而立的秦学锴，摸摸下巴，走到车前，开了车门道：“那位学长现在何处？”

秦学锴跟在王彼得后头上了车：“就在边上的尼新路香杉弄。”

这时红豆也跟着要上车，因王彼得坐在前头，这一下若是上了车，便是跟秦学锴并排而坐。

贺云钦忽然提醒她：“虞小姐，你第一堂课是国文课，‘不能迟到更不能缺席’，那边自有我和王探长去了解，虞小姐还是别耽误功课的好。”

这话一语惊醒梦中人，红豆扭头一看，边上的贺竹筠正满脸不解地望着她，想是碍于教养，一时未将疑问宣之于口。

后脑勺上尚有另一道打量的目光，不用猜也知源自贺家大少奶奶。

她不露痕迹地缩回已摸向车门把上的手，故作恍然地笑道："瞧我，为了帮王探长查案，都忘了自己有课了。既然秦学长能带路，那我就不跟着掺和了。"

不说有严夫子的课，单是叫贺家少奶奶和贺竹筠看见她跟着贺云钦的洋车到处乱跑，怕是也大大的不妥。

说罢，她以极爽朗的姿态对贺云钦等人挥手作别，转过身来，对贺竹筠道："贺学妹，你第一堂什么课？"

贺竹筠疑虑顿消，莞尔道："也是国文课，怕严夫子提前点名，所以我才来得这么早。"

车启动了，秦学锴跟王彼得说了几句话，忽生出几分茫然，刚才明明是要同红豆一起去找邓学长的，怎么一下子变成了三个大男人同车了？

想起昨天在红豆舅舅家潘公馆门口也曾碰到过红豆和贺云钦王彼得在一处，便重新正色打量起贺云钦。

这人虽是副教授，年龄比他们大不了几岁，上回茶话会听几名同系学生议论贺云钦，其中有个素喜旧诗的女学生，说只消对着贺云钦看上几眼，便会生出种"玉山琪树"之感，可见在女孩子眼中，贺云钦生得有多倜傥潇洒。无怪当时贺云钦讲课时，底下座无虚席。

而红豆自从上回茶话会破了王彼得的桥牌游戏，如今俨然以王彼得的助手自居，若是接下来跟着王彼得四处查案，难免会常跟贺云钦打交道，就不知红豆对此人印象如何。

转念一想，红豆一贯不喜受拘束，就算眼下做了王彼得的助手，未必能长久做下去，何况贺云钦回国近一年了，以这人的家世品貌，早该有了女朋友。念头浮起，他又松了口气。

正胡思乱想，就听贺云钦道：“已到了香杉弄了，不知这位邓先生住在几号。”

秦学锴探身往外一瞧，忙开了车门道：“就在弄口第一家。”

到了那家，秦学锴敲开门，托下人传话：“早前跟邓学长约好了，还请帮忙通传，就说在下是圣约翰的秦学锴。”

下人领着几人进去，有位三十出头的男子闻声出来，浓眉悬鼻，目光锐利如星，穿件颇体面的青色丝光棉长袍，头发却乱蓬蓬的好似鸡窝。正是邓归庄。

邓归庄见了诸人，讶问秦学锴：“这二位是？”

秦学锴忙禀明来意，给两边做介绍。

贺云钦将那本《玄宗野录》取出，请邓归庄过目：“本埠早前有桩女子被害案，尸首上被人插上了七根木钉，说起死相，倒与这本旧籍上所载异术相仿，为了查案，我等不揣冒昧，特登门向邓先生请教。”

邓归庄接过那书翻阅起来，心里却在暗自审度贺云钦。虽然贺云钦只报了名讳，并未自报家门，然而贺孟枚在本埠影响力太广，他察言观貌，早猜到这人是贺家子弟。

他秉性古怪，素不喜跟阔人来往，怎奈这人倒甚懂礼节，无法让人生出半分恶感。静了一晌，他推了推鼻梁上的金丝边眼镜道：“这书的确是十年前在下创办这团契时所收录，说句不怕各位见笑的话，在下当年因为研究古怪神秘学走火入魔，险些荒废了学业。这书不算本宗的道教或玄宗，乃是从暹罗国传来，清末八国洋鬼子混战，各地兵连祸结，此书于战火中传入我国，后为我国一位道士所得，为了做研究，道士专请懂暹罗语的人做翻译。然而这懂暹罗语的人不懂玄术，懂玄术的又不懂暹罗语，所以这书翻译得狗屁不通。当时我虽将这本书进行了收录，却也不知其详。”

秦学锴难掩失望之色。

贺云钦却静等下文。

果然，邓归庄说了那番话后，便返身到书架上下搜索，不一会儿从柜顶找到一本已落灰的旧籍。

“后来我去北平，有一回去报国寺淘旧货，机缘巧合之下，得了这本书的暹罗语原版，后又花了半年工夫重新细细翻译了一下，才对这书重新有了认识。”

他将那书翻到木钉术那一页，呈给几人看。

旁边密密麻麻写满暹罗语，较之先前的版本，又增补了不少内容。

邓归庄道：“这邪术名叫三冥祭，介乎卜筮和降头之间。按书上所言，若这邪术实施得当，可将祭品当作筹码向地下冥王讨回一人的性命。”

秦学锴惊得张大嘴巴。

王彼得冷笑：“荒诞不经，这得疯成什么样才会试这个法子。”

“既称为‘祭’。”贺云钦看着邓归庄，“可见必须要有祭品。”

邓归庄点头，索性到案头取下一张未用过的纸笺，取了别在长袍上的自来水笔，在纸上画道：“祭品需选三名阴人，且这阴人需选‘不洁’之阴人，因在暹罗玄宗里，不洁阴人深为司礼所恶，是祭品的首当之选。作法人按照三名阴人的生辰月份排序，先用木钉封了第一人的七窍，将此人的尸首置于水边，名为‘问路’，待七日后，又封第二人的七窍，名为‘探桥’，再复七日后，封最后一名阴人的七窍，名为‘成祭’，与此同时，主阵人将续命之人的八字写于符纸上焚烧，至此这邪术才算完成。”

王彼得跟贺云钦对了个眼：“第一名受害者的尸首于八月二十九日被发现，到今天为止，正好是过了七天，换言之，第二人的所谓‘探桥’需今晚之前完成？”

邓归庄道：“正是如此。不到万不得已，布阵的人不会想到这么伤天害理的法子，一旦启动，想是已做好了破釜沉舟的准备，绝不可能半途而废，不然他献祭不成，反会被降头所反噬。既已有了第一名受害者，第二名祭品理所当然需在今晚之前就位，七日后第三名亦然，就不知第一名受害者是在何处发现的？”

贺云钦道：“就在江边桥下，离码头不远。”

邓归庄“唔”了一声道：“那就对了，这人深谙暹罗国的道术，布起阵法来谨遵道家推术，一步都不差。中水，西山，东为度戒，三名祭品对应不同方位，以阴人为匙，各自叩开一扇阴门。第一名祭品既然已献出，第二位想来是按书上所言，藏于西山，第三名嘛，应在东首。可惜我对暹罗道书也只懂得些皮毛，虽知道这阵法的原理，却不知具体该将祭品放在何处。”

王彼得凝眉道：“邓先生，听你刚才的解释，剩下两名祭品不仅需藏在不同的地方，且需按照拟定的时辰死去？”

邓归庄一板一眼道：“正是如此，所以你们如果想找到活着的其他两名受害人，至少需在今晚十二点之前找到她们的下落，不然就算找到了，第二名受害人恐怕也会被主阵人所杀害。”

第十八章

红豆上完第一堂课，实在困乏不堪，只待下了课，便到校门口坐电车回了家。

回家梳洗完换上干净衣服，正要跟母亲细说昨晚之事，哥哥回来了。

“陆家那个车夫仍未找到。”哥哥已数天数夜未回家，一回来便进了屋，随便换了件干净衣服出来，又往外走，“去陈金生家门口附近守了大半夜，陈金生根本未回来，他家里的老婆和孩子，对他所犯的事也概不知情。好在刚才贺先生和王探长已找人解释了那阵法，现打算先去西山进行搜索。按陈金生的作案思路，他应该正跟第二名受害人在一处，就不知道这拟定的第二名受害人是陈白蝶还是玉淇。”

说完，他最后说了一句：“等有了消息我再回来。”

红豆和虞太太未来得及细问，虞崇毅便关上门出去了。

红豆向哥哥打听案情的盘算落空，只得回房耐心等消息。

谁知刚上床躺下，就听虞崇毅在楼下喊她：“红豆，玉淇那方沾了香水的帕子是不是放在了你这里？”

红豆一愣，深觉机会难得，忙取出那帕子，咚咚咚下楼。

推开大门一看，不止哥哥，贺云钦也在，两人站在裁缝铺前，正低声商量着什么。她几步下了台阶，走近二人道：“给，帕子。”

贺云钦看她一眼，接过那帕子道：“那我们先走了。”

红豆皱了皱眉，怎么这人利用完就将她撇开，见二人已往巷口走了，忙也跟上。怎奈这两人人高腿长，她须得小跑才能勉强追上他们的步伐。

虞崇毅一径走到巷口，听到后头脚步声，回头一看，见妹妹也跟了上来，哭笑不得道：“红豆你回家休息，跟着我们做什么？”

红豆理所当然道：“那旧籍还是我在学校团契发现的，现在阵法破了，你们去找玉淇表姐，难道我就跟不得吗？如果实在不便让我跟着，那我就回家等消息。”

贺云钦听了这话，停下脚步回头看她，想是才回家梳洗过，她白净的额头黏了几缕湿发，早前那套洋装不见了，换了身极清爽的浅绿色绣白茉莉花的袄裤，许是怕冷，外头还披着件玉色绒线衫。

再往下一看，她脚上趿着半旧的红色圆头皮鞋，袜子尚未来得及穿，一对酥雪般莹洁的脚踝露在外头。

他摸了摸眉毛，将视线从她脚上生生拔开，以无所谓的口吻对虞崇毅道：“既然虞小姐想帮忙，那就让她跟着吧。”

“那陈金生可是穷凶极恶，万一——”

贺云钦已经往自家洋车走了：“我和王探长会护着她。”

他这话说得极有自信，红豆听在耳里，莫名滞了下，抬眼往他高拔的背影瞧去，仿佛一瞬间的工夫，这人身上那副傲睨万物的姿态又来了，难得这一回竟半点都不觉得碍眼，

她唯恐他反悔，也不等哥哥继续反对，顺势便钻入贺云钦的洋车道：“哥，我只是想帮着找玉淇，你就放心吧，若有危险我绝不下车。”

虞崇毅只得作罢，另上了警察厅的洋车。

王彼得本在车上假寐，怎料红豆又跟着上了车，掀开眼皮瞧了瞧，继续闭目休息。

车发动，红豆问贺云钦："贺先生刚才去了邓先生那儿，他是怎么说的？"

贺云钦要言不烦将刚才那阵法解释了一通，道："陈金生此人曾是道士，对此类邪术深信不疑，如今他儿子得了怪病，四处求医无果，会铤而走险用这奇怪的办法为儿子续命，倒也不足为奇。要不是我们凑巧在陆家别墅发现了血衣，继而怀疑到陈金生头上，我想，不论那法子到底有没有科学根据，陈白蝶等人都会沦为陈金生儿子的牺牲品。"

红豆纳闷道："既然三个人都是所谓的祭品，那为什么王美萍第二个被绑票，反而是第一个遇害呢？"

贺云钦问："你表姐潘玉淇是几月份的生辰？"

红豆想了想道："是冬月。"

贺云钦道："陈金生这是遵循古法，按照生辰月份重新编排了祭品的献祭顺序，王美萍的验尸单上显示她是三月出生，陈白蝶是七月的生辰，而你表姐是冬月，三人的生辰排下来，以王美萍为首，她理应成为第一个献祭品。"

红豆古怪地看着他："贺先生怎么会知道陈白蝶的生辰？"

像陈白蝶这样的大明星，若非亲近之人，绝不会随意透露自己的生辰。

又记起昨晚贺云钦在听说车夫载着受害人从他们眼皮底下溜走后，贺云钦曾发了一场好大的脾气。难道他是因为太过于担心陈白蝶的安危，担心到了急不择言的地步？

贺云钦从后视镜看红豆一眼，她秀眉微蹙，神情颇认真，显然并非随口问问而已。

他一时有些头痛，正琢磨着怎么把话圆过去，就听王彼得瓮声瓮气道："密斯虞的关注点可真奇怪。你放心，贺云钦要找陈白蝶自有他的理由，绝不会是因为跟这女人有什么亲密关系。"

红豆早暗悔刚才那一问太多余，忙岔开话题道："刚才邓学长只说了大概的方位，难道就推算不出具体的藏人之处吗？"

王彼得接话道："本埠位于西边的山头统共只有那么几处，其中就有早前搜查过的明泉山，陈金生又是个极死板之人，既阵法有那要求，料他轻易不会胡乱进行改动，所以去西山找肯定没错。可是刚才邓归庄所说的话里有一点不通：陈金生究竟是怎么选择所谓不洁阴人的。陈白蝶是大明星交际花，潘玉淇常在外头走动，以陈金生的粗鄙见识，将她二人视作所谓的不洁之人勉强说得过去，可是那王美萍一脸憨直相，怎么也给他给掳了去做祭品？”

“早前袁箬笠的前头太太将王美萍软禁了那么久，为了讨好王美萍，给王美萍做了好些妇人穿的富贵旗袍，而王美萍被放出来后，又是晚上独自一人上街，也许正因为这个原因，陈金生才考虑将她当作祭品？当然，这些都可以等抓到陈金生再进行审问，我现在只想知道，昨晚陈金生在众人眼皮子底下用后备厢载去大剧院的，究竟是陈白蝶还是潘玉淇，后备厢藏不下两人，只能是其中一个。”

红豆不解道：“这一点很重要吗？”

贺云钦盯着明晃晃的马路：“如果按照献祭顺序来推算，陈白蝶是第二个祭品，理应藏于西山，潘玉淇是第三个祭品，势必藏于东边度戒。可是这范围实在太广，一处一处搜起来何等麻烦。”

他顿了下又道：“昨晚陈金生将其中一人从明泉山上运下来，还未将此人藏好便撞上了陆敬恒，为了不引来怀疑，陈金生被迫开车送陆敬恒他们去大剧院，之后陆敬恒看电影大概看了一个小时，陈金生完全可以利用看电影的一个小时来藏人。”

红豆认真回忆一番昨晚的情形，提醒贺云钦：“可是我记得昨晚电影还未散场陆家洋车便出现了，陈金生在车上又等了一刻钟，陆敬恒才出来。”

贺云钦不让自己的赞赏之色表露得太明显，只道：“去掉这一刻钟，还剩四十五分钟，一来一回再打个对折，意味着昨晚在大剧院外头，陈金生足有二十二三分钟的时间将后备厢那人重新藏好。”

红豆点头：“之后我们跟随陆家洋车回了陆公馆，再然后警察来抓人，陈金生弃车逃跑，在贺先生的提醒下，我哥哥他们很快怀疑到陈金生头上，立即开始全城大搜捕，陈金生再无洋车做工具，又无法大庭广众之下搬着陈白蝶或是潘玉淇进行转移，如果我是他，只能选择暂且蛰伏，等天黑之后再行动——”

她越说眼睛越亮：“因此陈金生很有可能还未来得及将后备厢那人搬走，那人仍藏于距离大剧院二十三分钟车程内的某一处！”

贺云钦看一眼王彼得：“王探长。”

王彼得听他二人你来我往正听得过瘾，见问，精神不由得一振，坐直身体，从怀中取出他自绘的上海地图。

展开一看，在大剧院周围画了一圈道：“抛去马路、书店、理发店这几个地方，距大剧院二十三分钟车程左右又可供藏人的，大致便是露露百货、程家园巷弄，以及枫晚路那一排亭子间了。”

等贺云钦开车到了警局，里头果然有大队人马出来，以白厅长和虞崇毅为首，正要分头去西山和东城进行搜捕。

贺云钦瞥见人群中的虞崇毅，有意放慢行车速度。

虞崇毅见贺云钦的洋车缓缓驶过警局门口，心知有异，只跟同僚说要到对街看看，趁他们不注意，便往对面那条僻静的巷弄而去。

贺云钦和红豆几个果然在里头候着。

一见虞崇毅，贺云钦便摇下车窗，将刚才他和红豆的判断说了。虞崇毅眼睛一亮，忙道：“我这就领人去大剧院附近这几处查找。”

虞崇毅这一走就是两个小时，中途贺云钦下车，许久不见回来，红豆跟王彼得本就没话讲，这一来更觉得时间过得慢。

托腮等了会儿，贺云钦仍不上车，她终于等得不耐烦了，便推开车门，打算在巷子里随便走走，聊以缓解心底那份焦虑。

贺云钦果然站在车后头吸烟，见红豆满脸忧色出来，将烟掐熄了道：“那边有卖酸梅汤的，虞小姐渴不渴，我去给你买一碗？”

红豆往巷口一看，果然有个小摊子，心知他一向待人很客气，这话多半只是随口问问，忙拍胸脯笑道：“已叫贺先生买过两回吃的了，这回该轮到我请了。”

说着便过去，要那小贩盛三碗酸梅汤。

等小贩盛好，她正要从衣兜里取钱付账，谁知衣兜里竟空空的一文钱都没有。

再一想，刚才回家洗了澡，为了给哥哥送帕子，匆匆忙忙就下了楼，根本未来得及往新换的衣服里放钱，早知道刚才就不说要做东了，这下更下不来台。一时无解，只得自我安慰地想，如果真能顺利找到玉淇表姐，总归要好好谢谢贺云钦，不如等哪天寻到了机会，她和哥哥正式请一回贺云钦。

这么想着，她便打算厚着脸皮去找贺云钦。谁知他见她半天不付账，早就过来了，想是怕她下不来台，极淡然地取了钱付了账。

红豆耷拉着耳朵，默默看着他替自己解围，一颗心怦怦直跳，怎么也静不下来。

若是秦学锴，她早就开口致谢了，今日却大觉不好意思，又暗想，这人这般通透知礼，难怪那么多女人喜欢他了。

贺云钦付好钱，一眼瞄见她一对耳朵仍在发红，心知她仍觉尴尬，索性端起其中一碗酸梅汤，一口气喝了，搁下茶碗，一笑："多谢虞小姐的酸梅汤。"

红豆知他未必喜欢喝路边的酸梅汤，之所以这么说，无非是为了给她台阶下，心里暗松了口气，硬着头皮端了另一碗默默喝了，这才甜甜一笑，仰头看着他道："这几日麻烦贺先生了，哪天有机会，还请贺先生拨冗，容我和哥哥好好做一回东。"

她故作老成，然而一笑露出一对圆圆的酒窝，不经意便给整张脸庞平添几分柔媚的稚气。

贺云钦低眉看着，只觉得她皮肤嫩白得不可思议，手心一阵发痒，差点就抬起手来，一把捏住她那饱满莹洁的脸颊。

幸而理智尚在，想归想，并未实行。又想起妹妹，兄妹俩虽也经常靠在一处说话，他好像从未这么仔细观察过妹妹的脸。

见她是诚心诚意要做东，他便笑了笑道：“既是虞小姐和虞先生相邀，何来拨冗一说，只待虞小姐拟了时间地点，我自当前往。”说着便抬步往车边去。

红豆端好给王彼得的那碗酸梅汤，跟他并肩而行。

两人走了一截，贺云钦看她一眼，忽问：“虞小姐对潘玉淇的安危似乎格外挂怀，为了破案，已经连熬了好几夜了，想来你们姊妹之间感情甚笃。”

红豆摇摇头道：“我家里以前曾经出过类似的不幸，所以这回一听说我表姐失踪，我们家的人才格外紧张。”

贺云钦微讶：“以前虞小姐家里也有人失踪吗？”

红豆脸色一黯：“是我小姨，而且不算是失踪，等发现时人已经没了。”

这话题太沉重了，她不愿意继续往下聊，正要拿话岔开，就听马路对面一阵喧嚷。两人走到巷口，借着夕阳往对面一看，就见刚才警察局出去那帮人马去而复返，不一会儿，虞崇毅下了警车，令众同僚将一人押往局内。

红豆踮脚看了看，辨不清那人长相，然而因为一份模模糊糊的预感，怎么也掩抑不住兴奋之情。

两人再也无心闲聊，只得回车等着。

王彼得刚喝完那酸梅汤，虞崇毅果然疾步走来了，满脸喜色道：“在程家园，陈金生早前在那地方赁了房子，本是打算让他老婆做些生意，刚才我们去时，他正将陈白蝶和我表妹二人装入麻袋，黄包车也备好了，看样子打算趁着夜色将二人运走。”

红豆屏住呼吸问：“表姐还活着吗？”

虞崇毅擦了擦额头上的汗：“还活着，只是身上受了些外伤，现已送到医院去了。”

红豆捂着嘴低呼一声，高兴得难以言喻。

王彼得整个人似乎也松懈了不少，面露嘚瑟看着贺云钦：“按说这陈金生也算是个聪明人，可是谁叫他倒霉，遇到了咱们俩。”

红豆瞥他一眼，明明是她和贺云钦合力猜到陈金生的藏人地点，怎么到了王彼得的嘴里，全变成他的功劳了。好在她此刻因为找到表姐心情大好，也懒得跟王彼得计较。

虞崇毅诚挚道：“这回真是多谢贺先生了，要是没有贺先生，我们怕是找不回活着的两名受害人了。”

贺云钦极公正地笑了笑道：“令妹也帮了不少忙。”

虞崇毅不便当着外人的面夸赞自己妹妹，只憨憨一笑道：“她从小就能过目成诵，这回出了玉淇的事，我想着她多少能帮上点忙，不然也不会让她跟着跑来跑去。”

怕话题越扯越远，贺云钦忙正色道：“陈白蝶是陈金生的第二个祭品，阵法要求祭祀地点在西山，所以陈金生特将她藏在明泉山的陆家别墅，本打算今晚时辰到了便动手，谁知昨日先后有两拨人马去明泉山搜人，他怕不小心暴露陈白蝶，当场便用洋车将陈白蝶运下了山，因走得太匆忙，不小心落下了陈白蝶的一件血衣。”他看向红豆道，“所以昨晚被藏在洋车后备厢的定是陈白蝶无疑了。”

想起那两名女学生闻到后备厢的腥气，明知陈白蝶未死，他仍问道：“陈白蝶现在哪家医院，可受了重伤？”

虞崇毅道：“两人都送到红十字医院去了，不过我估计等影片公司的人过去，极有可能会帮陈白蝶转院到私人医院。”

贺云钦点点头：“我们须得去一趟红十字医院。既然凶手已落网，两名受害人也已找到，接下来的事全交给虞先生了。”

虞崇毅看了看红豆，赧然道：“我眼下实在不得空，还得麻烦贺先生送送舍妹。”

贺云钦道：“虞先生客气了，本就顺路，何来麻烦一说。”

贺云钦将车驶离巷弄。

路上红豆默默看着贺云钦的侧脸。

她本就怀疑贺云钦参与此案的目的，此刻见他极在意陈白蝶安危，更觉得疑窦丛生。可是，如果真照王彼得所说两人没有私情，他会是出于什么缘故这么关心陈白蝶的死活呢？

到了同福巷，贺云钦停好车，见红豆只顾发呆，便提醒她道：“虞小姐，到家了。”

红豆看看贺云钦，又看看王彼得，失踪者找到了，往后恐怕难有机会跟这两人打交道了，起先跟贺云钦相处时还不觉得，真等结了案，胸中又有些淡淡的怅然感。她闷坐了几秒，见他二人都不说话，只得慢腾腾下车道：“谢谢贺先生。”笑着对他点了点头，回身进了巷。

贺云钦隔着车窗望着她，小姑娘起先还走得很慢，不一会儿像是想起了什么高兴事，马上又昂奋起来，高高兴兴地往里走。

他既不明白她之前为何不高兴，也不明白之后她又是想起了何事高兴，只他甚少看到人这般懂得自我调节情绪，一时看得暗暗称奇。

王彼得见贺云钦望着红豆的背影出神，大咳一声道：“可看够了？不是还要去红十字医院问陈白蝶的话吗？”

贺云钦自觉对红豆甚为坦荡，怎么一到了王彼得嘴里，便像别有心肠似的？他淡淡看王彼得一眼，本想做些辩解，然而细一想，这种事越解释越乱，远不如一哂置之。

王彼得不怀好意地笑了笑道：“怎么，密斯虞在你面前使小性子你都不吭声，我啰唆两句你就嫌我碍眼了？”

见贺云钦大不以为然，王彼得一摊手：“在德国的时候，你忙于学习，不喜跟洋妞打交道，不谈恋爱倒还说得过去，这回回了国，就算你不急着谈恋爱，府上怕是也会催你成亲，不然你母亲盛宴为什么大邀圣约翰的学生？记得先前你说过，你不喜天真稚气的女孩子，绝不会找跟你妹妹一般大的，怎么到了这几日遇到个机灵点的，我看你倒是喜欢得紧啊。”

贺云钦冷笑着打断他道：“王探长这几日话实在太多了。”

红豆到了家，还未来得及将这天大的好消息告诉母亲，虞太太就从里屋出来了，手里还拿着一张洒金粉色帖子，递给她道："你们学校一位姓贺的女同学送来的，说家里有寿宴，要请你赴席。我看这人相貌生得极好，又跟贺先生有些挂相，还在想这两人是不是兄妹。我知道你这几日为了你表姐的事没心思跟同学交际，可是人家既然亲自来家里送请帖，你最好还是去一趟，帖子给你放这儿了。对了，你表姐有消息了吗？"这几日她无数次升起希望，又无数次失望，怕希望再一次落空，明明急于打听玉淇的下落，一时竟怯怯不敢问。

红豆故意佯装平静走到母亲跟前，等搂住了母亲的脖颈，这才仰头笑起来，大亲母亲一口道："前几日女儿的确没心思出去玩，这回什么心思都有了。妈，玉淇表姐找到了！"

虞太太是个急性子，听说玉淇被送到了红十字医院，当即让红豆到楼下打电话叫洋车，而后回房换了衣裳，满怀欣喜带红豆到红十字医院去看玉淇。

舅舅他们早到了，由于玉淇需要录证词，家眷暂不能入内探视，三口人不得不守在外头。

自从玉淇得救，舅妈和舅舅整个人都活过来了，眼皮虽还肿着，脸庞早润泽了好些，一家人劫后重生，处处都透着喜悦，就连一贯别扭的玉沅也随和了好多。

红豆跟玉沅说了会儿话，借着护士和大夫进房诊视的机会往里瞄了瞄，隔着雪白的布帘，隐约只看到一张床，难道陈白蝶这么快便被接走了？早前贺云钦似乎也要来红十字医院，可她刚才这一路进来，未曾撞见过他，不知他是临时去了别的医院，还是亲自接走了陈白蝶。

守到半夜，玉淇还未醒转，袁箬笠却来了。

这还是红豆第一次看到袁箬笠的正脸，三十五岁上下，五官俊朗，轮廓分明，虽是商人，却有几分儒雅姿态。在舅舅、舅妈面前以晚辈礼自执，低声细语，态度恭谨。

这案子说来不能怪袁箬笠，可是舅舅、舅妈险些痛失爱女，多多少少有些迁怒袁箬笠，碍于玉淇失踪了这些天，怕名声受折损，眼见袁箬笠待玉淇还有些真心，也只好以礼相待。

只一想起袁箬笠那位疯疯癫癫的前妻，两口子心里始终压着块石头，听说前头太太因为软禁王美萍触犯了律条，警察局里关了好几天，全赖袁箬笠四处活动，才被暂且保释出来。

袁箬笠看样子不是薄情寡义之人，前头太太落到这般田地，断不可能彻底撂开手。往后会如何，两口子不愿细想，毕竟才遭了一场劫难，眼下只要玉淇平平安安的，一切都好说。

到半夜时，玉淇终于醒了，警察急于回公共租界警察厅交差，连忙进去录证词。

隔着一扇薄薄的房门，玉淇的啜泣声怎么也藏不住，舅舅、舅妈越听越愀然，好不容易警察走了，一家人蜂拥而入，红豆捧着母亲连夜让周嫂送来的温补汤，也跟在后头。

短短一个礼拜，玉淇瘦脱了形，头发湿黏黏地贴在脸上，活像刚从水塘里捞出来，脸色黄黄的，哪还有半点往日的鲜妍，一家人见面就开始抱头痛哭，足足哭了大半个小时。

好在玉淇毕竟读过书，又常在外头走动，虽然仍心有余悸，等稍稍平静，总算能断断续续复述上礼拜六遭掳的事了。

只说从首饰店出来，本在路边等洋车，恰好陆家车夫路过，问她要去何处，听说她要回新亚茶社听讲，便说自己也要去接陆敬恒，可以捎她一段。

南宝洋行是父亲的东家，玉淇平时没少跟陆家人打交道，之前陆敬恒追求她时，她也曾跟这车夫见过好几面，印象中这车夫忠厚老成，颇得陆家人的信重，眼见自己叫的车许久不来，并未多想便上了车。

谁知刚行到一条僻静的马路，就被那车夫挥掌在她脖颈上重击了一下，她便昏了过去。

再醒来时便是在一个窗户紧闭的房间里，手脚俱被捆住，动不得也喊不动，她这才知道自己着了那车夫的道。之后每逢早上和傍晚，车夫就会送些饭和水进来，期间玉淇几次求他放了自己，说不论要多少银钱，只要能放了她，一切都好商量。

那车夫一概不予理会。

玉淇接连被关了好些日子，浑浑噩噩也分不清白天和黑夜，到了昨晚，车夫又扛了一个人进来，剥掉麻袋一看，玉淇惊讶地发现那女人竟是陈白蝶。

那陈白蝶像是吃了不少苦头，额头上和身上都有血痕，然而仔细分辨，又不像受了重伤的模样，也不知衣裳上那大片的血渍从何而来。

红豆将汤碗盛好放到床旁小柜上，听了这话暗自思忖，陈白蝶最先被陈金生掳走，王美萍却是第一个遇害，凶手谋害她的手法还是活生生用木钉封住她的七窍，这法子不止残忍，且会致使大量血液丢失，若是陈白蝶早先跟王美萍关在一处，她衣裳上的血迹是王美萍身上流下来的也未可知。

在医院待至大半夜，不见哥哥来医院接她们母女，后来舅舅开了洋车，将她们母女及玉沅分别送回了家。

三日后，虞崇毅将一沓厚厚的案件调查卷宗呈给白厅长。

“这是陈金生的供词。人证、物证都齐全了，这人无可辩驳，已经全都交代了。据他自己说，他早前在北平当道士时，跟一位老道长学过一点暹罗国的玄术，因为儿子时日不多，妻子子嗣上又艰难，唯恐陈家断了香火，于是想出这阴毒法子。那阵法要求以不洁阴人为祭品，陈金生早有到处找寻祭品的打算，怎奈此事太过凶险，怕布阵不成反惹来大麻烦，所以才迟迟未动。

“据陈白蝶的口供，八月二十二日，她本来打算跟几位朋友去明泉山小住一些日子，当晚从剧院回来后，便跟一位朋友借了明泉山的宅邸来住，为此还特意记下了那宅邸的电话。谁知后来她在梳妆台上发现了陆家发来的帖子，想起陆家在明泉山的别墅更阔气几分，便将镜面上的号码拭去，打算向陆家人借来那别墅玩乐几天。”

“所以她留在那镜面上的是明泉山某处宅邸的电话？”白厅长一只胳膊

搭在椅背上，像是刚痛饮了一场，隔老远就能闻到酒气。

“是。她打电话给车行叫了洋车，原打算回电影公司取剧本，谁知到了楼下，碰巧遇到南宝洋行小开的车夫。陈白蝶想起正好要向陆家讨明泉山别墅的钥匙，临时改了主意，便问陈金生是不是要回陆公馆，陈金生本还摇摆不定，眼见陈白蝶这著名的大明星交际花自己送上门来，认定这是所谓的‘冥冥中的安排’，自然满口应承，陈白蝶一上车就被陈金生击晕，此后一直被囚禁。”

“陈金生真是个疯子。”白厅长打个酒嗝，身子往后一仰，将两条大长腿搁到桌面上，“那王美萍呢？她又是怎么被陈金生选中的？”

虞崇毅垂下眼睛：“陈金生时时要听陆家的差用，没多少自己的闲暇时间，加之那阵法需在二十一天之内完成，必须尽快找到下一个祭品。洋车陆敬恒常常要用，陈金生怕少东家起疑心，不便开着洋车四处掳人，想起火车站附近的老堂窠常有暗娼出来拉客，便弄了一辆黄包车，到那附近接客，第一日去便遇到了王美萍，见她穿得叠翠流金，又是晚上一个人从巷弄里出来，料定她是那种‘不三不四’的女人，因他晚上还要回陆公馆替陆敬恒开车，没时间挑挑拣拣，一时冲动便绑走了王美萍。”

白厅长兴趣浓厚地注视着虞崇毅：“虞崇毅啊，你真是长进了不少，这么棘手的案子，你竟能这么短时间内侦破。”

虞崇毅本就心虚，听了这话唯恐多说多错，讪讪笑了笑，皱眉站着不说话。

白厅长盯着他看了一会儿，皮笑肉不笑道：“该不是外头请了什么帮手吧？”

虞崇毅这一惊不小，忙道：“没有的事，属下办案时一向规行矩步，从不敢擅作主张。”

白厅长似笑非笑地捡起桌上一支金笔在手里把玩：“揪出了杀害王美萍的凶手，找到活着的陈白蝶和潘玉淇，还顺利让穷凶极恶的犯人陈金生伏法，若是我替你好好宣扬宣扬，这一案足够让你虞崇毅在上海滩扬名立万哪。”

虞崇毅勉强笑了笑：“厅长谬赞了。”

白厅长笑道："你这么能干，官升三级都不在话下。眼看警署要进行人事变动，你且自己说说，我这做上司的，该怎么褒奖你才行。"

虞崇毅正色道："属下谨遵厅长的教诲，但求俯仰无愧，破案也好，除凶也罢，无非是为了扶倾济弱，与擢升和仕途无关。"

"好好好。"白厅长鼓起掌来，将腿从桌面上放下，起身道，"不错，办案本事精进不少，口才也见长，照你这势头发展下去，往后再在我手底下做事，岂非大大的屈才？"

虞崇毅背上起了一层毛毛汗："属下自进警署便跟随白厅长，从不敢有二心，厅长安排属下去何处，属下便去何处，绝不敢有半句微词。"

白厅长大笑道："一句玩笑话，何至于吓成这样？也罢，这几日你辛苦了，案子既破了，回去歇息歇息，过几日我将这案子从头看一遍，厅里的职位即将调动，该褒奖褒奖，该擢升擢升，绝不会少了你的一份功劳。"

虞崇毅如蒙大赦，忙道："那属下先告退了。"

虞崇毅走后，另一名警察模样的人进来，将一沓刚冲印好的照片递给白厅长："这几日虞崇毅的确跟那个王彼得常在一处，想来他之所以能这么快破案，少不了王彼得相帮，除了王彼得，贺孟枚的二公子也常跟虞崇毅见面，就不知贺二公子跟案件是否有关联。"

白厅长一张一张翻看那相片，嗤笑道："虞崇毅这人看着顶老实，背地里的花样可是一样都不少。王彼得跟我早就势同水火，他找谁不好，竟找王彼得！可见他何曾将我这厅长放在眼里。"

那年轻警察一眼瞟见白厅长桌面上的职位擢升推荐表，目光一定，微微垂眸道："白厅长平日没少照应虞崇毅，怎奈他就是不肯跟厅长一条心，这回他为了得到提拔，竟不惜将案件的细节泄露给外人，真要细论起来，何止是渎职，已然触犯了律条，若是白厅长手卡得紧一点，判个监禁都算便宜他了。"

白厅长了然地睨他一眼，闲闲不接话，翻了一晌，正要将这沓照片丢开，视线无意间一掠，竟瞟见照片角落里一个美貌少女。那少女活泼明媚，身形秀巧，哪怕仅是一张模糊的黑白照，依然能看见她脸庞上甜软的光泽。

他将那照片捡起，不置可否打量一晌，细看之下才看见红豆不远处站着贺云钦，冷笑道：“没名没分的，这就跟着贺云钦公然出入了，难怪这对兄妹动辄拿鼻孔对人了，可他们也不想想，贺家什么人家，想攀高枝，怕是早了点。”

那警察听到贺云钦的名字，想起一事，从胳肢窝下夹的那沓文件里取出一张帖子，递给白厅长道：“贺太太大寿，给厅长递了帖子。”

白厅长接过帖子仔细看了看，顺势收入怀中。

“厅长，那这沓照片如何处置？”眼见升迁在即，那警察仍不死心，再一次提醒白厅长虞崇毅的失职行为。

白厅长从雪茄盒里抖出根雪茄道：“好好收着。别等要用的时候找不到。现在外头舆论哗然，对我警察厅上下颇有指摘，我正要好好整肃风气，若是我手底下有警察敢随意泄露署里的绝密案宗，何止是丢官弃职，务必要严加查办。”

陆敬恒的身影一出现在警察局门口，陆家下人便蜂拥而上：“少爷，这几日受苦了。”

陆敬恒一把抖开下人披到肩头的外裳，铁青着脸走到洋车前。

简直是无妄之灾，平白无故就给陈金生背了黑锅，还因为要核对证词，被迫在警察局里待了一整夜才出来，他越想越觉得窝火，为了泄愤，恨不得将新置的洋车当场砸了才好。

他向来是不肯吃亏的，第一个要算账的便是白海立，枉此人平素跟父亲兄弟相称，翻起脸来竟比翻书还快，只是此人如今找对了靠山，一时要动他却也不易，然而既已存了心思，只要假以时日，不怕寻不到机会。

他双手撑在车筐上，阴着脸细细回想前晚发生的事，听得后头有脚步声，扭头一看，白海立旁边一个狗腿子警察径直走到他身后。

这人恭恭敬敬对他道："这两日委屈陆少爷了，我们厅长今晚会正式登门向陆少爷致歉。"

"登门道歉？"陆敬恒冷笑连连，"白厅长贤身贵体，万万别提道歉一事，我等升斗小民可当不起。"

那警察一笑道："陆少爷受了这样的不白之冤，发再大的火也是应该的，白厅长也知此事做得欠妥，并非他老人家要自我辩驳，只是细说起来，前晚的事委实有些误会。若不是有人凿凿有据，硬说陆少爷的别墅和洋车有问题，白厅长也不会因为急于破案，被那人蒙蔽了耳目。"

陆敬恒本不欲听他们废话，然而一想起那晚在陆公馆门口，陈金生曾提醒他说后头有洋车尾随，若没认错，那人是贺云钦无疑。

难道他当晚被抓，竟跟贺云钦有关？

那警察一心要将事情兜揽到虞崇毅身上，索性将话挑明了道："经办此案的虞警佐办事粗枝大叶，一贯喜欢偏听偏信，因在别墅里发现了血衣，便认定陆少爷是凶手，只说救人要紧，执意劝白厅长将陆少爷抓起来，白厅长急于救人，不小心让虞警佐给绕进去了。此事追根溯源，当真怪不到白厅长头上，怪只怪虞警佐太过妄断。"

陆敬恒怎会将一个小小的警察放在眼里，思绪仍停留在那晚的情形上，他跟贺云钦结梁子不是一日两日了，早在三个月前贺云钦跟段明漪闹出桃色新闻，贺云钦就认定是他散播的谣言，险些令人将他打死。

更叫他气得半死的是，他明知是贺云钦干的，苦于抓不到把柄，根本没办法堂而皇之去找贺云钦算账。

他吞不下这口气，在病床上大闹一场，硬逼自家老子去贺家替他出口恶气。

老头子却只说贺云钦一贯知礼，绝不会做出这样的事，怪就怪他自己整日在外头浪荡，得罪的人不在少数，谁知这回撞到了哪个手里。还说自己身为父亲，早就想教训他这个败家子一顿了，既然有人替自己出气，也就不劳自己动手了。

非但未去贺家，反而在床头呵斥了他一顿。

他心知老头子之所以不肯去，无非因为手里有几桩要紧生意跟贺家有牵连，不便跟贺孟枚撕破脸皮，因此只拿些大道理来敷衍他。

此事过去数月，他一想起就觉窝火，谁知贺云钦因认定了桃色新闻是他散播出来的，时至今日仍一再找他麻烦。

在昨晚被陈金生提醒之前，也不知贺云钦跟踪他家洋车多久了，想来他之所以无故被冤枉成凶手，绝对少不了贺云钦的推波助澜。

这一下新仇加上旧恨，他活像吞下了一大把辣椒，火烧火燎地从喉咙里一路烧到胸膛，哪还有心思听身边那警察掰扯，上车重重关上车门，扯松了衣领，对坐在前头的一名惯用的手下人说道："去震旦！"

那下人一惊："少爷，去震旦做什么？"

"寻贺云钦的晦气！"陆敬恒阴恻恻道，"这人天生跟我八字相冲，读书时跟我不对付，回国以后，明明自己跟段明漪不清不白，竟也能赖到我头上，为了泄私愤，报纸的事情都过去好几个月了，还能设计我坐一回大牢。这笔账要是不清算回来，我陆敬恒岂非大大的孬种，往后还有什么脸面在上海滩行走？"

下人苦着脸劝道："少爷，您也知道贺孟枚偏疼这小儿子，要是您真去震旦找贺云钦的麻烦，这一架打下来，万一影响了码头的生意怎么办？叫老爷知道了，一旦发起火来，家法怕是少不了。"

"就算老头子将我打死我也顾不得了。"

下人眨了眨眼睛道："少爷昂藏七尺，自是不怕家法，可是万一老爷一怒之下断了少爷的吃用呢？"

陆敬恒一滞，他是本埠出了名的阔少，一向挥霍无度，有时候来了兴致，给女人砸个万八千大洋都不在话下。若是家里断了他的吃用，他还拿什么资本去外头花天酒地？

下人见戳中了陆敬恒的软肋，顺势劝道："少爷要找贺云钦的麻烦，有的是兵不血刃的法子，何至于闹得满城风雨，把自己给搭进去？"

陆敬恒眼睛一横：“你有什么好法子？”

下人笑了笑道：“贺云钦不是跟他大嫂有私吗？数月前那桩新闻出来，贺家花了好些工夫才将这件事压下去，对外只说兄弟之情丝毫未受影响，不过是一场误会，然而毕竟二人隔母，谁知道是怎么回事。既然少爷你枉担了虚名，何妨趁过几日贺太太寿宴，再让贺云钦身败名裂一次？”

陆敬恒思忖着道：“你是说设计贺云钦跟女人？”

下人道：“小的跟贺家几个下人还算走得近，寿宴上人那么多，只要提前做好准备，设计贺云钦和他大嫂根本不在话下。”

陆敬恒面露犹豫：“随便找个贵家少奶奶也就是了，不一定非得是段明漪吧。”

下人摇头：“全上海滩都知道贺云钦跟他大嫂有私情，若是设计他跟旁的女人，一来不可信，二来无非再给贺云钦添一桩艳闻，他尚未婚娶，就算女人再多又能如何。唯有一次又一次落实他跟他大嫂有私，才能真正挑拨到贺云钦跟他大哥的关系，贺家偌大一份家业，剖分起来本就未必公正，若叫贺云钦的大哥彻底恨上了这个弟弟，何须我们动手，往后自有人替咱们对付贺云钦。”

陆敬恒皱眉道：“可是这样一来，段明漪的名声也保不住了。”

下人直劝：“这位大少奶奶嫁人前就未给过少爷好脸色，嫁人后更是正眼都未瞧过少爷，落花有意流水无情，少爷往后是要做大事的人，何必在这种女人身上白费心思？您且细想想，皮肉之苦算得什么，非得往后叫贺云钦有吃不尽的苦头才叫解气呢。”

陆敬恒阴着脸道：“这事还需好好筹划。贺云钦狡诈精明，轻易设计不了他，千万别算计他不成，反叫他给算计了。”

第十九章

红豆从学校回来，让周嫂准备了热水，到盥洗室好好洗了个澡。

出来后到卧室打开衣柜，将应季的衣裳统统翻出来，一件一件到镜子前耐心试起来。

虞太太楼下给潘公馆打电话，台阶上遇到女儿同学顾筠和梅丽贞，心知她们是要邀女儿一道去赴寿宴，便笑道：“红豆还在洗澡呢，别在下面等着，到家里坐坐。”

两个孩子便跟着上了楼。

虞太太推门进了客厅，见女儿房门紧闭着，纳闷之下，推门一看，就见女儿只穿件薄薄的白色衬裙，正弯腰在床前挑衣裳。

不是嫌这件衣裳不够抬肤色，就是嫌那条裙子样式不够时髦，接连试了好些衣裳，统统不合意。

她心中微微一动，走到床边，随便选了件粉色洋裙，故意在女儿身前比量：“这件不行吗？”

“不行。”女儿断然摇头道，“腰太松了。”一边说一边比给她看。

虞太太越发纳罕，女儿从不挑吃穿，一向是给什么穿什么，就算以往跟同学出去玩，也都是随便找件清爽顺眼的换上走人。

“顾筠、梅丽贞她们都来了。”她取下衣柜里一件做好的旗袍，“别耽搁太久了，这件旗袍做好后你一回都没穿过，今晚穿去赴宴正好。”

红豆扭头看那旗袍，月白色乔其纱料子，大朵大朵的淡粉色的玉簪花，花瓣簌簌浮动在衣料上，有种漾漾柔波之感。

这是她去年生日母亲带她去鼎祥做的，料子贵得离谱，单一件旗袍就抵一家人一个月的花销，

衣裳做得不宽松，今年她又长身体了，这一下更显得贴身。她在家试过好几回，总不好意思穿出门。

想来想去没有比这更体面的衣裳了，只得先换上。对着镜子左照右照，又觉得胸脯太鼓，屁股太翘，旗袍开衩稍稍高了点，一动就能露出雪白的一截腿，怎么看怎么不自在。

虞太太的目光在女儿乌黑的头发和雪白的脖颈上转了一圈，见女儿又要反悔，忙拦道：“你这孩子今晚怎么回事，又脱下来做什么？不许再换了，折腾来折腾去的，到底还去不去了？”

红豆自己也觉得奇怪，为了找件顺眼的衣裳，前前后后都试了半个多小时了，怕顾筠她们久等，不得不打消了换衣裳的念头。

穿好旗袍，又拿了梳子，将头发梳得齐齐整整，对着镜子左顾右盼，这才满意地对虞太太说：“妈我走了。”

虞太太压不住满腹疑问，跟在后头道：“晚上叫你哥哥去接你。”

红豆应了，出来后，顾筠和梅丽贞眼前一亮，齐齐起身道：“红豆，你今晚可真漂亮。”

三人共同叫了一辆洋车，到了贺公馆，刚下车，就有贺家下人领她们入内。

红豆把帖子递给下人，三人跟在下人后面上了台阶，一路霓裳倩影，到处都是前来赴宴的宾客，沿着阔大的门廊往里走了一截，既未看到贺竹筠，也未看到贺云钦，不免有些失望，走了一截，故作不经意低头看了看，见旗袍仍明滑平整，并未因乘车扯出褶子，这才略放了心。这时就听后头有人喊道：“虞学姐，顾学姐，梅学姐。”

贺竹筠笑着走近道：“我正要去找我二哥，没想到你们来了，这里人太多了，我们去小客厅说话。”

小客厅里笑语不断，显然宾客不在少数。

贺竹筠回头对她们笑道：“我母亲和嫂嫂在里面。”

红豆入内一看，沙发上果然端坐着几位珠光宝气的贵太太。

居中那位生得丰腴白皙，一望便知是常年养尊处优之人，身上着件烟霭色旗袍，颈上还点缀几样凝碧翠金的首饰，难得的是这人虽通身贵气，并不给人以高高在上之感，说话时未语先笑，目光亦极温柔平和。

这人无论长相还是气度都与贺竹筠有几分挂相，红豆暗猜她就是今晚的寿星贺太太了。

果然听贺竹筠对她们笑道：“这是我母亲。”又对贺太太道，“这是我圣约翰的几位学姐，虞红豆、顾筠和梅丽贞，她们比我高一届，读的是教育系。”

红豆、顾筠和梅丽贞三人将带来的礼物递给下人，齐声道：“祝伯母福寿绵绵。”

贺太太被孩子们甜脆的嗓音逗笑了，抬眼一扫，视线自然而然落在红豆的身上。

这一回她之所以给圣约翰的学生广发请帖，原是存了给儿子相看女朋友的心思，早在开宴前她就特意嘱咐过女儿，务必将每一个来赴宴的女学生带来给她过目，今晚这些女学生她也看过不少了，就数眼前这孩子最出众，相貌标致不说，举手投足间还有种明丽欢怡的气度，一进来，就把客厅那些孩子全给压下去了。

她含笑抬手一指，问女儿：“这位是虞小姐？”

贺竹筠抿嘴道：“是。”

贺太太不着痕迹地又指了指顾筠和梅丽贞：“顾小姐、梅小姐？看来我这记性还不算顶坏，竟都记住了。虞小姐看着很面善，我们以前是不是在什么地方见过？”

红豆一怔，以自己的好记性都记不起何时见过贺太太，可见贺太太是记岔了。碍于是长辈，她不便反驳，只好笑道：“想是在圣约翰门口跟伯母见过面。”

贺竹筠插言道：“虞学姐是教育系的优等生，就连最喜骂学生的严夫子都常夸虞学姐呢。”

贺太太一心要给儿子找个拔尖的，听了这话更满意了几分，抬头环顾一圈，问下人：“二少爷呢？”

贺竹筠道：“我也在找二哥呢，刚才还在前头，一转眼就不见了。”

红豆忍不住也抬头找了找，贺云钦不知去哪儿了，到现在都未露过面。

贺太太眉头微蹙，儿子回国后迟迟不肯谈恋爱，又曾跟段明漪闹出那样一桩新闻，为了给儿子相看女朋友，数月以来她不知做过多少安排，怎奈儿子自己就是不肯上心，好不容易借寿宴邀了这许多女孩子来，本打算让他自己交际，他倒好，干脆不到女人堆里来，照这样下去，再来几个顶漂亮的女学生又如何，今晚的盘算依然会落空。

这么一想，贺太太便有些意兴阑珊，往客厅角落一瞧，段明漪正仪态万千坐在钢琴前弹琴，她的身后，不远不近站了好些沪上淑媛，都在含笑听她奏琴。

贺太太看了一会儿，淡淡收回视线，心里的疑惑怎么也压不住，儿子这般散漫，莫非真对这女人有什么心思不成？

那边女儿已拉了虞小姐几个坐下吃东西说话了。她跟太太们聊天，免不了也听上两句，虞小姐说话直中有婉，倒是个诙谐豁达的性子，像是说起了学校里的事，内容大有趣味，不一会儿就围拢来好些少男少女，都在听虞小姐说话。

就在这时候，门口路过几个年轻人，一路说说笑笑，正要往里头的桥牌室而去。

贺太太一眼就瞥见了儿子，佯怒对下人道：“去，把那臭小子给我抓回来。”

其他太太哄笑不已：“贺太太这话说的，你们家二少爷说起来也二十多岁了，人也算稳重，怎么到了贺太太嘴里，还像在说小孩子似的。”

贺太太故意道：“他这般不着调，哪有半点大人样子。”

那下人笑着跑到贺云钦面前说了几句话，贺云钦转脸一看，母亲端坐在小客厅沙发上，正冲他怒目而视，不觉有些好笑，只得跟身边几个朋友告了罪，到了跟前，跟母亲身边几位长辈打了招呼，这才道：“妈，找儿子什么事？”

贺太太嘴上对儿子不满，心里并未认真生气：“光顾着在前头招待，忘了后头这些客人了？我跟庄太太她们到后头花园打牌去，那边十来个小朋友都是竹筠学校里的学姐学长，你既是竹筠的兄长，理应替我过去招待招待这些小朋友。”

贺云钦朝那边看过去，一眼就看见了红豆，头一回见她穿旗袍，那颜色像淡月也像微云，将她整个人衬托得如同一朵娇樱，有种灿然盛开之感。

他一望之下，只觉无数美景全送到眼前来，目光停了一瞬，正要移开，贺竹筠已在那边冲他招手了：“二哥，我们这边在猜字谜呢，你快过来帮忙。”

贺云钦只得顺水推舟走了过去。

自从找回玉淇表姐，两人好几日未见了，贺云钦刚一进来红豆就看见他了，可是他并无主动过来的意思，只好也静坐不动。

贺云钦跟众人打了一圈招呼，最后才看向她，笑了笑道：“虞小姐。”

红豆淡淡一笑：“贺先生。”朝他身上一看，不过是简简单单一件西式衬衣，到他身上就是比别人更倜傥几分。

她不让自己多看他，捡起小圆桌上一张卡片，笑道：“这个谜题我自己也没猜出来，你们谁能猜出来？”

贺竹筠兴致勃勃道：“我二哥最会猜谜，只要有他在，我是什么谜题都不怕的。”

红豆抬眼瞟瞟贺云钦：“是吗？”

贺云钦望她一眼，本打算站站就走，谁知脚就像钉在了地面，竟有些迈不动。

这时贺竹筠道：“对了，二哥你刚才在前头看见陈白蝶了吗？我听下人说她也来了，她不是才出院吗，不知大好了没有。”

红豆一怔，陈白蝶竟这么快出院了，看来玉淇表姐那日果然说得不错，陈白蝶身上的大片血渍果然是别人的。

可如今全上海滩都知道陈白蝶获救不久，若非紧要的应酬，陈白蝶大可托词不去，何必巴巴地赶来参加贺太太的寿宴？

又想起这人之所以得救，贺云钦占了大半功劳，以这两人的关系，陈白蝶前来贺寿，莫非是冲着贺云钦来的？

贺云钦并未接妹妹的话，心不在焉地解了一张牌，抬眼看向角落里的西洋座钟，掐好的时间到了，不便继续逗留，便道：“你们慢慢玩，我去桥牌室看看。”

这时有名下人托了一盘西洋高脚杯饮料来，送到贺云钦跟前：“二少爷，喝口水吧。”

贺云钦淡淡看那人一眼，随手端起其中一杯饮尽，将空杯放回盘内。

那下人又要将托盘端到红豆等人跟前，不料脚下绊了一下，饮料一下洒出来不少，幸而全洒在托盘内，不曾摔碎杯子，未惊扰到段明漪等人。

饶是如此，因盘内太过狼藉，不便再拿过来给众人喝，那下人只得静悄悄退下去，另换了一盘饮料进来。

红豆瞄一眼那人，贺家想必不缺人手，怎么还派了个毛手毛脚的下人来？因忙于解谜，也未深想。等那人送了饮料到跟前，无意中往他脚下一掠，才发现他步姿极矫健，委实不像会自己绊倒自己的人。

正自纳闷，就见这下人送完这边的饮料，又折回到另一头，她盯着那人背影直瞧，以前哥哥在警察学校受武术训练时，曾说过要辨认一个人是否习过武，只消看看这人的步态和手掌即可，这人不光走路轻快，手关节还大得出奇。

那人径直走到段明漪面前，躬身笑道：“请各位少奶奶解渴。”

段明漪回过头来，正要端起一杯来喝，谁知那下人活像脚底下踩了钉子似的，身子冷不丁一晃，竟将盘中一杯橘子汁全洒到了段明漪的旗袍上。

来得太快，段明漪根本躲避不及，这一惊不小，立即将脸一沉道：“你怎么回事。”

那下人吓得不敢抬头。

旁边几名少奶奶拿了帕子擦段明漪身上的橘子水：“这可穿不得了，得马上换下来才行。”

段明漪只得含着歉意起身道：“我先回房更衣，失陪一下。”

谁知段明漪这一去许久都不见回来，那几名少奶奶等得不耐烦了，彼此互望一眼，讶笑道：“明漪换衣裳换这么久，这牌还能打得起来吗？”

又有一人道：“明漪从不会无故将咱们撇下不管，该不是被别人的事给绊住了。”

有人笑道：“许是遇到了她家贺宁铮，两口子说悄悄话去了。”

这时有位阔少模样的人正好路过，听到说话声往里一探头，笑道：“花园子里请了白凤飞来唱戏，各位少奶奶不去凑凑热闹吗？”

几名少妇听了这话，哪还有心思枯等，纷纷笑着离了桌。顾筠几个也坐不住了，道：“要不我们也去花园看看。”

红豆想起刚才那古怪的下人，越想越觉得奇怪，想起贺云钦要去桥牌室打牌，有心提醒他几句，又担心落了单，便跟顾筠商量说：“你们稍等我一会儿，我去趟盥洗室就回来。”

出来后，她问清了盥洗室跟桥牌室在一头，正合心意，便顺着走廊往里走。

各处都静悄悄的，想是客人都去后花园了。

一路走到尽头，只见并排两个房间，站在原地一听，两间房都静悄悄的，一时分不清哪间是盥洗室，哪间是桥牌室，原打算来提醒贺云钦，谁知里头并无人打牌，她扑了个空，也不知贺云钦去了何处，见里头那个房间房门虚掩，猜这是盥洗室。

等了一会儿，不见贺家下人，只得自顾自进去，原来是间极富丽的会客室，里头另有一间房，专供更衣之用。

她推门进了里间，谁知这间房竟未点灯，在墙上摸了一会儿灯绳未果，暗忖，难道这两间都不是盥洗室，盥洗室在走道的另一头？

她忙要退出来，刚一动，就听外面那间房有人进来了，其中一个应是女人，声音呜呜咽咽的，不知是呻吟还是啜泣。她愣在原地，正不知该出去还是该留在房中，后头黑暗中忽然有人一把将她拽到怀里，低声在她耳边道："别说话。"

红豆先是汗毛一竖，可一听这人声音极为耳熟，竟是贺云钦。

正惊讶得无以复加，就觉什么垂软的东西拂过她的面门，一凛之下，意识到是窗帘。

不容她多想，外头脚步声由远及近，其中一人快步朝里屋走来。

到了门口，那人本要入内查看，略站了一会儿，似乎料定房中无人，最后还是未开门。

"刚才我特让戏班子到花园开唱，现在人全在外头，我儿子他们本来要在此处打桥牌，也被我支使走了，这附近一时半会儿不会有人过来，有什么话长话短说。我且问你，谁给你的胆子不请自来？"

红豆屏住呼吸，这人声音浑厚低沉，有种不怒自威之感，又听他说儿子要打桥牌，不由得暗吃一惊，难道这人竟是贺孟枚？

她紧张得背上起了一层薄汗，听后头贺云钦一声不吭，只得一动不动贴着他的胸膛。

那女人啜泣一会儿，终于开了口："孟枚，你这几日对我避而不见，竟是打定了主意要撂开手。我跟了你这几年，如今你不肯理我了，难道我就不该讨句明白话吗？"

贺孟枚怒极反笑道："所以你为了问个明白，不顾我太太大寿，堂而皇之找上门来质问我？陈白蝶，无怪说美色误人，我当初真是昏了头，竟会跟你这样的女人搅和在一起，平白坏了自己的品行不说，还给家里招来一场无妄之灾。”

陈白蝶？

红豆惊讶地睁大眼睛。

陈白蝶冷笑道：“当初难道是我硬逼你跟我在一起的吗？现在嫌我有主意了？无非是见我颜色不如从前鲜妍，心里腻烦了我，贺老爷直说便是，何必拿些没影的话来指摘我。”

贺孟枚冷笑：“这几日我忙着给秀荔做寿，无空跟你细谈，本打算过两日去你的寓所跟你彻底做个了断，既然你送上门来了，不如敞开天窗说亮话。我只问你，当初你跟我时，我可曾强迫过你半分？你自己做过何事，你心里难道不清楚？”

陈白蝶似乎窒了下，仍嘴硬道：“我自从跟了你，从来都安分守己，除了身边下人，这几年下来，有一个外人知道咱们的关系吗？何苦拿这些模棱两可的话来激我，我到底做错了何事，你敢直说吗？”

贺孟枚厉声道：“三个月前，云钦跟他大嫂无故传出丑闻，一夜之间整个上海滩传得沸沸扬扬，这件事你不知道？”

陈白蝶顿了许久，再开口时，声音有些发飘：“这话问得奇怪，既然贺老爷也知道这件事到处都传遍了，我自然也知道了。”

贺孟枚声音一寒：“先找家名不见经传的小报，用撰写花边新闻的方式将老二和他大嫂好一顿败坏，而后推波助澜让此事迅速在坊间传开，与此同时，故意留下破绽让老二怀疑到陆姓小子头上，单等此事暴露，一来可以败坏老二的名声，二来可以顺利离间我两个儿子，妙就妙在此事就算爆出来，还有人替你背黑锅。陈白蝶，你真是好本事，每一步都算计得丝毫不差，我当初真是小瞧了你。”

陈白蝶沉默了好一晌才强辩道：“真是欲加之罪何患无辞，我为何要这么做？对我有什么好处？难道败坏了你的宝贝儿子，你贺孟枚就能明媒正娶让我进门了？”

贺孟枚道：“两年下来，你性子从未改过，总觉得世人都不及你陈白蝶聪明，活该被你玩弄于股掌之中。半年前你有了身孕，我拨了款子置了宅子，派最得力的下人去好好伺候你，觉得既对不起秀荔也对不起你，早跟你说过，不管你往后是继续跟我还是另找人家，我都会好好安置你。

“你虽从未明说，但自从有了身孕，不止一次在下人面前说羡慕秀荔好福气，无非因为出身好些，事事都占先，反观之下，你没名没分怀着身孕，就算往后孩子生出来，最多也只是个姨太太，又怕让人发现怀了身孕，如今连戏都不敢接。这些话你说出来本意是想诉诉委屈，以便我多拨些钱财给你傍身，谁知你说着说着就变了味，话里话外满是酸气。你说你这么做有什么好处？单让秀荔不痛快你就算是解恨了。

“你败坏她儿子的名声，在宁铮心里扎下一根刺，顺理成章为以后兄弟阋墙埋下祸根，若他兄弟相争，何止她过得不顺心，说不定还会因为家无宁日，让我厌憎这两个儿子，本就是一举多得之事，对你只有好处没有坏处。若不是三月前你因为出去跟朋友打牌不小心小产，谁知道你还能弄出多少祸端来？”

陈白蝶颤声道：“一派胡言，这全是你贺孟枚的揣测，你有证据吗？”

外头有人来了，悄声道：“老爷，老爷。”

贺孟枚语气冰冷道：“你真是不见棺材不掉泪，早有人将证据送到我跟前，绝不至于冤枉你，既然你要看证据，明早我就派人送到你寓所去。”

陈白蝶压抑着痛苦在抽泣：“孟枚……”

脚步声响起，贺孟枚似是理都未理她，开了门走了。

陈白蝶在原地又啜泣了一阵，似乎不见贺孟枚回来，哭声渐渐止住了，不一会儿，冷不丁地冷嗤一声，也跟着走了。

红豆听得暗暗咂舌，陈白蝶不愧是大明星，变脸变得比谁都快。

外头好长一段时间都没动静，待了一会儿，猛然想起自己还在贺云钦怀里，一惊之下，忙挣扎着出来，她这一动，头皮上微微痛了一下，因太紧张，一时竟无暇细究。

厚重的帘子被掀开，后头花园里的一簇灯光透过玻璃，笔直地漾入房内。

借着灯光，就见贺云钦正垂眸看着她，半明半暗的也看不清他此刻的表情，单看着他眼睛里藏着一点幽星，比平日更黑亮几分。

虽拉开了距离，两人其实仍离得很近，加之四周寂然无声，几乎连彼此的呼吸都能听见。她望他一会儿，见他也静静注视着她，毫无预兆地，心怦怦猛跳了起来。

正要率先开口，他一把握着她的手往外走："此地不宜久留，先走。"

一路走到外头，走廊里静悄悄的，有个下人从小客厅出来，暗暗冲贺云钦点了点头，而后快步离去。

红豆讶然看向贺云钦，无怪他明知道他父亲进来，仍显得那般坦然，听到他父亲和陈白蝶那番话，也丝毫都不惊讶。

看样子他早就知道这件事，为此提前便做好了安排。

贺云钦有些心不在焉，刚才那份触手可得的饱满柔软仿佛仍贴在身前，明明未喝那杯算计好的"春药"，身体却无端有些躁动。

见她看他，他定了定神道："我有一件事需要从陈白蝶口里知道，此事事关重大，就算当面问她她也未必肯说，知道她今晚之所以不请自来，多半是要约见我父亲，于是提前做了些安排，谁知这时你闯了进来，离近了才发现是你，要是我父亲知道你撞见他和陈白蝶，总归对你没好处，所以只好带你躲一躲。"

红豆心微微一动，眼睛看着一旁轻声道："房里黑漆漆的，你怎么知道是我？"

贺云钦望她一会儿，故意转移话题道："你不去花园看戏，怎么到桥牌室来了？"

红豆抬眼看他："刚才给你端茶水的那个下人有些古怪，明明有身手，却故意两次失手，一次是在你喝了那饮料后，一次泼湿了你大嫂的衣裳，我越想越觉得这件事不妥，就打算借上盥洗室去桥牌室附近转转，若是能遇到你，就顺便提醒你几句，谁知两间房都静悄悄的，我才知道你们根本未在打牌，可既然来都来了，便想在盥洗室更衣再去找顾筠她们，谁知道等我进了另一间房，我才知道那也是间桥牌室，我刚要出来，就被你拉回去了。”

他想从陈白蝶口里知道什么？那桩桃色新闻他应该早就知道了，他父亲之所以怀疑到陈白蝶身上，多半也是因为贺云钦派人递了证据，因此陈白蝶身上一定还有别的事让贺云钦惦记。

难怪前几日在搜救这个女人时，他会那般不遗余力。

照刚才贺太太在小客厅中心无旁骛招待客人的光景来看，贺太太应该是不知道丈夫跟陈白蝶有这层关系，不然在得知陈白蝶来以后，她不会表现得那般淡然。

贺云钦在他母亲面前表现得那般云淡风轻，谁知回过头来，不动声色就替母亲解决掉了贺家藏在外头的一个毒瘤。而为了让母亲宽心，对于此事，他怕是一句都不会提。

两人走到小客厅门口，她忽然想起段明漪，这人衣裳都被泼湿了，不大像识破了下人的诡计，也不知现在何处，便要问他段明漪如何了。哪知还未开口，就发现自己头上一个珠贝色赛璐珞夹子落在他衬衣前的口袋里，想是刚才她从他怀里出来时，不慎从头上扯落下来的。

她左右一看，未见有人，忙抬手去拿，谁知这时候屋子里头贺竹筠为了找红豆，拉了大姐贺兰芝从花园一路找回小客厅，冷不丁顺着门口往走廊一看，就见红豆站在哥哥面前，正要抬手拿什么，而哥哥低眉看着红豆，毫无躲避之意，两个人的神情跟平日比起来，都有些微妙的不同。

贺竹筠猛然想起前几日在学校门口时，曾撞见过好几次红豆跟哥哥在一起，当时以为只是巧合，可照眼下这情形来看，莫非哥哥和虞学姐是正经在谈恋爱？

贺兰芝起先在花园里忙着安排戏班子的事，不曾到小客厅露过面，自然也就不认识红豆，这下看见二弟跟一个漂亮女孩子在一处，当场就怔在了原地。然而她毕竟是过来人，看这光景，料他二人也不想被人撞见，便拽住仍在发呆的贺竹筠，两姊妹沿着原路，悄然从小客厅退回了花园。

贺竹筠一到花园就去找母亲，母亲心心念念要哥哥找女朋友，今日又是她老人家大寿，既然二哥这边有了些影子，须得说出来让母亲高兴高兴才是。

只是她仍有些发蒙，虞学姐她向来是很欣赏的，为人风趣，功课也好，可欣赏归欣赏，真要成为二哥的女朋友，她一时间还不大适应。

贺兰芝察言观色，问贺竹筠道："刚才那个女学生四妹认得？"

贺竹筠点头："认得，她是我学校里的学姐。"

说话间两人已到了花园后头的水榭，贺竹筠入内挨着母亲坐下，附耳将刚才的事跟母亲说了。

贺太太喜上眉梢，哪还顾得上打牌，忙让人替她暂且先摸几圈，拉了女儿到外头坐下，正色道："是刚才我在小客厅见过的你那位圣约翰的学姐？"

贺兰芝慢条斯理自己剥橘子，在旁边接话道："看着面生得很，不知是谁家的千金。"

贺竹筠人虽单纯，毕竟锦绣膏粱中长大，一听便知大姐这是在打听红豆的家境，微笑道："只知道虞学姐的哥哥在警察局谋事，父亲似乎早没了，家里现在做什么营生不知道，但我上回去虞家送请帖时见过虞学姐的母亲，虞太太人很和善大方，家里看着也很殷实。"

贺太太漫应道："这些都在其次。"

贺兰芝笑道："太太如今一心让小弟尽早成亲，只要二弟自己喜欢，自然顾不上讲究门当户对了。二弟眼光那么高，这虞小姐不说别的，漂亮是顶漂亮的，单这一点，被二弟看上也不稀奇。就不知虞小姐性情如何，若是太小家子气，进门之后天长日久的相处下来，父亲和太太不喜不说，姑嫂妯娌也会难相处。"

贺竹筠摇头道："虞学姐从来不扭扭捏捏的，有一回我跟大嫂在学校里路过课室，虞学姐在里头温书，不知想起了什么有趣的事，对着书她都能独自一个人笑起来。”

想起当时情形，她自己忍不住捂着嘴直笑，话一说出来，心底那份不适应好像也跟着减淡了几分，虞学姐这般好玩，若是日后成了她的二嫂，起码她在家中就不会这么寂寞了。

贺兰芝为怕继母多心，本就无意置喙他兄妹二人的事，不过因好奇多问了几句，见竹筠话里话外都对虞小姐甚是维护，笑了笑，低下头自顾自吃橘子，也就未再接话。

贺太太想起刚才红豆在小客厅的光景，微笑慢慢浮在脸上，缓缓颔首道：“性情该是不差的，人看着也机灵，就不知她和老二何时开始的，这些日子怎么一点影子都没有。先前虞小姐来了，老二也不知怎么想的，根本不肯到后头露面，好不容易被我拘来了，过去打招呼时，面上看着也淡淡的，哪像跟虞小姐认识。”

顿了下，她狐疑地看着贺竹筠：“你刚才可看清楚了？他跟虞小姐也许只是随便说说话，白白叫你们误会了。”

贺竹筠涨红了脸，她以往从未有过恋爱经验，词穷得不知如何接话，贺兰芝替她解围道：“四妹年纪小，自是看不明白，但照我看来，二弟是有那么点意思，当时走廊里就他们两个人，就这么默默站着不说话。二弟的性子太太还不知道吗？素来不喜欢跟女人牵牵绊绊，若非他自己愿意，谁能绊住他的脚？”

红豆收好发卡，站了一会儿不见贺云钦说话，刚才并未多想就探手到他兜里取发卡，直到现在指尖还留着他衣料的触感，看他一声不响，似乎并不反感，空气一下子变得极其胶着，连嗓子仿佛都有些发干。

这种感觉太异样了，留在原地大不自在，脱身离去又有些舍不得。好一会儿，她才微微侧过身：“那个，顾筠她们可能要来找我了。”

贺云钦慢腾腾将视线挪开：“那我送你去花园。”

红豆耳根微微一热，也不理他，擦过他身畔进了身后的小客厅。他似乎总这么妥帖，不知在其他女人面前是否也会如此，经过刚才桥牌室一事，她至少知道了贺云钦不是陈白蝶的金主，跟段明漪的那桩桃色新闻也纯属无中生有，想到此，心里竟宽适了几分。

贺云钦有意跟她保持着三四步的距离，然而目光不受控制总落到她的腰上。那衣料滑软光滟，将她身躯包裹得极俏巧，纵使她并非有意，但因腰肢细而臀圆翘，每走一步都有万种风情。

他费了很大力气才没让目光顺着她腰肢往下滑，为了分散注意力，他漫不经心地先是抬头看钟，再看客厅角落的雪松，最后越过她的发顶，看向那两扇落地格子玻璃窗，这才觉得神色又坦荡起来。

走了一截，他道："散席不会早，路上怕不安全，虞小姐稍后是跟同学一道回家还是由虞先生来接？"

红豆脚步微缓，侧过脸，曼声回道："我哥哥会来接我。"也许是提到了自家哥哥，她平日那种娇稚的神态不经意间又流露出来。

贺云钦不让自己盯着她看，只望着落地窗外的园景，点点头道："那我就放心了。"

这话一出，空气顿时又窒闷了好些，贺云钦正要拿话找补，红豆已佯装淡然推开了落地门。

被风一吹，这才想起忘了问段明漪的事了，然而不等她回头问他，就听到顾筠在不远处喊她："红豆，刚才你去哪儿了？"

红豆怕顾筠多想，再顾不上说话，忙迎了过去。

贺云钦掩上身后的门，在台阶上站了一晌，一时有些恍然，直到想起那下人尚未处理，这才下了台阶，朝另一个方向而去。

贺家的草坪打理得如茵似锦，不远处的戏台上，戏已唱了一大半，顾筠拉着红豆的手道："我觉得白凤飞今晚嗓子不够厚，听着不如以前，幸好你刚才不在，不然你也会觉得听得不过瘾的。"

红豆心不在焉地朝戏台上望了一眼，笑道："咱们有得听就不错了，也顾不上挑拣了，平时哪有机会听到白凤飞唱戏。”

两人说着话往前走，正好几个人从园子另一头出来，其中一个正是白海立。

他本跟几个富绅闲聊，无意间一抬头，恰好看见前头一个年轻女孩子走过。这丫头穿件旗袍，一身姣好的皮肉无可藏形，兼之夜风拂过时，衣裳上若隐若现浮现好些春水般的縠纹，无形间更添几分曼妙情致，且随着她的走动，袍衩里还不时露出一截莹白滚圆的腿，细细品来，简直无一处生得不好。再定睛一看，这不是虞崇毅的妹妹吗，上回见这丫头，虽觉得标致，却也没这般惊艳，这才几日工夫，竟又出落得嫣媚了好些。

再想起自老婆死后这一两年来玩过的女人，只觉诸多妙影如逸马一般从眼前掠过，到了这一刹那，竟全被这丫头给比成了无滋无味的庸脂俗粉。

白海立直勾勾望着前方，旁边人纳闷之下，也跟着看了看，却只捕捉到一个窈窕的背影，略一品咂，便笑道：“白厅长，近来听不少人说白厅长要续弦，不知此事张罗得如何了，可有中意人选，要不要我等帮着牵线搭桥？”

白海立振作了精神，迈步往前走，思忖一晌，嘴里笑道：“尚在操办，人选倒有了点影子，小辣椒一个，辣是辣口了些，胜在滋味无穷。各位也知我蹉跎了这些年，近来才脱了藩篱牢笼，既要续弦，这一回怎么也该挑个各方面都合心意的，若是得了，自该请诸位痛饮一场。”

散席时近晚上十一点了，贺竹筠亲自送红豆几个出来，一路相陪，轻声细语，恳切犹如挚友。

红豆和顾筠知她有低血糖症，好说歹说才止住了她，不然贺竹筠怕是会送到马路上来。

到了大门口，虞崇毅果然提前叫了一辆洋车在对面马路候着，红豆跟顾筠她们道了别，过去找哥哥。

临上车前又往贺公馆那座偌大的西洋建筑看了看，自从去了园子，再没看见过贺云钦，就连段明漪和贺太太后头也不见露面。

再往那边男客看了看，看见一个二十八九岁的男子站在门口送客。穿套极体面的西服，比贺云钦略矮，五官也不如贺云钦兄妹耐看，但胜在姿态挺拔，气度上与旁人不同，从贺家下人频频请那人的示下来看，定是贺家的大公子无疑。

只不知贺太太和贺云钦去了何处，她想起之前那下药的古怪下人，莫非处理那家贼去了？

白海立从里头出来，眼看着红豆上了洋车，回头张望一番，没见贺云钦，心里越发有了底。贺云钦虽说常在外头带着虞红豆出入，然而到了母亲寿宴，非但未向贺家人提起这虞红豆，就连她走时也未派洋车送，可见贺云钦对虞红豆何止是不上心，简直称得上轻怠，难为虞家兄妹为了攀高枝肯拼命舍脸往上贴。

这么一想，他心情大好，带着两个手下上了车，摊手摊脚在后座坐下："一会儿我们去看看虞崇毅。听说他家在同福巷，跟寡母和妹妹同住，他跟了我这几年，我还从未去过他家，难得他破了这样的大案，我身为上司，早该去关照关照了。"

第二十章

到了同福巷，虞崇毅给车夫付完账，带着红豆上楼。

一进门，虞太太就迎上来：“玩得怎么样？”

红豆笑道：“开心，一餐盛馔不说，还有幸听到了白凤飞唱戏。”

想起寿宴上的事，她下意识不想母亲多问，一伸懒腰往房里走：“妈，明早还要上学，我先睡了。”

虞太太察言观色，暗觉女儿比平日腼腆几分，跟儿子对了个眼色，一等女儿进了房，便掩上门问儿子：“如何，刚才你去贺家，可曾看见红豆跟哪位后生走得近？”

早在去贺家之前，虞崇毅就得了母亲的嘱托，只待妹妹一出来，隔老远就往妹妹身后看，然而妹妹只跟顾筠几个女同学在一起，身边哪有什么年轻男子。他摇头道：“没看见。妈，您是不是想多了？这几日妹妹为了找玉淇，整天跟着我们跑东跑西，哪有机会认识什么年轻后生。”

虞太太一怔，脑子里仿佛飘过一点影子，忙逮着这话顺势往下说：“这几日红豆每回出去都是为了找玉淇，既然贺先生、王探长帮咱们找人，想来红豆不是跟你在一起就是跟着他们二位了。”

虞崇毅道：“是啊，贺先生和王探长都是正派人，有时我去抓人无暇送红豆回来，就托他们帮着照应红豆。贺先生这人教养好，从来不啰唆，送过红豆好几回。”

虞太太惊疑不定地坐到沙发上，贺云钦她是见过的，既有学问又有相貌，红豆这两天古里古怪的，难道竟是跟他有关？

这时楼下大门砰砰砰有人敲门，似是来人不少，敲门之余，还伴随着肆无忌惮的说笑声。

因更深夜阑，那动静平白被放大了数倍，声声入耳，无端惊心。

虞崇毅诧异地跟母亲一对眼，披上刚脱下的外衣道：“我下去看看。”

不一会儿子去而复返，满脸异色地带来了几位同僚，其中一位四十出头，高大英壮，进门之后，大剌剌环视屋内一圈，而后冲虞太太打招呼：“这位是崇毅的母亲？”

虞崇毅走近低声对母亲道：“白厅长。”

虞太太压下心底的诧异，忙挤出笑容道：“原来是白厅长？不知白厅长造访，刚才险些就怠慢了贵客。崇毅平日多亏了您关照，早就想找机会好好谢谢白厅长了，您别站着，这几位大人，快请坐。周嫂，给贵客奉茶。”

白海立施施然在沙发上坐下，夷然一笑道：“虞太太不必忙，我这也是凑巧路过，想起我这得力下属住在附近，顺便过来拜访拜访。虞太太看着倒年轻，想不到将崇毅教得这么好。”

虞太太笑道：“白厅长过誉了。崇毅在警局这几年，就算有些长进，也全是多亏了白厅长训导有方。”

白海立打开雪茄盒取出一根雪茄，散漫一笑道：“虞太太过谦了，崇毅为人忠厚，跟家教绝少不了关系。除了崇毅，听说虞太太还有一个女儿？有虞太太这样的母亲，想来虞小姐也不会差。”说着将那雪茄含到嘴里，故作不经意扫了一圈，“噫，崇毅，你妹妹呢？怎不见在家？”

虞崇毅皱起眉头：“舍妹明日还要上学，现已歇下了。”

白海立大笑：“上学好，上学好，我白某算半个粗人，平日最仰慕读书人。那日在富华巷咖啡馆喝茶时，恍惚见过一个女学生，模样好，说话也体面，一看就知读过不少书，就不知她是不是你妹妹？我这人最讲绅士风度，上回邀你妹妹去大万国，她看上去好像不大乐意，我想这里头有些误会，早就想当面向你妹妹赔罪了。”

虞太太眼皮猛地一跳，早年她随丈夫经商，各色人等见过不少，平时没少听儿子说起白厅长，心知此人在公共租界横行无忌，时常搓磨手底下这些人，碍于这人来头不小，她总劝儿子以忍耐为主。

谁知今晚这人不请自来，绕了两句，一下便扯到了红豆身上，想是见虞家无权无势，行事之恣意令人咂舌，看这架势，今晚见不到红豆恐怕还不肯罢休。她早年跟着丈夫经历战火，中年又不幸丧夫，而今半生过去，早看淡了许多事，唯独一双儿女是她的命。当下她便淡了脸色：“白厅长，我们虞家虽是小门小户，却也知些礼数，深更半夜的，绝没有让女儿起来见外男的道理。”

她这话说得毫不留情面，白厅长还打着让红豆做续弦的主意，并不想跟未来丈母娘撕破脸皮，当即放软语气道：“虞太太这话严重了，白某之所以夤夜拜访，无非是想着崇毅这几日立了大功，过来关照关照，再顺便闲聊几句，既然虞太太多有不便，那白某明日再来。”

虞崇毅暗暗握了握拳，忽从怀中取出一样物什，走近递给白海立道：“白厅长，这是属下的辞职信。属下资质庸碌，办案时常有力不从心之感，早就有换营生的打算，还请白厅长批复。”

那几名同僚错愕之下，齐刷刷看向虞崇毅。空气似乎凝滞住了，就连虞太太也是一呆。

虞崇毅盯着白厅长的背影，一脸决然，显见绝非儿戏。

白海立静静站在原地吸了好几口雪茄，这才缓缓转头。

虞崇毅瞬间便感觉到了来自头顶的两道让人如坐针毡的视线，然而他早已到了忍耐的边缘，顶住那道倾轧而来的威势，毫无瑟缩退让之意。

白海立看虞崇毅一晌，忽然意味不明地笑起来道：“虞崇毅啊，有些事我本来打算明日你到厅里再跟你商量，既然你来了这么一出，今晚干脆就挑明了吧，你家书房在哪儿，我们到里头好好说说话。”

这一去便是半个小时，虞太太守在客厅，一想起刚才白厅长的语气，只觉得心惊肉跳。时间一分一秒过得极慢，她既无心招待儿子那几名同僚，也不敢回房去睡。

好不容易房门一开，白厅长率先出来了，见虞太太弹簧一般从沙发上弹起，极愉悦地笑了笑：“我给你儿子一晚上时间好好考虑，明早白某再来，往后就由白某亲自接送虞小姐上学。”

虞太太惊疑不定地往书房里一看，儿子青着脸站在房中，整个人仿佛入了定，半天都未动弹。

好不容易等那几人走了，她忙进去急问：“出了什么事？”

虞崇毅浑身冰冷，根本开不了腔。白海立如今如日中天，只要认真想要对付谁，是栽赃也好，嫁祸也罢，有的是阴毒的法子，何况他还有实打实的把柄落在这人手上，就算不做警察，也逃不掉一场牢狱之灾。

事关红豆，他不想让自己自乱阵脚，想了想，竭力让自己冷静下来：“我们不能任白海立捏圆搓扁，王探长他们主意多，这就去找他商量。”

他咚咚咚下到楼下，满怀歉意敲开彭裁缝家的门，借了电话，给王彼得的寓所打电话，谁知接连拨了好多遍，那边都无人应答。

他定定立在电话机前出了一晌神，看来是临时出门了，就算去王彼得寓所怕是也会扑空，满怀失望正要离开，忽然想起贺云钦，自己是警察，管辖范围内的贵户电话早已烂熟于心，其中自然也包括贺公馆。

然而毕竟太晚了，这时候给贺公馆打电话怕是不妥，可一想起贺云钦这人处世随和，就算接了电话也未必会觉得冒犯，又鼓起勇气拨了过去。

幸而这回很快就有下人接了：“贺公馆，请问找谁？”

贺云钦回房去浴室洗澡，出来时换了睡衣，正系睡袍，就有下人来敲门：“二少爷，老爷和太太在房里等您，大少爷和大少奶奶也在。”

贺云钦知道这定是为了晚上家里混进内奸之事，虽说刚才已经清理了那下人，也顺带查出了幕后黑手，但因为事关贺家声誉，父亲多半还有别的话要交代。他只得又换了衣服出来。

到了房前，敲了敲门，进入后抬眼一看，父亲和母亲都在。大哥脸色铁青，静立在父亲桌旁，嫂子半倚着沙发扶手，像是昏睡刚醒，脸上仍有泪痕。

他顺手关上门，正色道："父亲，母亲。哥，嫂子。"

贺孟枚冷哼一声道："自从三月前有人造谣，此事一而再再而三被人拿出来做文章，若是今晚叫这些人得逞，咱们贺家岂不沦为全上海滩的笑柄？老二，我和你母亲早叫你定下亲事，你非推说没有合意的，迟迟拖着不交女朋友，就算你行得正走得直，人家难免会猜疑——"

贺宁铮淡淡抬眼看向贺云钦。

贺云钦正要接话，门口有人敲门："二少爷，有电话。"

这么晚了，谁来电话。

贺云钦隔着门问："谁打来的？"

那下人道："那人说姓虞。"

贺太太一讶："姓虞？"

贺云钦怔了下，二话不说就开门出去："我下去一趟。"

贺云钦很快去而复返，推开门，却并不进来，只道："朋友家出了急事，我须得马上赶过去一趟。"

贺孟枚微愠道："正事都还未说完。什么朋友非要这么晚出门？"

贺云钦道："算不上火烧眉毛，但也差不远了，总归要过去看看。"说罢便掩上门走了。

贺孟枚一愣，斥道："这小畜生。"

话虽这么说，但也知道儿子一贯分得清轻重，若非急事断不会贸然撇下一家人就走。

同福巷。

虞崇毅等了不到一刻钟，贺家洋车来了。他忙迎过去道：“贺先生，这么晚了还叨扰你，实在过意不去。”

贺云钦脸上半点不悦都无，下了车正色道：“白海立此刻还在你家？虞小姐怎么样了？”一边说一边往内走。

虞崇毅忙跟上他道：“白海立已走了。这几月他一直在张罗续弦的事，不知怎么就看中了红豆，今晚带了好些同僚到我家，一定要红豆出来见他，被我母亲回绝后，又说一时见不到没关系，明早还会再来。我原就有辞职的念头，看事情扯到了红豆身上，当即提了辞职，就算辞职避不开，大不了带母亲和红豆到外埠去谋生。”

贺云钦始终一言不发，到最后一句话时，脚步一顿：“到外埠去？难道这样就能躲开白海立了？”

虞崇毅苦笑道：“我知道就算我换了营生，白海立一样可以整天找我麻烦，他行事向来不择手段，迟早有一天会算计到红豆。红豆眼下要上学，不能总闷在家里，几月前白海立曾用这法子奸污了一个女学生，后来硬逼那女学生给他做了姨太太，我眼下只担心红豆遭了他的暗算。白海立此人动不得杀不得，从前我在警局任职，只能一忍再忍，但要是红豆真落到他手里，我还有什么好怕的，定会跟这畜生同归于尽。”

他每说一句，贺云钦脸色就淡一分，到最后几乎称得上面无表情了。

虞崇毅甚少在贺云钦脸上见到这神情，未及多想，接着道：“白海立看我提了辞职，干脆拿出我和王探长贺先生办案时的照片出来威胁我，说我身为警察有意泄露警署机要，要办我的罪。若是我想明白了，这件事他可以帮我压一压，若是我还糊涂，警署正要肃清风气，他正好可以拿我开刀。他说他耐心有限，仅给我一个晚上考虑，究竟是风风光光地让妹妹给他做续弦，还是尝尝牢狱的滋味，等我想清楚了再给他答复。我想起照片还牵扯到王探长，走投无路之下，只好给你们二位打电话。”

贺云钦道：“虞小姐自己知道这件事吗？”

虞崇毅道："她回家就睡了，白海立来时她一点不知道，不然怕是会气得睡不着。白海立还说明早来接红豆，往后就由他来负责接送红豆上学。"

贺云钦一滞，怒极反笑道："明早我过来送虞小姐上学。虞先生，你先回家，白海立的事我来处理。"

儿子走后，贺太太静下心来回想今晚寿宴上的事，那电话不论是不是虞小姐打的，单看儿子的反应，就知道竹筠和兰芝早前并未多心，儿子的确跟那位虞小姐有了些意思。

今晚儿子险遭算计，丈夫惊怒之下，认定此事是个隐患，为了杜绝后患，一味指责儿子不肯交女朋友，而因为这事三番五次扯到明漪身上，连老大都似乎对老二起了疑心。

回头一想，寿宴上这位虞小姐对眼下的贺家来说真是一场及时雨。

一来，儿子对这女孩子显然已微露爱意。她这做母亲的，虽一心盼着儿子早些娶妻，但也不想儿子为了应付胡乱定下亲事，若是往后小两口不睦，儿子这一生岂不是都毁了。

二来，当时不止竹筠看到她二哥和虞小姐，兰芝也撞见了。以兰芝的性子，回头定会跟她亲弟弟说起此事，这样再好不过，让老大知道老二非但有了心上人，还是位样样都不输段明漪的好姑娘，就算早前有些猜疑，也多少该放下了。

脑子里纷沓地闪过这些念头，眼色里渐渐浮起一层喜气，她转脸看向丈夫，轻嗔道："老爷刚才只顾着发火，有桩事我倒忘记跟老爷说了，今晚寿宴上有位圣约翰的虞小姐，老二似是跟这虞小姐在谈恋爱，竹筠和兰芝都撞见两人在一处了。"

段明漪眸子里仍有些莹莹水痕，听了这话，眸光微微一动。

"虞小姐？"贺孟枚一讶，"老二自己怎么不说，这虞小姐是谁？"

贺太太笑道："是圣约翰教育系的学生，听说功课极佳，相貌真是不错，性子也大方。老二当着我的面只当不认识这虞小姐，回过头却跟虞小姐在小客厅单独聊天，后来还亲自送虞小姐到花园。老爷还不知道老二吗，别的都聪明，唯独没谈过恋爱，自己心里怕是也糊涂，我看他这是有了念想还不知。”

贺孟枚脸色和缓了几分：“这虞小姐府上是何处？”

贺太太微笑道：“早打听过了。她父亲去世前是荣盛皮货坊的老板，父亲去世后，家里只有寡母和哥哥，上回竹筠去她家送帖子，对虞太太印象很不错，哥哥嘛，听说在公共租界警察厅当警佐。竹筠还说寿宴散席的时候，是虞小姐的哥哥亲自来接的虞小姐，可见这家人对自家女儿看得极珍重。”

贺孟枚含着烟斗，“唔”了一声：“门第倒是其次，白屋出公卿的不在少数，朱门绮户倒向来不缺败家子，顶要紧的是品性好，这也才见了一面，一时也看不准，明早见了老二，问问他自己怎么说。若方便，请这位虞小姐到咱们家来吃顿饭，咱们再好好相看相看。”

贺太太笑道：“我也是这么想。外面老二和老大媳妇的事传得沸沸扬扬，老爷心烦，孩子们也难做，老二既有了喜欢的，何必再耽搁，不如趁早定下来，正好堵了外面那些人的嘴。老二眼看就要二十四岁了，早可以结婚了，虞小姐虽在念书，成亲并不耽误什么，大不了晚个两年再要孩子。”

贺孟枚忍不住笑起来道：“太太也太心急了。刚才下人说打电话找老二的那人姓虞，难道是这位虞小姐吗？这么晚了，也不知何事。”说着眉宇间透着几分不豫，显然对这做法不认可。

贺太太道：“我看未必是虞小姐，刚才两人私底下说了那么久的话，什么话非等到晚上回家再打电话说？虞小姐看着不糊涂，难道不知道这样做招人闲话吗？说不定是另一个姓虞的朋友，我就是笑刚才老二沉不住气，一听是姓虞的就下去接电话，可见他对这虞小姐有多上心。”

贺孟枚点点头：“让刚才接电话的下人进来回话。”

贺宁铮这时脸色早和悦了许多，笑着接话：“太太这么一说，我更好奇了，刚才寿宴上忙着待客，倒未曾留意过圣约翰的学生们，也不知这位虞小姐什么模样。”

段明漪身子动了动，莞尔道：“虞小姐很会说话，平时学校里很出风头，四妹第一回见了虞小姐就喜欢，不止一次在我面前夸她。”

贺太太余光瞥瞥段明漪，尚未来得及搭腔，就见那下人进来，忙问：“刚才打电话的是位先生还是位小姐。”

那人道：“是位先生，只说跟王彼得探长有关，要找二少爷过去商量。”

贺太太暗松了口气，笑容重新浮到脸上：“我就说断不会是虞小姐。”

贺孟枚颔首道：“明早问问老二，既有了女朋友，总该正式跟家里通个气。”

正说着，下人进来回话：“二少爷回来了。”

“这么快？”贺太太讶道，“那正好不用等到明早了，快让老二来，就说我和他父亲有话问他。”

第二十一章

红豆头晚睡得极踏实，一觉到七点方醒。

换了衣服出来梳洗，客厅里静悄悄的，餐桌上摆着早膳，母亲和哥哥却不见踪影。

问周嫂，才知道母亲尚未起床。

红豆简直惊讶，自记事以来，母亲每日天不亮就起来主事，从未晚起过。

难道是身子不舒服？到母亲卧室门口听了听，里头一无声息，问周嫂，周嫂只说太太身子没有不适，只昨晚未睡好而已。

她站了一站，怕迟到，只得满腹狐疑回到餐厅。

她坐下端起粥，刚喝一口就发现周嫂在对面偷瞄她。

红豆奇怪道：“周嫂你那么看我干什么？”古里古怪的。

昨晚的事周嫂全程在场，也跟着憋了好大一包气，若不是太太叮嘱先不要乱说话，哪还用红豆相问，早将白厅长的行径倒豆子一般说给红豆听了。

然而太太气得一夜未睡，此刻尚在补眠，未得太太吩咐，她这做下人的不好僭越，便如锯了嘴的葫芦一般一声不吭，只等红豆用完早膳才说：“大少爷在楼下等小姐。”

红豆收拾好出来，下了楼，不止哥哥，贺云钦也在。

他侧身站在台阶上，正跟哥哥说话，金灿灿的晨光洒在他脸上，较之昨晚更显得眉疏目朗。

若是从前，她早大大方方跟这人打招呼了，今天不知为何却有些忸怩，开口先喊：“哥哥。”然后才瞟贺云钦道，“贺先生。”

贺云钦回头看她。

两个人目光相碰，他清清嗓子道：“虞小姐。”

红豆也不看他，只软声问哥哥：“贺先生怎么在这里？”

不问他，偏问哥哥。

贺云钦胸口好似被极小的蚂蚁啮咬过般轻轻一漾，再在原地立不住了，干脆掐熄了烟，下了台阶，到底下等红豆。

虞崇毅对红豆道：“昨天晚上家里出了一些事，今天贺先生送你去上学。”

红豆愣住，虽说扪心自问并不排斥贺云钦送她，仍纳闷道：“出什么事了？”

虞崇毅一脸疲色道：“我还有些东西留在警局，须得回去一趟。时间不早了，你先跟贺先生去上学，等回来哥哥和母亲会跟你细说。”

三个人出了同福巷，刚到路边就听洋车喇叭响，

那车开得横行无忌，一路风驰电掣般驶近，停下后车门一开，威风凛凛地先从车里迈下来一条腿，接着是另一条，然而那人不等直起身来，冷不丁抬眼看见贺云钦，不由得一呆，露出满脸诧色：“贺公子？”

贺云钦对红豆道：“上车等我。”

红豆万想不到一大早会在家门口遇见白厅长，正自纳闷，转脸见哥哥神情肃穆，再看贺云钦脸色也淡淡的，心里恍惚明白了几分，冷冷瞥白厅长一眼，扭身便上了贺云钦的车。

白厅长将车门在身后关上，挺直了腰杆，淡笑着看贺云钦道：“真是巧啊，没想到在这里遇到贺公子，不知贺公子来此处有何贵干？”

贺云钦自上而下看他一眼：“我来接虞小姐上学，你又是来做什么的？”

红豆
生南国
1

白厅长笑容微滞，贺云钦对他连句称呼都没有，显然已不客气到极点，难道他刚才的预感竟是对的，这人真为了虞红豆而来？可贺云钦明明前几日还对虞红豆不闻不问，怎么可能会专候在此处。

他脑中一瞬间转过一百个念头，挤出笑容道："这里头莫不是有什么误会？白某昨晚可是跟崇毅他们兄妹说好了，往后由白某接虞小姐上学，怎么回过头来，兄妹俩又拉了贺公子过来？"

他看着虞崇毅故作长叹道："崇毅啊，你们这也太不地道了，说得好听点叫左右逢源，说得不好听岂不是吃着锅里惦记着碗里。还有虞小姐，说起来还是个读书人，小小年纪的，怎么也学得这般轻浮？"脸上挂笑，眼睛里却藏着鸩毒似的剑锋。

红豆早前在车里听见这几句话，已将昨晚的事猜到了大概，眼下听白厅长这般无耻，险些气炸，碍于刚才得了贺云钦的嘱咐，只得暂且忍耐。

虞崇毅紧了紧后槽牙，黑着脸正要开口，被贺云钦拦住。

贺云钦望着白海立，面无表情道："白厅长，既然你我在此处遇上了，有些话不妨敞开了说。这些时日，贺某一直在追求虞小姐，虽说虞小姐为人矜持，对于我的追求仍处于考虑阶段，但白厅长可能不大清楚，我这人相当霸道，在虞小姐接受我之前，除了我贺云钦，整个上海滩，任何人都别想打虞小姐的主意。白厅长贵人易忘事，这话今天我明明白白说给阁下听：虞小姐的接送，自有我贺某一人承担。希望白厅长好好记在心里，往后离虞小姐远一点。"

白海立错愕地望着贺云钦，一晌过后，脸色渐渐阴了下来。

贺云钦说完这话正要走，想起什么，又笑了笑道："还有一句话需提醒白厅长，贺某这人一向护短，似刚才那种妄自中伤虞小姐品行的话，不希望再从白厅长口里听到。白厅长入仕这些年，该知道出处语默、为德在先，那等饶舌之举，委实上不得台面，还望白厅长自珍自重。"

白海立说来也是能言善辩之人，若在往常，怎肯吃这哑巴亏，可到了眼下，明明一万句话堵在喉咙里，偏偏一句都说不出，只能眼睁睁看着贺云钦上了车。

刚才车外那番话一字不落地传到红豆耳中，她好似无形间饮了一大杯浓而芳冽的佳酿，醺醺然直甜到心里。

车都开了一小段了，她始终没好意思直视他，待怦怦直跳的心平复了些，才微微侧过脸道：“刚才谢谢贺先生了。”

贺云钦镜子里看她一眼，她脸庞明润恬美，乍看上去平静如常，然而嘴角微翘，脸颊上亦轻染着一层粉红，看样子非但对他刚才那番话不反感，还有些怡悦之色。原本上车之后他既有些尴尬又有些忐忑，这一下彻底松快了起来。

车里只他和她两个人，彼此间的距离不过半臂之遥。外头丽日晴天，窗外不时有轻风吹入徐徐拂漾他的脸庞，按理说该很舒爽，谁知越开嗓间越干滞。以往开洋车时只图一个快，今天却下意识希望开慢一点。难道昨晚母亲说的是真的，他真是对虞小姐有好感了？谈恋爱究竟什么滋味，真让人摸不透。

想起要跟她说正事，他忙挥散了脑子里的念头，正色道：“因为前些日子查案的事，白海立拍了证据胁迫你哥哥，等我送你去学校，回头还需去处理此事。”

红豆气怔，怪不得那人在哥哥面前那般肆无忌惮，一大早就跑到同福巷来闹事。

“他胁迫我哥哥什么？”

贺云钦不响，续弦的事说出来简直腌臜，何必给她也给自己添堵，只淡淡道：“白海立早年不过街头一个瘪三，之所以飞黄腾达，乃是因为做过不少肮脏的勾当。眼下白海立根基已稳，真要对付起来有些棘手，不能急于一时，须得慢慢谋划。他因出身微贱，近年来为了结交权贵，一度厚着脸皮在我父亲面前执晚辈礼，刚才被我警告后，固然不好跟贺家公然作对，但保不齐会用旁的法子来暗算你。”

红豆很少见贺云钦用这种傲然轻鄙的语气谈论旁人，不过轻描淡语几句话，已然将表面上风光无限的白海立扒了个精光，露出里头活脱脱一副赤佬相。

她心情稍稍好转，思忖一番，坐直身子道：“不管白海立打的什么主意，横竖我哥哥早就不想做警察了，只要能将那把柄妥善处理了，我哥哥自会重新将家里的生意做起来。往后我上下学时由我哥哥亲来接送，我才不信白海立敢光天化日之下作恶。”

贺云钦以义正词严的口吻道：“你哥哥势单力孤，平素为人又忠厚，如何防得住他，为今之计，只能由我来接送你上下学。”

红豆的脸唰地红透了，原来贺云钦刚才不是单说给白海立听的，竟是真要认真接送她。她一时未忍住，本已抿直了的嘴角重又翘了起来，怕他看见，忙转脸看向车窗外。饶是车开得极慢，终于还是到了圣约翰门口。

等车一停稳，她打开车门也不看他，只说一句：“我今天课时很多，上午下午都有课，四点半左右放学。”

这话分明是告诉他几点来接她。贺云钦心中一荡，直到她背影走远，才摸摸鼻梁，重新发动洋车。

谁知这时外头妹妹叫他，推开车门一看，是老余送妹妹和段明漪来学校了，两下里刚好撞见。大嫂神色似比平日淡了些许，不等他发现她们，已转身对着校门口了，妹妹却满脸笑意，不紧不慢地朝他走过来。

一到他跟前，她便故意将脸板起道：“怪不得二哥早膳都没好好吃就要出门，原来是惦记着要来送虞学姐上学，这下让我逮住了。二哥，还不肯承认你在追求虞小姐吗？什么时候带虞小姐来家里吃饭？”

早上听母亲说，昨晚父亲为了几月前那桩桃色新闻，逼哥哥早些考虑谈恋爱的事，省得老有人拿此事兴风作浪，迟早有一天会伤及兄弟间的感情。还说若是有了恰当人选，最好能在三月之内定下来。

哥哥一听“三月之内”就讶笑说断不可能，成亲总归要找个喜欢的，仓促定亲那是想都不要想的事。

谁知母亲突然说起虞学姐，哥哥愣了愣，一下子倒不说话了。后来父亲打听虞学姐的事时，哥哥难得没避而不谈，倒简单说了几句虞学姐家里的情况。

这一下母亲喜出望外，顺势就说起约虞学姐来家里吃饭的事，最后虽因尚不确定虞小姐的态度，一时未敲定，但看样子后半晚哥哥自己也想明白了，不然能一大早来接虞学姐吗？

贺云钦既不否认也不承认，只拉开车门道：“虞小姐说你们第一堂是国文课，磨蹭什么，还不快进去上课。”

而且他一会儿从震旦出来，回头还要去找王彼得，别耽误了傍晚来接红豆。

贺竹筠故意笑道：“那好，那我去挨着虞学姐听课。”快走了几步，到了自家车前，挽住段明漪的胳膊，姑嫂二人并排往里走。

段明漪体贴地替贺竹筠拨了拨散落下来的几根头发，柔声道：“刚才跟你二哥说什么这么高兴？”

贺竹筠道：“也没说什么，就笑我二哥追求虞学姐，问他什么时候带虞学姐回家。没想到二哥这么能言善辩一个人，居然也有不好意思的时候，敷衍我两句就走了。”

段明漪温声道：“你二哥素来稳重，沪上淑媛那么多，他平常总在外头交际，虽然眼下对虞小姐有些好感，谁知回头会不会遇到更好的，不肯跟家里说起也不奇怪。”

贺竹筠歪头想了想，正要说话，望见旁边不远处两人，一个是秦学锴，另一个却是虞学姐的好朋友顾筠学姐。

秦学锴拿了一大包糕点类的物什要送给顾筠，顾筠只推不要：“别别别，我可不敢再收你东西了。学长不就是想打听红豆今天上什么课吗？她第一堂是国文，第二堂是外语，还有一堂嘛，是农艺课。”

秦学锴被戳破心事，果然红了脸，不好意思地挠挠头道：“一点心意而已，平时没少麻烦你，顾学妹就别推托了。”

顾筠怀里抱着书，淡然道：“秦学长，你的好意我心领了，可是只要红豆不同意，我是绝对不敢胡乱收东西的。”说着不紧不慢往后连退了三步，朝另一个方向走了。

秦学锴站了一站，抱着这堆点心上课总归不雅，自家那辆小洋车就泊在门外，不如将东西放回车上，于是往校门口去了。

段明漪道：“这不是政治系的秦学锴吗？说起来我并不认识这学生，还是上回恍惚见虞小姐为了什么事去团契找他，两人在小教堂那里说了许久的话，我才对这人有了印象。”

贺竹筠想了想，的确见过秦学锴去找虞学姐，虞学姐嘛，对秦学长似乎也很客气。她点点头道：“秦学长和虞学姐在学校里是数一数二的优等生，平时为着团契的事，两人少不了有些接触。”

段明漪听出她话里的维护之意，温声笑道：“所以我常劝你跟这些好学生多交际，一为增长见闻，二为激发你学习的兴趣，等学问一点一滴积到骨子里，以后总归大有好处。”

贺竹筠抿嘴一笑道：“大嫂说得极是，我都记住了，往后我会常参加学校里的团契活动。”

贺云钦的洋车一离开圣约翰门口，便有另一辆洋车缓缓从树荫下驶出来，在路边停稳后，车上下来几人，站在原地，目送贺家洋车远去。

其中一人开口道：“看来贺家二少爷是打定主意要护着虞崇毅的妹妹了，竟真给送到学校门口。”

白海立寒着脸道：“还早得很呢。年轻人争强好胜，无非见我过来掺和，图一时气盛罢了，顶多新鲜个一两月也就丢开手了。贺家两个儿子是不同太太所生，老大娶了段家的女儿，贺太太难道肯让儿子随便娶个小门小户的姑娘？怎么也会给儿子选个名门贵女。这虞红豆倒是眼高于顶，可也得看看有没有那个命进得了贺家的门。这几日你们悄悄跟着虞红豆，等哪天贺云钦腻了，把虞红豆给我弄过来。”

那几个人不怀好意笑道：“这虞小姐倒是跟她哥哥一样倔，可真要等生米煮成了熟饭，还不是得乖乖给厅长做续弦。”

白海立冷笑道：“那还得看她是不是还是清白身子，若是给贺云钦玩过了，正牌太太就不要想了，顶多是个姨太太。”

因周围人少，他几人说话毫无顾忌，恰好秦学锴抱着包糕点路过，当下白了脸色。

原以为自己听错了，可是仔细一辨，就算贺云钦这三个字听错，虞红豆的名字他总不会听岔。

再看那几人横眉立目，装束看来定是警察厅的警察无疑。当先那个颇有些鸱视狼顾之态，看着极面熟，略一思索，认出是那位性喜渔色的白厅长。

他热衷于各类课外活动，常跟本埠几所大学联手举办活动，一来二去，听过不少其他学校的新闻。前些日子听说女子师范大学一名学生好端端退学不念了，后来才知道是被这个白厅长给强迫做了姨太太。

听刚才这几个警察那意思，莫非这白厅长又将主意打到了红豆身上，可是这其中为什么还扯着贺云钦？

他脑筋本就灵活，低头缓缓走了一路，猛然想起前几日跟贺云钦他们去拜访邓学长之事，心里一下子敞亮起来。他早前疑心的一点不错，贺云钦果然也看上了红豆，可是照白厅长那意思，贺云钦虽在追求红豆，但因着门第的缘故，显然断不可能娶她。

而今白厅长对红豆虎视眈眈，贺云钦有耐心护她多久？念头一起，他只觉得气塞胸膛，又有些说不清道不明的跃跃欲试之感。

白厅长就算再嚣张，总不敢强夺人妻，红豆迟早要嫁人的，既到了火烧眉毛的时候了，他还犹豫什么，总不能眼睁睁看着红豆落到那种人手里。

他抬手看看腕表，时间还早，大不了第一堂课不上了，这就回家找父亲母亲商量。

第二十二章

红豆上了一天课，好不容易放了学，老远就看见了贺家的洋车，走近一看，里头只有车夫，贺云钦却并不在车内。

车夫下车微微欠身道：“二少爷临时有事，特吩咐小的送虞小姐回家。”

这人红豆之前见过，叫老余，平日在学校门口总见他来接送贺竹筠和段明漪，上回她的裤子剐破，也是这老余送她回的家。

这么一想，她稍稍放了心，然而贺云钦早前毕竟并未有过交代，上车之前，她多少还是有点疑虑。

老余看出了红豆的警惕，忙笑道：“四小姐和大少奶奶下午都没课，中午已回去了。二少爷只说王彼得探长那边出了点事，需赶过去一趟，怕耽误了接虞小姐下课，吩咐小的先来，等二少爷忙完了，自会过来跟虞小姐的哥哥商议正事。”

红豆微微一惊：“王探长出了事？”能让贺云钦特意赶过去，想来还是了不得的事。

老余早得了贺云钦的吩咐，虞小姐好奇心极富，若是她问起，直说无妨，便道：“昨晚王探长家里就没人接电话，今天少爷去王探长寓所又扑了个空，后来还是王探长给震旦去了电话，少爷才知道王探长出去查案，一天一宿没回家，听说是刻羽戏院出了什么意外。”

刻羽戏院？昨晚还听这戏院里的名角白凤飞唱过戏，怎么回头就出事了？

毕竟是贺家的下人，红豆不便多问，冲那车夫含笑点点头，上了车坐下。到家楼下，她郑重地向老余道了谢，这才上楼。

尚在楼梯间就听家里有轻微的笑语声，似是来了客人。

她三步两步上了楼，一推门就见母亲正跟一个西装革履的年轻人说话，定睛一看，秦学锴？

秦学锴一向很会说话，母亲显然对他印象不错，两人相谈甚欢。

“原来你母亲家住在椿瑛里？那说起来我跟你母亲娘家还算是邻居，要不是后头这乱七八糟的租界一划分，原来的椿瑛里被拆了，怕是常会跟你母亲碰上。”母亲一抬脸看见红豆，忙招手道，“红豆，这是你学校里的学长？”

秦学锴神态比往常拘谨，站起身微微一笑道：“红豆。”

红豆愣了愣，将门关上：“秦学长？”

秦学锴今日一整天都在操办红豆的事，回家见了父母，绝口不提白厅长的事，先将红豆夸得天上有地上无，接着便说学校里喜欢红豆的男学生越来越多，他怕夜长梦多，打算正式求娶红豆。

秦先生秦太太早知道儿子喜欢这女孩子，也清楚儿子不是那种心血来潮之人，想必那虞小姐定是有过人之处，不然儿子不会惦记这么久，被儿子缠了一晌，终于同意周末两家父母见上一面。

秦学锴安置好自家，紧接着又来虞家找红豆的母亲和哥哥，唯恐说服不了虞家人，提前便打好了腹稿。

好不容易等到红豆回来，他稳了稳心神，正要开始长篇大论，谁知这时门口有人开锁，还伴随着交谈声，门一开，虞崇毅和贺云钦进来了。

彼此打个照面，三个大男人都是一怔。

最后还是虞太太先反应过来，忙笑道：“贺先生来了，快请进。”

儿子一早就将早上贺云钦和白厅长的事说了，要不是贺云钦解围，虞家恐怕还在火上煎呢，也知他未必是看上了红豆，不过是仗义而已，眼下对贺云钦是说不出的感激，恨不得拿出十二分的热情："贺先生快请屋子里坐。"又指着秦学锴对儿子道，"这位是红豆学校里的秦学长，说有事要找红豆商量。周嫂，贺先生来了，快来奉茶。"

秦学锴千算万算，唯独没算到贺云钦也会来红豆家，眼睁睁看着贺云钦闲适地坐到沙发上，虞太太对其还颇为厚待，焦心之下，也不及细想，将脸色正了一正道："虞太太，虞大哥，晚辈之所以冒昧登门，乃是因为今早在学校门口听到了一桩对红豆极为不利之事——"

众人目光齐刷刷向他投来，他顿了一顿，白厅长当时那话实在污糟，须得润色之后方能说出口："好像是警察厅的白厅长在校门口议论红豆，说看中了红豆，想要她做续弦，碍于贺先生接送红豆，暂时下不了手，只等贺先生对红豆失了兴趣，便会令手下人将红豆掳去，到时候红豆失了名节，是不嫁也得嫁。"

虞崇毅霍地起身，红豆脸色都变了。

虞太太气得直发抖："这老畜生真这么说？"

秦学锴看一眼贺云钦，贺云钦也正目光沉沉地盯着他。

他铁青着脸点头道："一字不差。白海立这人名声在外，这两年不知糟蹋了多少良家女子，既然起了意，怕是对红豆势在必得。大家也知道白海立现在权柄在握，只要他一天不倒台，红豆迟早难逃一劫。"

说到此处，他脸色泛起一抹红色，继续道："虞太太，虞大哥，你们可能还不知道，晚辈属意红豆已久，为了追求红豆，这两年来，前前后后做过许多让人笑话的事，怎奈红豆一直未肯接受我的追求。这回红豆遇上了这样的事，晚辈乍听之下惊怒交加，一想到那人对红豆虎视眈眈，晚辈几乎坐卧不宁，权衡利弊之下，不得不厚颜上门。

"晚辈现于圣约翰读政治系，平日功课尚可，学校里的事迹红豆是再清楚不过了，我家中经营一家造纸厂，父亲和几位兄长早年也都是读书人，家中素来和睦，从无妇姑勃豨之虞。长辈们听晚辈说起红豆，样样都感到很满意，当然，晚辈绝非要乘人之危，一切都遵照红豆和虞太太、虞大哥的心意，若是你们首肯，红豆也同意，我们两家这周末就可以正式见个面。此事说起来已悬于眉睫，与其整日提心吊胆，不如趁早将事定下来，只有红豆有了人家，才算是彻底绝了那人的念想。”

他一股脑说完这番话，不顾诸人满脸错愕，对虞太太行了一个大礼道：“伯母，晚辈别的不敢保证，只要红豆能嫁给我，晚辈往后定会珍之重之，绝不会三心二意。”

屋子里针落可闻，包括红豆在内，所有人都惊愕得说不出话来。

虞太太定定地盯着秦学锴，第一反应是荒唐，第二反应还是荒唐，然而静下心来一想，这孩子的所作所为虽然急莽了些，但对于此刻的虞家来说，居然不失为一个脱困的法子。

为了解燃眉之急，贺先生的确是暂时充当起了红豆的司机，可他毕竟还有自己的事要操持，天长日久，一旦谈起了恋爱，哪还顾得上虞家？到时候若白海立仍不死心怎么办？红豆恐怕早晚落到他手里，而真等到了那个地步，虞家可算是万劫不复了。

这姓秦的后生相貌清秀，学问也不差，话里话外对自己家境似乎也极自信，当然这些都是其次，最主要是这人对红豆还算是用心，一听说红豆遇到这样的事，宁愿冒着被人揣度“乘人之危”之虞，也要厚着脸皮上门来诚心求娶，光这一份雪中送炭的诚意，有几人能做到？

到底要不要认真考虑一下这孩子的建议？周末真安排两家见个面？红豆自己意下如何？这孩子性子娇稚，就得嫁个对她百依百顺的丈夫，倘若这秦学锴婚后能对红豆一如既往，至少不必担心红豆日后过得不顺心。

她眼里的犹豫、怀疑之色慢慢减淡，代之以认真商量的神气，可她不知道，在她真正开始打量秦学锴的时候，客厅里的某人的脸色已然越来越黑。

虞太太盘算了又盘算，好不容易将一肚子话酝酿得差不多了，眼看要说出口，贺云钦站起身道：“秦先生样样都说得在理，唯独两点有待商榷。第一，白海立此人睚眦必报，看中了谁断不会轻易放手，就算红豆嫁给了你秦学错，你又能保证自己护住她多久？”

红豆本来还在想着如何打消秦学锴的念头，听贺云钦这么一接话，心猛地一跳。

虞太太讶然看向身后。

秦学锴一滞，一抬眼，对上贺云钦冷淡的目光，刚要开口，贺云钦却未给他机会：“第二，就算是为了避祸而结婚，婚姻毕竟天长日久之事，首要前提是两情相悦，最重要的还是看虞小姐自己愿不愿意。”

说到这里，他耳根莫名一红，心跳无端加快了几分，话锋一转道：“但有一点秦先生的确说得不错，红豆的事已经迫于眉睫，而眼下最好的法子，就是彻底断绝白海立的念想，晚辈今日之所以登门，也正是为了此事——”

顿了一下，他转过脸，静静地望着红豆：“虞小姐，你是愿意嫁给秦先生，还是嫁给我？”

这番话堪比惊雷，较之刚才秦学锴那突如其来的求婚之举，更来得慑人几分。

虞太太和虞崇毅惊诧得忘了说话，秦学锴也错愕得合不拢嘴。他身为竞争者，比虞家人更感到意外，他之所以当着贺云钦的面向红豆提出求婚，乃是因为他知道贺云钦囿于门第之差，断不可能跟红豆成亲。

而眼下正逢虞家遭难之时，他为了帮红豆解围，可以用一生的承诺来表达诚意。相形之下，贺云钦所谓的接送红豆上学之举，显得何其的轻飘和敷衍。

谁知贺云钦寸步不让，竟也顺势跟着提出求婚，而且从这人说话时的态度和语气来看，断不只是戏言。

这一下他全无底气了，呆了一瞬，仓皇看向红豆。

红豆显然也吃惊不小，正瞠目结舌地望着贺云钦。

然而跟方才他提出结婚时不同的是，她除了错愕，还有一份显而易见的羞赧，脸颊上明晃晃地飞着两片红霞，目光更是透着几分惊疑和慌乱。

红豆的确是半天都作不得声，贺云钦语不惊人死不休，毫无预兆就说出了求婚的话。此刻两人对望，他眸子黑黝黝如同幽井，语气平缓而笃定，显然吃定了她会选他。

她不由得是又羞又恼，涨红了脸说一句：“我谁也不嫁。难道就没有别的法子吗？”

丢下这句话，众目睽睽之下，她快步走到自己卧室门前，逃也似的进了屋。

掩上门，背贴到门板上，一颗心扑通扑通怎么也平静不下来，谁能料到刚才话赶话弄到剑拔弩张的地步，竟一下子扯到了她的婚事。

最让人难为情的是，贺云钦刚才当着母亲和哥哥的面，居然大言不惭说什么“两情相悦”。

谁跟他两情相悦了。

好不容易平复了一点，听外面依旧寂然无声，不免有些忐忑。刚才她回绝得那般决然，不知贺云钦会怎么想，他那么骄傲一个人，无端被泼了一盆冷水，会不会觉得颜面扫地？

不安之下，她侧过身，凝神静听客厅里的动静。

好在贺云钦并没有离去，很快又开口了：“最关键的一点，想必伯母和虞兄也知道，白海立手里如今握有虞兄的把柄，就算我每天负责接送红豆，依然防不住白海立拿这件事来泄愤，等他认真发挥起来，说不定真会给虞兄治个渎职之罪。此事说起来还是因为我当初上门谈合作所致，理应由我来化解。眼下唯有登报声明我和红豆的关系，让虞兄顺理成章成为贺家的姻亲，须知白海立这些年为了敛财，没少蒙受上海商埠的雨露，就算再横行无忌，总不敢公然跟商埠会长作对。”

碍于秦学锴在场，贺云钦并没有言明究竟是什么把柄，然而这番话不疾不徐说出来，彻底点醒了虞太太。

是啊，就算可以因红豆嫁人打消白厅长的念头，毕竟还有崇毅。为了红豆，崇毅已然跟白厅长彻底决裂，以白厅长的小人心性，断不可能就此放过崇毅，从前没有把柄都可以拿捏崇毅，何况眼下真有把柄？思来想去，还真就没有比贺先生这个提议更好的法子了。

可他说的是真的吗？仅是为了出手相援，舍得将自己一辈子都搭进去？抑或是跟秦学锴话赶话，一时冲动才说出求婚的话？

前几日她早疑心女儿对贺云钦动了心思，然而贺云钦那边不见动静，兼之贺云钦是上海滩出了名的贵公子，她一度以为是女儿的单相思，可照眼下看来，即便贺云钦说得冠冕堂皇，前面那句一急之下说出的“两情相悦”，怕是的确有几分真意。

接下来几个小时，红豆始终没好意思出屋，母亲进来叫她吃饭时，她用被子蒙着头，假装睡得正熟。

秦学锴应该是早就离去了，贺云钦却留在家里吃晚饭，而且从客厅里说话的动静来看，母亲、哥哥和贺云钦似乎谈得颇融洽，难道真开始商量婚事？会不会太突兀了？虽说她一点也不讨厌他，但是就这样订婚，怎么也觉得像做梦似的。

没出屋，然而她始终留意着客厅的动静，到八点钟时，就听他似乎要告辞了。

她盯着天花板出了几秒钟的神，再躺不住了，掀开被子下了床，鞋也顾不上穿，脚踩在光溜溜的黑柚木地板上，轻悄悄地来到窗边，掀开细白绡纱窗帘。

临近中秋节，银盘似的一轮月亮低低地悬于半空，她倾身靠在窗台，悄然注意着楼下的动静。

不一会儿听到大门响，贺云钦出来了。

跟第一回见他时那样，他走到台阶上，并没有立刻离去，略站了一站，就回头往楼上看来。月光牛乳似的倾洒在他身上，将他的轮廓照得格外分明，因表情平静，一时分辨不出究竟是喜是怒，但从他仰头的角度来看，看的无疑是二楼窗户。

出于羞涩，她不等他发现她，就本能地往后一躲，然而再一想，为什么要躲呢？干脆彻底拉开窗帘，将整个上半身明晃晃地靠到月光里。

可就是这一错眼的工夫，他已经回过头下了台阶，朝巷弄口走去。

这一来不止没说上话，连个眼神都没对上。红豆悔得轻轻跺了跺脚，可他已走了，碍于矜持，她总不能扬声喊他，一时无法，只能恍然若失望着他修长挺拔的背影。

然而走着走着，他忽然像是想起了什么高兴的事似的，眼看走到一株桂花树下了，突然停下来，冷不丁地，高高跳起，扬臂折下高处的一束树枝，就像平时哥哥高兴时常做的那样，整个人看上去飞扬极了。

她先还糊涂，然而细一琢磨，似乎又明白了点什么。从心头到脸庞，缓缓舒展开一抹自己都未察觉的笑意。

贺云钦也不知道自己为什么想起来要摘头顶的桂枝，无非因为身体里藏着一股用不完的精力，急需靠体力来抒发。

刚才他提出求婚时，红豆的确当场便拒绝了，但是他看得很明白，秦学锴求婚时，红豆惊讶归惊讶，骨子里是沉稳的，然而轮到他求婚时，她明显变得慌乱又羞涩，哪还有镇定可言。

是的，这个他很肯定。

所以一想到这一点，他的心如同被春风托举一般，轻扬地高飞起来，必须跳起来扯个树枝或是碰个花叶什么的，才觉得痛快。

他很平静地上了洋车，以平时的速度驶到贺公馆。白海立这人一贯阴险，多半不肯吃这哑巴亏，也许此时已在谋划虞崇毅下狱之事，为防夜长梦多，最好能尽快登报声明跟红豆订婚的消息。

刚才已说服了虞太太和虞崇毅，轮到父亲和母亲了，时间不算晚，这时候商量订婚之事正好。

他上了二楼，尚在转角处就碰到了段明漪。

她像是刚从里头出来，腮边耀着泪痕。

贺云钦停下脚步，淡淡说了句：“嫂子。”

段明漪静静看他一眼，两人擦身而过时，她身上飘来暗暗一缕芳泽，转瞬间便悄然飘散。

贺云钦微微皱眉，突然想起红豆头顶上的发香，也不知她用的什么皂角，不似桂花也不似玫瑰，闻起来格外清爽宜人。

那晚他们两个在桥牌室时，这丫头还问他为什么黑暗中能认出她来，难道不是因为她身上的香味吗？

她这么聪敏，居然也有犯傻的时候。

这么想着，他脸色下意识便和悦了几分，抬步便往父母卧室而去。

进屋见父母都在，他也不啰唆，开门见山道：“爸、妈，我想跟你们商量跟虞小姐定亲一事。”

贺孟枚微讶地摘下烟斗，转身朝他看来。

虞太太喜出望外：“你说的是真的？可想好了？”

这时，外头下人敲门道：“老爷、太太，段家老爷和太太来了。另外，南宝洋行的陆老爷也在外求见。”

贺云钦面色微微一沉，就在昨日，父亲将陆敬恒买通贺家下人暗算他和大嫂的证据明晃晃地送到了陆老爷面前，陆老爷羞愧难当，当场便用家法将陆敬恒打了个半死，因下手太重，陆敬恒连夜被送到了私立医院急救。

不知陆家来是为了何事，儿子做出了这么不体面的事，难道陆老爷认为光重责还不够，还需登门道歉才行？

而段家之所以来，多半是为了段明漪。

贺云钦道：“那我先回屋，一会儿再来商量跟虞小姐定亲的事。”

第二十三章

回到自己房中，忽然想起下午的事。

若不是还要跟父母商量登报定亲的事，他这时多半已去找王彼得了。

昨天刻羽戏院死了一名叫阳宇天的武生，尸体被人发现时，高高悬在卧室的房梁上。警察来了草草一看，初步鉴定是自尽，可是后来戏班子里的名角白凤飞觉得不对劲，因为从阳宇天这几日在戏班子里的情形来看，丝毫没有要自尽的苗头。警察走后，她越想越觉得此事骇异，想起寿宴上见过的王彼得探长，便连夜给王彼得打电话，请他帮忙查案，若真有问题，务必早日揪出凶手。

下午他在学校写文章时，接到了王彼得的电话。王彼得勘查完现场回来，只说那尸首上吊的房梁有些奇怪，特到震旦去找他。

等王彼得到了他课研室以口述及画图纸的方式复述现场，他才知道王彼得为什么会觉得不对劲了，因为从房梁上的灰尘痕迹来看，阳宇天死前曾经历过激烈的挣扎，而且从挣扎的范围来看，不会少于七八分钟。

死者阳宇天生前是武生，以他的体格，想要以机械窒息的方式致其死亡，至少在三分钟以上，假如他是昏迷状态中被人吊上房梁，待惊醒后奋力求生，但毕竟喉咙早套上了绳索，断不可能超过七八分钟仍未丧失意识。

也就是说，他是清醒状态中被人吊上房梁的。

可这人身长 5 英尺 11 英寸，谁有那么大的体力能用绳索将其活活挂上房梁？

可惜未等他认真推敲，王彼得因为急于去戏院找目击者，一说完就回了刻羽戏院。

想到这里，他在房中来回踱了两步。这么晚了，不知王彼得可从刻羽戏院回来了，这一晚上，可有什么新的发现。

听外面似乎有些喧闹，想着段家和陆家同时来了，不想扯出什么误会，也懒得出门看，进浴室洗了个澡，刚出来就听门外有人敲门。下人道：“二少爷，老爷和太太请你过去。”

他摸了摸眉毛，看来跟段家的事有关。

到了父母房门，敲门进去，段老爷和段太太走了，大哥也不在。房间里只有父亲和母亲。

父亲眉宇间透着一团愠色，母亲轻轻蹙着眉尖，见他进来，母亲先是看一眼父亲，这才对他道：“怎么突然想起要跟虞小姐定亲了？”

订婚归订婚，贺云钦并不想让父母知道定亲的主要原因，只字不提虞家眼下的处境，只笑了笑道：“儿子属意虞小姐，想早些定下来还不行吗？”

贺太太心头仿佛挪去一块重石般松了口气，儿子这一下算是正式在父母面前承认自己对虞小姐的心意了，先前的疑虑总算可以放下了。

贺孟枚脸上也明悦了些许，“唔”了一声道：“既然你自己也急着定亲，不如这个礼拜让我们跟虞太太见个面，若是双方都满意，不如早些定下来。”

较之昨日，父亲的态度隐约急切了几分，贺云钦想起刚才段老爷在房中的议论，皱了皱眉道：“是不是刚才段伯父说了什么？”

贺孟枚微露不豫，含着烟斗转过身，在椅上重重坐下。

贺太太亦有几分尴尬之色，道：“寿宴上你大嫂被人下药的事传到了段老爷、段太太耳里，为了给女儿讨说法，段老爷和段太太来势汹汹，亲自痛责了你父亲和你大哥一顿，说当年贺段两家之所以联姻，奔的是郎才女貌、儿女之间相互属意，而自从女儿嫁进我们家，因明漪受过良好的教育，待人接物处处妥帖，无论做儿媳还是做妻子，统统半点挑不出差错来。可就是这么好的一个女儿，贺家依然不懂得珍惜，两次任其被胡乱中伤，闹得整个上海滩沸沸扬扬——”

毕竟很清楚儿子无愧屋漏，加之她素来护短，一说到这里，贺太太便露出不满之色：“说外头都传你跟明漪有私，人言可畏、赤舌烧城，若不是明漪心性坚定，说不定早寻短见了。又说明漪样样出色，你们家老二迟迟不肯成亲，是不是真对嫂子有什么念想，若有，他们立刻带女儿回娘家，免得瓜田李下，迟早无端受你的牵连。你父亲为了维护你，一怒之下，态度强硬地说你已在谈女朋友，女方才貌双全，一点都不输段明漪，不止你满意，我们也满意，眼看便要结婚，叫段家人别耳食目论、无事生非。”

说着她抬起胳膊，将上头氲湿的一大片湿痕指给儿子看：“喏，段太太一来就抱着我说她女儿受了委屈，哭得我是动弹不得，后来听你父亲这么说，才总算放过我。眼看要走了，谁知段老爷和段太太下楼时恰好碰到陆家父子，因为前日的事，陆少爷被他父亲命下人抬过来道歉，陆少爷虽说好转了些，仍未全醒，躺在担架上迷迷糊糊说了几句学校里的事，你大哥当时就垮了脸。段老爷、段太太听了，只当你真喜欢段明漪，一个去找陆老爷的麻烦，一个又折回来要当面问你，眼见扯到你身上，我头疼之下，想起你刚才说起定亲之事，索性说婚期都定好了，就在下月。我儿子如今心里眼里只有这虞小姐，对明漪断无念想。”

贺云钦耐着性子听到这里，虽说下意识里并不反感尽早结婚，但因不喜此事乃是受这几桩事胁迫所为，总归不舒坦。当下，他扬了扬眉道：“段家的女儿珍贵，虞家的女儿就不珍贵？就为了将大嫂择干净，我们就草草拉虞小姐来救场？”

贺孟枚略有些赧然，鼻子里微哼一声。贺太太叹气：“这件事说起来，都怪你母亲我沉不住气，随便被段太太、段老爷夹缠一晌，就话赶话给掐住了，可是话说回来，既然是你明媒正娶娶回来的妻子，就算婚期赶了些，我和你父亲也绝不至于轻怠虞小姐。”

其实下意识一想，她因为对红豆印象甚佳，对于儿子早日成亲这件事，其实还蛮乐见其成的。

贺云钦不作声，他本来就是来商议跟红豆定亲之事，只待此事见报，整个上海滩都会知道虞红豆是他未来的妻子，早结婚晚结婚，说起来区别不大，也知道相较于段家，父亲更在意的是大哥的想法，眼见自从这丑闻爆出，大哥里外难做，为怕兄弟生隙，父亲一心想要他早日成亲。对此他不是不理解，可一想到此事还牵扯到段、陆两家，婚期因而定得仓促，老觉得红豆委屈。再一想当初若不是自己执意要查案，怎会因此连累虞崇毅落了把柄在白海立手里，他和红豆自然也就不会赶鸭子上架，匆匆忙忙就定下婚事了。

这种感觉类似于心疼，仿佛肉里轻扎了一根小刺，极难释怀。出神一晌，父母都不说话，显然在等他表明态度。

他站起来想了想，父母态度软和，正是争取的好时机，便以一贯在父母面前的散漫口吻道：“若是虞小姐因为这些原因嫁过来，我们贺家说起来怎么都有失厚道，我记得大哥和大嫂结婚的时候，婚礼办得甚为隆重，为了补偿虞小姐，儿子也想提几个要求。”

事到如今，还能怎么样，一路发展到现在，各方人马你方唱罢我登场，早如一团乱麻，就算沉下心来擘肌分理，只怕也牵扯不清。

诸多念头中，他唯一可以确定的是，他一点都不反感娶红豆。

于是顿了一下，他正色道：“总而言之，儿子想要虞小姐风风光光嫁入我们贺家。”

贺孟枚唯恐小儿子多心，听了这话暗松了口气，笑起来道：“就知道你会趁机提要求。说吧，想给虞小姐添置些什么，我和你母亲一概应承，绝不会让虞小姐受半分委屈。”

第二日是礼拜六，红豆起来得晚，从房里出来时，母亲和哥哥已在餐桌上等她了。

两人都神情端肃，大有要聊正事的架势。

果然她一坐下，母亲就开口了：“我和你哥哥昨晚认真考虑了贺先生的建议，觉得这法子虽然可行，最终还得看你的意思，毕竟婚姻是人生头等大事，为了躲一时之祸将一辈子搭进去，怎么也不值当。”她一边说，一边用目光在红豆脸上小心地摸索。

红豆只管埋着头喝粥，一声不吭。

虞太太心里明镜似的，越发有底了，用筷子夹了一小块醉鱼放到女儿的粥碗里，慢腾腾道：“头两年铺子关了门，为着怕打仗，家里的款子和金条是时时刻刻都备着的，真要离开本埠，收拾起来也容易，只消请贺先生帮帮忙，连夜咱们就可以去北平或是天津。白海立虽然在本埠有背景，毕竟鞭长莫及，只要咱们搬走了，这祸事自然也就解了。还有学校，系里的先生们都那么喜欢你，大可以请严夫子或是系主任给开具一封介绍信，咱们到了北平，再找别的学校念书。”

红豆一滞，板起脸道：“就为了躲避一个小人，好端端地，咱们就得舍下家业背井离乡？我还等着看白海立的下场呢。”

虞太太跟儿子一对眼，顺势接过女儿的话头：“那就是不想搬了？既不想搬，又不想受白海立的窝囊气，那就得照贺先生建议的那样，咱们两家登报声明订婚。”

红豆的脸瞬间红得像西红柿似的，立刻不接话了。

到了眼下，女儿对贺先生有没有好感，虞太太还有什么看不明白的：“贺先生倒是一切以你为主，昨天本来想当面确定你的态度，可你老待在里屋不肯出来，他等你没等到，只得跟我们简单谈了几句，说只要你不反对，订婚的事都交给他来处理，又说他母亲和妹妹都很喜欢你，父亲也提过带你去贺家吃饭之事。虽是避祸之举，但他诚心诚意想娶你，现在母亲和哥哥单等你一句心里话，你自己愿意嫁给贺云钦吗？”

诚心诚意要娶她——红豆睫毛轻轻一颤，满脑子都是这句话，为掩饰羞态，嘟着嘴将碗放下。

女儿迟迟不表态，虞太太恨铁不成钢地一戳她的额头："平时话那么多，一说到大事嘴就锯嘴葫芦似的。贺云钦这孩子呢我眼下只见了几面，模样和教养都是没得说，为人也和气，就不知他私底下怎么样，上回见他去三楼找邱小姐，报纸还说他和他大嫂，万一他总在外头拈花惹草——"

这话一抛出来，红豆忙道："他上回找邱小姐是要查事情，跟他大嫂的事也是有人为了挑起贺家矛盾故意捏造的。"

虞太太鼓着眼睛望女儿，红豆一愣，这才意识到自己反应过激，忙噤了声。

这回就连虞崇毅都看出妹妹极在意贺云钦了，撑不住笑起来对母亲道："贺先生不是那样的人，警局里的同僚平日里偶尔在一起闲聊本埠这些贵户，都说贺先生跟他大哥是少见的品行好，何况儿子这些日子总跟贺先生打交道，这人正不正派，儿子心里还是有数的。谣言嘛，一向都是捕风捉影的，作不得真。"

虞太太瞪儿子一眼："我这还不是怕红豆嫁过去受气，本就是高嫁，再摊上个风流少爷，以后受了气，找谁诉苦去。你妹妹拗起来又天不怕地不怕的，岂是那等肯忍气吞声的性子，小两口到时候天天打架，还过什么日子？"

红豆又羞又怒："妈，你都说到哪儿去了。"

好在这时候门口有人敲门，红豆忙不迭过去开门，不料门外站着贺云钦，她抬眼对上他的目光，脸上不觉一烫，淡淡道："你怎么来了？"

贺云钦没想到是红豆来开门，也怔了一怔。

红豆这才发现他穿得极体面，后面还跟着几个笑容满面的管事。

这时虞太太过来，微讶道："贺先生？还站着做什么，快进来坐，这几位先生是？"

贺云钦这才将目光从红豆脸上移开，对虞太太道："父亲听说我要来正式求婚，一来怕我不懂规矩，二来也为了表示我们家的诚意，特让家里的几位老管事陪晚辈登门。"

几个老管事果然极为知礼，微微一欠身，以见主人亲家太太的礼数，齐声对虞太太道："见过虞太太。"

这一来虞太太脸色更和悦了几分，然而两下里一打照面，她并没有露出受宠若惊的小家子气的姿态，只含笑点点头："那么，就请屋里坐。"

毕竟谈论的是自己和贺云钦的亲事，红豆头先还佯装镇定让周嫂沏了茶，后来终归觉得大不好意思，回屋子里去了。

贺云钦进屋后并不在客厅坐下，低声商量了几句，跟母亲和哥哥到书房谈事。

几名管事深知分寸，只静等在客厅中。

客厅里悄然无声，过了许久才听见母亲的声音从走道里传来："你这孩子倒是细心，事事都想在了前头，就只一样，我还是觉得下月成亲太赶了些。"

虽这么说，但似是因刚才那番交谈，双方已有了默契，母亲的话里并无愠意。

下月成亲？红豆本还支着胳膊坐在书桌前发怔，一讶之下，忙支起耳朵侧耳倾听。

就听贺云钦满含歉意道："的确委屈了红豆，下礼拜两家见面时，家父和家母还会当面跟伯母细说缘故。"

那几位管事适时接话道："虞太太请放心，老爷和太太早有吩咐，尽管二少爷和虞小姐的亲事时间定得紧了些，但样样都要照最好的来筹备，绝不会让虞小姐受半分委屈。"

这时她卧室门口有人敲门，贺云钦在房外道："红豆，我有话要当面跟你说。"

母亲的声音也隔着房门传来："贺先生要跟你单独谈谈。"

红豆本就要当面问问贺云钦，为什么好好的订婚莫名改成结婚，婚期还定得这么赶，难得贺云钦自己主动过来，那再好不过，起身就过去开门。

门一开，贺云钦望着她道："红豆。"

红豆默默看他一眼，侧身一让。

贺云钦入内，因客厅里满是人，不便关门，只将门虚掩上。

第一回堂而皇之进红豆的房间，他好奇之下忘了开口，双手插着裤兜，只顾立在门边打量屋内的陈设。

桌上一个玉色冰纹笔筒，里头斜欹着一枝青嫩的桂枝。西洋高架床头上悬着几个自制的香囊，丁香似的结成一串铃铛，念及红豆身上的味道，他暗猜香囊里收的是花末。

环顾一圈，这才想起正事，转脸一看，红豆正略带不满地瞪着他，便走近，靠在窗前的书桌，两人相对而立。

许是要商量正事，她神情比往常沉静几分，眸子澄净如水，脸蛋泛着甜软的光泽，他看着看着，手心那种发痒的感觉又来了。

然而上回是摸不得，这一回是暂时摸不得，虽然都是摸不得，却有着显而易见的区别。他心情无端轻悦几分，肃容道："红豆，我们商量的法子想必你也知道了，昨天当着伯母和你哥哥，我已向你求过一回婚，眼下没有别人，我再正式向你表达我的态度。"

顿了一下，见红豆不响，他只得自顾自道："我十八岁就去了德国留洋，今年才回国。出洋之前，我父亲命我不得学位不许回国，为了提前结业早些回国，我这几年忙着治学，没有心思风花雪月，根本不懂得怎么讨女孩子欢心。但是我可以人格向你担保，只要你肯点头，婚后我定会一心一意待你。"

他态度诚挚，红豆听在耳里，心里那种淡淡的闷气多少消散几分，羞赧复又涌上心头。她静了好一晌，待心跳得不那么快了，这才含着嗔意道："昨天说的还是定亲，怎么今天就变成成亲了？"

虽在表达不满，态度却已经很明朗了，贺云钦心情犹如拨云见日，一下子大好起来："今日之所以一大早来，正是为了此事，为了求得你母亲和哥哥的理解，刚才我已跟他们说了缘由，到了你面前，那就更没必要隐瞒了。"

他便将昨晚的事说了："因为三月前陈白蝶捏造出的桃色新闻，我跟段明漪本就常让人误会，得知寿宴上陆敬恒的暗算，段家人昨晚愤然到我们家讨说法，早前为了解决白海立骚扰你的事，我本就跟父母提起过要跟你定亲，我母亲知道我喜欢你，为了当场堵段家人的嘴，一急之下，便擅作主张提前了婚期。”

红豆一讶，原是这个缘故。那晚在棋牌室发生的事太令人印象深刻了，算起来是她和贺云钦之间共同的秘密，故而他一说起陆家和段家之事，无须他赘言，她几乎立刻就明白了这里头的弯弯绕。

可让她想不到的是，贺云钦竟这般坦荡。

贺云钦清清嗓子："虽是种种形势下仓促做的决定，但我并不想委屈你。今天之所以登门，一为求婚二为赔礼，而到下礼拜正式见面时，我父母还会为此事再向伯母致歉，总之一切全在你的态度。”细说起来，如果红豆真不想受委屈，他并不是没有别的法子对付白海立。

只不过这一句话，他打算一辈子烂在肚子里而已。

他姿态放得低，对来龙去脉又毫无隐瞒的打算，红豆纵是心里憋气，也多少软化了几分，碍于一份少女的矜持，一时不好接话而已。

贺云钦拿捏不准红豆的态度，望她一眼，也跟着沉寂下来，许久才道："红豆。”

红豆微微扬脸："做什么？”光喊她，又不作声。

她语气轻软，贺云钦焉能看不出她态度上微妙的转变，恍惚有些撼动，犹豫了一下，终于未能压抑住心里的渴望，抬手轻轻捏了捏她嫣润的脸颊。

红豆仿佛触电一般，忙往后一躲，只觉得他刚才碰过的地方酥麻极了，一颗心几乎跳出嗓子眼，直跺脚道："你干什么？”

贺云钦心跳得一点不比红豆慢，脸还无端发烫，摸摸鼻梁，正要自我解围，就听虞太太在外头敲门："贺先生。”

想是见他在红豆房里待久了，怕贺家那几个管事回去说闲话。

两人之间该剖白的已经剖白了，静了一晌，贺云钦对仍满面红霞的红豆道："那我出去跟伯母商量婚礼的事了。”

红豆嘟着嘴不肯看他，他心里仿佛充盈了一池春水般无端快活，怕她看出自己的眸子里的笑意，略站了站，便走到门边，开门出去。

亲事很快就正式提上议程，因对未来二儿媳怀着一份愧意，贺家有意给虞家长脸，除了替贺云钦和虞红豆诹吉纳采交换庚帖，还遵循着旧礼给虞家隆重下聘。而婚礼方面，因考虑到年轻人的喜好，只管按照西式的形式着意雕琢，力求每一处都尽善尽美，一番折腾下来，何止奢华，简直近乎铺张。

较之当初大公子迎娶段女士，二公子的婚礼还要热闹好些。

不几天这消息就如春风般吹遍上海滩，人人都知道贺家即将风光迎娶一位圣约翰的女学生。

报上登道："本埠商业会长贺孟枚之二公子贺云钦字宗麟拟于九月十二日迎娶圣约翰优等生虞家女公子虞红豆女士，婚礼兹定于大万国酒店举行，届时薄备酒水，欢迎社会各界赏光莅临。"

白海立千算万算没想到贺云钦真会迎娶虞红豆，因不想刺心，这几日报纸都懒怠看，这日刚要出门，便有下人递帖子过来。

白海立看了看，是张大红烫金的喜帖，就着下人的手翻开，里页"大万国"三个字无端刺眼。

那下人道："是贺家二公子特令人送来的，说请老爷去大万国喝喜酒。"

毕竟前几日才放话说虞红豆迟早是他囊中之物，当着手底下人的面，白海立只觉得脸上分外无光，冷哼一声，也不接那帖子，丧着脸上了车。

第二十四章

自从宣布婚讯，贺家几乎每天都有下人来虞家露面，一为下聘和过礼，二为跟虞太太和虞崇毅商量婚礼细节。

而得知外甥女即将嫁给贺云钦，潘茂生和潘太太意外之余，少不得也常来同福巷帮忙。

眼见贺家处处着意抬举虞家，潘太太是又艳羡又高兴，以她的那点识见，原是一心要两个女儿嫁个好人家，谁知自己女儿尚无着落，反叫红豆抢了先，当着虞太太的面，她不止一次说红豆福气好。虞太太这时早顾不上跟自家嫂子争强斗气，如何将女儿的婚事筹备得细致妥帖才是头等大事。

头几日跟贺孟枚和贺太太正式晤面时，她第一次见到了这位传闻中的纱业大亨。在讨论孩子们的婚事时，贺氏夫妇比她想象中要厚道恳切，尤其是贺太太，看着温雅和气，是个顶好相处的性子，一面见下来，虞太太早前的担忧去掉了大半。

至于贺云钦这孩子呢，她是越看越中意，兼之全上海滩都知道贺家为了筹备这次婚礼，这一月来所费心血真正可观，虽说仓促了点，体面还是极体面的。即便心里有些踟蹰和隐忧，也在这一日日的婚事筹备中，渐渐消弭于无形了。

玉淇前几日才知道自己得救的前后因由，想当初若不是红豆去找王探长，并由此引得贺云钦帮忙找人，她早被陈金生给谋害了，源自一份发自心底的感激，她在帮忙操办婚事时极肯用心，日日一下班就赶来姑母家相帮。

毕竟同住一楼，楼下的彭裁缝夫妇、楼上的向先生和邱小姐，每日都可见虞家迎来送往，受这种欢喜氛围的感染，哪怕孤傲如向先生，也免不了随了一份礼、平板地说几句恭喜的话。

对红豆而言，那日贺云钦来表明态度，寥寥几句，真正触到了她的心，原还有些模糊和不安之处，在听了他那番话后，两人之间好似撩去了一层轻烟般的薄纱，一下子豁朗了不少。

就是婚期定得太近，贺云钦忙于婚事，这一个月里，统共才来了虞家两回，一次是商量虞家这边的宴请事宜，第二次是问她喜欢什么式样的家具。而她每日忙着裁衣裳、置嫁妆、添首饰，同样不比贺云钦清闲多少，后见母亲和哥哥实在忙不过来，干脆跟学校告了一月假。

顾筠既是挚友又是婚礼上的伴娘，每日下了课就带着抄好的功课来红豆家，趁红豆一目十行温书之际，顺便帮虞家打打下手。

短短一个月，贺虞两家俱忙得人仰马翻，好在经历了短时间的慌乱后，各方面都进入了正轨，越到后头越是措置裕如。

到了婚礼这日，丽日天晴，秋风丝丝送爽，大万国门口车马骈阗。

因是贺家办喜事，沪上名流来了大半，除此之外，圣约翰所有德高望重的老先生几乎都被请来观礼。

贺家于揖让应酬上向来令人称颂，婚宴上紫蟹银鱼等名贵菜品自不必说，香槟葡萄酒也是流水般呈送不断。

证婚人共邀请了两位年高德劭的老前辈，一位是前上海市长、如今的中央银行总经理喻则光，另一位则是红豆学校圣约翰的校长哈姆森爵士。

婚辞由贺云钦自撰，文辞朴茂，洋洋洒洒数千字，将他与虞红豆女士相识、相知、相恋的过程详加道来，两位证婚人含笑朗诵之余，不时进行一些无伤大雅的幽默注解，引得在场宾客哄笑不已。

当然，因两人委实未正经谈恋爱，贺云钦少不得利用自己的聪明才智，在婚词里进行一些自由发挥。

幸而红豆只在婚礼上露了个面便被贺家派车迎回了新房，不然怕是会听得笑掉大牙。

一众女眷中，虞太太和潘太太几个因被奉为女方上宾，固然不能离席，段明漪身为长嫂，也需留在喜宴上待客。最后便由贺兰芝、贺竹筠、玉淇、玉沅及几位贺家女性长辈送红豆回贺公馆，顾筠、梅丽贞等人身为伴娘，自是要伴随红豆一道。

新房设在东翼的二楼走廊尽头，原就是贺云钦的房间，前面喜娘及大管事带路，后头则是一众女眷。红豆被簇拥到了房门口，贺竹筠转脸笑道："二嫂，你和二哥的新房布置得可漂亮了。"

婚礼中西合璧，红豆身上仍着着西式白镂空纱织婚纱，待门开了，她轻轻揪住裙摆，自门边往里看，原来外头是起居室，里头才是卧室。

为着新婚，贺太太早令人重新将房内髹漆一遍，又自法兰西洋行运来成套新家具，将里外布置得焕然一新。玉淇等人等不及看新房，笑着推了红豆就往里走。

入内后，红豆抬眼便望见卧室那张阔大西洋高脚床上铺着的大红衾被，因那大红色实在耀目，心毫无预兆地就跳了起来，忙移开视线，转而默默打量房内其他摆设。

侧对大床的是两扇西洋格子落地玻璃窗，外头是露台，底下草坪绿如翠玉，两边高竖着一对象牙白雕柱，柱子顶端各自站着一个胖胖的生着双翅的西洋天使，笑容可掬。

顾筠打量妆台上的一些小玩意儿，笑道："枉我平时也跟着父亲见过些世面，这一回真要自惭寡陋了，这屋子里的东西，竟有一多半不认识。"

贺竹筠道："有些是我母亲令人添置的，有些是别人新送的，再有就是我二哥原来就搁在屋里的。"

这便是她以后跟贺云钦生活的地方吗？红豆心中微漾，好奇地朝那边看，喜娘已经扶着她在新床上端坐好。

贺兰芝笑道："新娘还要换衣裳，各位女傧相不如到楼下吃甜点去。"顾筠她们这才散去。

红豆由着下人们伺候着脱下那身冗重的婚礼服，重新换上旗袍，简单用了些点心，待人退下后，房间单留下她一个人，一室寂静。

这回没有外人，她少了几分顾忌，见里面还有一间房，起身走过去推开门，原来是盥洗室，里面一张四爪黄金浴缸，阔大得出奇，不知为何做这么大，她站在盥洗室里研究一晌，复回到卧室。

不到七点，贺云钦暂时回不来，想起刚才顾筠她们叽叽喳喳的议论，她坐到妆台前，捡起上面的小玩意儿来看。

一个水晶球花瓶里盛放着的一大捧玫瑰花，看上去是真花无疑，然而瓶里并未盛水，花瓣颜色也极为柔艳。她琢磨一番，暗猜这是所谓的永生花，因用西洋法子固了色，所以可以耐久不蔫。

另一边是一副小小的人体镀金骨架，从前学校里见过，倒也认得，只她不知贺云钦原来也对西洋医学感兴趣。

她心里油然而生一种探索他过去生活的冲动，一手托着腮，另一手缓缓拉开右边抽匣，目光一低，里面放了好几个笔记本，封面上载着外文，全是用自来水笔手写而成。

她英文不差，德文却不通，辨认一晌，姑且当它们是贺云钦原来在德国念书时做的笔记。

左边抽屉里放了一个书页大小的蓝色丝绒首饰盒，捧到手中打开一看，原来是一串璀璨夺目的所谓金刚石项链，也不知是贺云钦预备给谁的，正自猜疑，就见抽屉里还压着一张字条，上写：吾妻红豆。

刚遒有力，应该是贺云钦的字体无疑。

她脸微微一红，究竟是贺云钦知道她会打开抽屉，所以提前预备了这首饰呢，还是先收在这里，打算待日后送给她？

她心里沁了蜜似的甜，微翘着嘴角将抽屉合拢，转身朝露台望去。

窗外皎月方来，万绿如梦，晚风自露台徐徐送入，轻轻掀起两边低垂的绡纱窗帘。前头似乎回来人了，洋车喇叭声伴随着阵阵笑语声，由远及近，将原本安静的贺公馆重新带得喧闹起来。

她静坐一晌，正打算到露台看看，就听外头传来动静，有人低声跟下人说了几句话，然后房门一关。

她心轻轻一撞，扭头往后看去，正好对上贺云钦的目光。他外头西装已经脱了，只穿着衬衣，扣子解开，领子微敞，幸而脸上并无醉意，只眼睛比平时更黑亮而已。

贺云钦一边走一边顺手将西装丢到外头沙发上，一抬眼，目光自然而然落在她身上。她换了一身大红色莲纹明缎旗袍，脸庞被那红色映照得更莹亮几分，因坐在妆台前，她腰肢微凹，衣料将臀部包裹得极圆。

他脸上淡然，心不由得快了几分，心不在焉道："我还以为你睡了。"

红豆微带着嗔意望着他道："这么早，我怎么睡得着。"

贺云钦盯着她瞧，声音放低道："那你饿不饿？我让他们再送点宵夜。"

红豆心擂鼓般怦怦直跳，也许是她的错觉，老觉得贺云钦的目光比往常直肆几分。她忙侧过脸，摇了摇头道："我不饿。"

她这一动，耳朵上两片明耀的翡翠叶子耳坠摇曳不停，荧光不定地投到她脸颊上。

她本就生得白润雪腻，这一来更添一种雪中梅蕊的娇婉，贺云钦望着她不说话，房中只有他和她，明明该是舒爽的秋夜，然而他只觉得热闷难言。隔了许久，他往她身上望了望："你穿着那么厚的婚礼服待了一天，要不要洗个澡？"

本是个好提议，红豆身上黏腻不适，也的确早有洗澡的打算，可是一经他的口说出来，又觉得怪别扭的。

贺云钦纯属没话找话，说完以后，红豆非但不理他，空气反而更哑热了几分，只得笑道：“底下已经没什么事了，你要是累了，不如洗了澡早些歇息。”

这回连红豆也听出贺云钦并不像表面那般镇定了，嘴角忍不住一弯，瞧他一眼，见他眉宇舒展，比平日更显得俊朗无俦，心头直撞，佯装淡然起了身：“那好吧。”

贺云钦见她房中四处打量，想是不知下人将随嫁衣裳收在何处，便出去开了门，让下人进来服侍。

待下人取了衣裳，贺云钦目送红豆进了盥洗室，门一关，颇有些无所适从之感，在房间里转了转，漫不经心坐到角落的丝绒沙发上。

不一会儿，红豆打开门，在里面叫他：“贺云钦。”

未听到回应，红豆往外一看，贺云钦人虽坐在沙发上，眼睛却盯着地面，也不知在发什么呆。

她只得又唤一声：“贺云钦。”

贺云钦抬头一望，这才回过神：“怎么了？”

她软声道：“这个水龙头我不会用，热水半天都放不出来。”

他窒了窒，起了身，推开门入内，她果然站在浴缸前，旗袍仍穿在身上，袍衩里一截白嫩的小腿若隐若现。

自两人定下婚期，他本做好了细水长流的打算，然而真等一切到了眼前，这种感觉简直近乎折磨，须得极克制方能做到目不斜视。他“哦”了一声，走近替她将水龙头拧开。

热水哗哗流出来，细白的汤雾慢腾腾在房间氤氲，贺云钦干看着那浴缸，明知就算将浴缸盯出个洞也没用，反正眼下毫无用武之地，可他就是迈不动脚。

红豆等了半晌不见贺云钦出去，不由得红云上颊，轻嗔道：“我得洗澡了。”

贺云钦一本正经问她：“知道怎么用了吗？要不要我再教你一遍？”

红豆瞄他一眼，好半天才顺着他道：“那你再教我一遍。”

贺云钦于是顺理成章将那水龙头关了，当着她的面再重新开上一遍，这才用黑漆漆的眸子望着她道：“这回知道了？”

红豆扭过脸，“嗯”了一声：“知道了。”

贺云钦严肃地点点头：“那我出去了。”关上门出来。

红豆在浴室里磨蹭了许久才洗完，出来时换了大红色长袖长裤的轻软寝衣，一头漆光般的乌发松松挽在一边，肌理里透着水粉，脸庞明润饱满得似一颗水蜜桃。

走到床边，她犹豫着站住，当着贺云钦的面上床毕竟有些难为情，便故意道：“你不洗澡吗？”

贺云钦这才抬眼看她，两人目光一碰，他从沙发上起身道：“那我洗澡了。”

等他进了浴室，红豆这才掀开被子上床，解开头发躺下的一瞬间，整个人陷进松软的床褥中，盯着天花板，脑海里惘惘然的，跟贺云钦相识算起来才不到两个月，竟就成亲了。虽有些不得已而为之的成分，可当初若是只有秦学锴向她求婚，她怕是宁肯避到天津北平去也绝不肯嫁。

将被褥略拉高一寸，她凝神听着浴室里的动静，他比她洗得快多了，不到十来分钟就打开门出来了。

她本想闭着眼睛装睡，然而太刻意，只得继续盯着天花板，听到他在床的另一边掀被上床，她目光不自觉往那边一溜，恍惚只瞥见他高挺的鼻梁，脸不由得变得灼热难言，忙收回视线，轻颤着睫毛闭上眼。

上床后，他似是观察了她一会儿，见她一动不动，只好关了灯躺下。

房里静悄悄的，偶有几声自露台外传来的虫蝥秋鸣声，两人的呼吸声近在咫尺，细辨之下，他的并不比她的平缓多少。

一片昏暗中，只消他身子轻微一动，她心就是一通猛烈的激撞，倒不是反感或是排斥，只是仍未做好准备。

幸而贺云钦静静躺了一会儿，像是感受到了她这种不安，并未挨过来，只道：“红豆。”

红豆微微转过脸，轻声道：“嗯。”

“明天无事，我带你在家里四处转转。”

感受到了他的一份体贴，红豆心中一暖，应道：“好。”

也不知过了多久，红豆睡着了，虽说旁边躺了个人，但因对他有份说不清道不明的托赖，倒跟在娘家一样，睡得同样憨沉。

拂晓时她热醒了，身后仿佛有个火炉，热气从后头暖烘烘地绕过来，将她整个人都包裹其中。她先还迷迷糊糊的，待察觉颈后有温热的呼吸，这才意识到是贺云钦将她搂在了怀里。

她身子一僵，正惊疑不定，然而下一刻她就发现他其实并未醒，只不知为何将她圈住了，一只胳膊箍着她的腰，另一只胳膊还枕在她脑袋底下，从颈后平缓的呼吸来看，他眼下睡得正踏实。

她向来是知道自己睡相不好的，可是这情形太古怪了，纵使她想破了脑袋，也想不通两个人到底怎么滚到一起的，不知枕了他多久，胳膊怕是早已麻了。可是他既未醒，她也不敢乱动，只他的呼吸一下一下拂得她极痒，酥酥麻麻的，活像抽掉了她半边身子的力气。

她不一会儿就软了下来，索性一动不动任由他箍着，然而未多久他似乎动了动，呼吸从她颈后一下子抬到了她头顶，看样子是醒了，她忙悄然闭紧双目，继续装睡。

能感觉到他先是愣了一愣，紧接着一惊，犹豫了好一会儿，这才依依不舍地收回箍在她身上的那只胳膊，又小心翼翼地轻托着她的脑袋，将另一只胳膊也抽回。

身后床褥一动，他像是整个人翻过身，变成仰天躺着。

她不由得暗松了口气，可又有些怅然若失，说不清到底失落什么，只觉得一颗心简直跳得震耳，唯恐他发现她其实早醒了，一动也不敢动。

贺云钦呈大字形直挺挺地躺了一会儿，某处实在难受，真想为所欲为，再躺下去简直煎熬，眼看天亮了，干脆起了身，到盥洗室冲了个冷水澡。

他这一起身，红豆也没办法再装睡了，他出来时她正好拥被起来，两人一打照面，贺云钦愣了一下："醒了？"

红豆脸直发烫，佯装自若点了点头："醒了。"掀开被子下了床，擦过他身畔，打算入内梳洗。

他站在门边并不走，只皱眉问她："会用这个水龙头吗？"

她看那金色台盆，虽的确闻所未闻，见他一本正经相问，仍有些想笑，只摇了摇头道："不会用。"

他于是肃容替她放水，又给她拿牙粉，她默默在一旁看他忙活，直到她正式开始梳洗他才出去。

从浴室出来，她已让下人替她取了今日要穿的衣裳，整整齐齐叠在床边。

他换了衬衣，拿了本书坐在沙发上等她，晨光透过玻璃洒入房中，金灿灿地将他整个人笼住。

她心情无端的好，换好衣裳坐到妆台前，拿起梳子梳头发。

他看她一眼，起身跟过来，从抽屉里取了那蓝色丝绒首饰盒子，望着她道："看看喜不喜欢。"

红豆做出第一次看到这盒子的模样，掩住满心的蜜意慎重接过，打开一瞬间，饶是昨晚已看过了，但想到那纸条上的字，仍由衷露出甜甜笑容："喜欢。"

贺云钦原是一眨不眨注意着她脸上的每一个细微变化，见她如此高兴，心情大好："配你身上这衣裳正好，现在就可以戴上。"

红豆也不客气，取出项链环到颈上，比画一晌，见他只顾在旁看着，便道："倒是帮帮我呀。"

贺云钦这才回过神，替她将项链系好。刚装扮好，这时外头有下人道："二少爷、二少奶奶，老爷和太太在楼下等着你们一道用早膳。"

既成了亲，称呼自然得改，两个人在镜子里相望。贺云钦拉她起来："走吧。"

顺理成章就握住了她的手，拉着她出了房。

宴厅里贺孟枚、贺太太等人早坐下了，静悄悄的，都不说话，然而自有一种默契的喜乐氛围在屋子里浮动。

见贺云钦和红豆俪影双双出来，贺兰芝第一个笑起来道：“小弟这眼光真是不错，项链好，人更好。”

贺太太满脸含笑：“红豆昨夜睡得怎么样？”

红豆不让自己表现得太羞赧，跟着贺云钦到了桌边，莞尔道：“睡得很好。”说着便同贺云钦一道依次给众人请安，“爸、妈、大姐夫、大姐、大哥、嫂子。”

前些日子红豆跟贺家人已正式见过，今日一家人算是成亲后第一回吃饭。

贺宁铮和段明漪两人挂着安静的笑容，贺宁铮尤为沉稳，朝红豆脸上望了望，便温煦笑道：“弟妹。”

贺兰芝旁边坐着丈夫张明景，因张明景在政府里任财政司司长，平日忙于公事，贺兰芝家中无事，便常到娘家来。

上次因张明景临时有事未见着，昨日婚礼现场太忙乱也未细看，这回才算是正式见了面。红豆含笑将目光转向这位大姐夫，这人算不上风度翩翩，但因高大白皙，倒也斯文耐看，只似是因活动得少，三十出头已有了臃肿之态。

他脸上一团和气，看了看红豆，便对贺兰芝笑道：“看来岳家光自家孩子长得好还不够，挑选媳妇都净选出类拔萃的，不怪全上海的钟灵毓秀都聚到岳家来了。”

贺兰芝偏脸笑道：“就数你会说话，夸弟妹也就算了，怎么把你自己也夸进去了？”

贺竹筠起身柔声招呼道：“二哥、二嫂。”

红豆微笑着伴着贺云钦坐下。

贺孟枚早年也曾留过洋，贺家生活方式多少有些西化，并无太多旧礼上的讲究。

这边小两口坐下，他脸上便挂上威严的笑意，对红豆道：“老二自己也是个不懂事的，往后家里有什么事，只管吩咐底下人，若是下人不周到，就跟你母亲和大嫂说。”

红豆一转脸，对上段明漪柔和的目光，笑道：“儿媳知道了。”

她声音娇脆，笑容明媚，贺孟枚看在眼里，脸色更和悦了几分，目光一抬，见儿子尽管一声不吭，脸上却有几分满面春风的意思，心里彻底舒坦下来。

第二十五章

趁下人摆碗箸的工夫，贺太太笑对贺云钦道：“左右今日无事，一会儿用了早膳，你先带红豆在家里各处转转。”

贺云钦看看红豆：“我原是这么打算的，可是想起昨天王彼得那边还有点事，干脆一会儿跟红豆去一趟富华巷。”

贺太太不满道：“王探长那边尽是案子，新婚宴尔的，你们跑到那里做什么？”怕红豆不悦，心里只怪儿子任性，千万别新婚第一日小两口就闹别扭。

贺竹筠悄悄抬眼一看，二哥倒是淡定自如，二嫂在学校里就喜欢这些稀奇古怪的事，单就这一方面来说，二嫂跟二哥正是投契，未见得会不高兴。

果然二嫂脸上一点不豫之色都无，眼睛亮亮的，她端起粥碗，自顾自地安静用膳。

贺兰芝、贺太太看在眼里，既讶异又佩服。

她们万想不到女人还会对这些东西感兴趣，只当红豆隐忍功夫一流，为了贺云钦处处都肯将就，难怪不过短短一两月就能将老二拢得死死的了。

用过早膳，红豆陪着婆婆、小姑子说了几句话，便跟贺云钦回了房。

“真要去王探长那儿吗？”一等他掩上门，她便转身问他。

他垂眸望着她，大白天的，反正也不能在房间里胡闹，何况红豆同不同意他胡闹他尚还不确定呢，与其干看着，不如带她去王彼得处转一圈。

“刻羽戏院之前有桩奇怪的绞杀案，王探长因为没有头绪，先后给我打过两回电话，见我忙着成亲的事，后来也就不见下文了。眼看一个多月了，我对这案子的凶手很感兴趣，想去看看他那边进展如何了。”一边说一边往里屋走，回头往她身上一望，笑了笑道，“你想去吗？去的话我等你换衣服，你穿这个出门不方便。”

红豆一听是刻羽戏院的绞杀案早来了兴趣，焉有不去之理，忙道：“那你在外头等我。”

这意思因她要换衣服，不许他进里屋？本来没什么杂念，这一来倒变得心猿意马了。

十来分钟简直像一个钟头那么长，终于她出来了，果然收起了项链，另换了一身长衣长裤，只从头到脚仍是红彤彤的。

红豆不是没注意到贺云钦眼里微讶的神色，只她时时刻刻牢记跟贺云钦是新婚，虽换了衣裳，依然想讨个好彩头。并不想让他看出她的小心思，她一脸淡然走近他道：“走吧。”

可是她显然低估了贺云钦的悟性。

他上下打量她一番，见她恨不得连皮鞋都是红的，马上改了主意：“刚才妈说得对，咱们刚新婚，哪天掺和不行非要今天，干脆改天再去，我今天先带你在家里各处转转。”

红豆一怔，这人心思之敏锐简直让她惊讶。她望他一会儿，脸上渐渐变得发烫。

贺云钦本来打算拉开门走了，一扭头，红豆仍定定地望着他，恍惚有些害羞的模样。他心中一荡，不免也跟着意动，手握在门柄上，犹豫着到底还要不要出去，谁知外头有人敲门道：“二少爷，王探长来了。”

两人一怔，这下倒好，不用他们出门，王彼得自己送上门来了。

料王彼得多半是为了案子而来，贺云钦便开门道：“请王探长去小书房坐吧，我和二少奶奶这就来。”

到了书房，王彼得果然在里饮茶静等，料是因访客，今日穿得极体面，难得眸子也还算清醒锐利，并未一大早就饮酒。

一见他二人进来，王彼得就起了身，较之以往那副懒散敷衍的模样，他今天说话简直赧然，嘿嘿一笑，打趣道："昨天才喝贤伉俪的酒，按理说，你们小两口正是浓情蜜意的时候，我今天怎么也不该来登门打扰。"

贺云钦知道王彼得虽然处世随性，并非不知轻重之人，之所以今日来访，想是有极严肃的事。他跟红豆一对眼，屏退下人道："出什么事了？"

贺云钦爽快，王彼得索性也就不绕圈子了："又有人死了，死法跟上回刻羽戏院那个叫阳宇天的武生死法一模一样。"

"这人说起来云钦该认识。"王彼得摸了摸唇上两抹稀疏的胡子，"是琅寰书局的经理许奕山。"

贺云钦果然吃了一惊"许先生？"这人昨日还来参加了他和红豆的婚礼。

王彼得"唔"了一声："昨晚十点许奕山被人发现死在家中，正好婚礼上有位姓顾的伴娘跟他算远亲，一听说这件事，这位顾小姐连夜给我的侦探所打了电话。

"顾筠？"红豆微讶，然而静下心来一想，这的确像是顾筠做得出来的事。

王彼得点头："顾小姐说，许奕山住在法租界，家里人报案后，法租界的警察上门查办，勘查一番后，初步估计是自杀。密斯顾想起在婚礼上见过许奕山，当时许奕山谈笑风生，丝毫看不出有自尽的倾向，唯恐错过查案的最佳时机，一打听到我寓所的电话，就致电请我过去帮忙看看。我看这里面没有公共租界白海立那帮人什么事，电话里顾小姐说得又恳切，就去了一趟许奕山的寓所。"

当然，对方许的酬金高是最打动他的一点，当着虞红豆的面，没必要讲出来罢了。

"然后呢？"贺云钦虽然跟许奕山仅算点头之交，毕竟相识，昨日才见过面，今日就听闻对方的死讯，短暂的震惊过后，不免有些沉肃，"你勘查完现场，发现许奕山跟阳宇天的死法一样？”

王彼得一说到案子就犯酒瘾，一抬手就要往怀里探，好在还记起仍在贺公馆，只得按捺着收回手：“依然是悬梁上吊，房梁上的痕迹较之刻羽戏院那起案子来得更狼藉，两起案子的共同点是，许奕山挣扎的范围远超过正常机械丧失意识的挣扎范围，关于这一点，我采纳你上回的意见：凶手先是用别的法子将许奕山吊上房梁，简单欣赏一番受害人惊恐万分的挣扎后，再收紧受害人脖颈上的绳索，慢慢看着对方在自己面前丧失意识，等受害人死了，又极从容地将挂受害人上去的那套工具收起，伪装受害人自己上吊的假象。”

从容？这个词用得太古怪了，红豆讶道：“为什么王探长会觉得凶手很从容？”

“因为当时我在现场发现了一截吸了一半的烟头，问过许太太，许奕山常吸三五牌香烟，而现场那截却是较便宜的长乐牌。试想想，凶手杀人时还有心情吸烟，你们说他从容不从容？”

红豆愕然了一会儿：“那这位许经理多高、多重？”

只要是正常体格的成年男子，体重不会在130磅以下，而要将这样一个成年男子吊上房梁，不用想也知需费极大的力气。

王彼得道：“比上回那个武生还要高壮，6英尺，162磅。”

红豆坐不住了，看一眼贺云钦，他思忖着未接腔，于是接着道：“这么高大的一个人，被谋害前肯定经过激烈挣扎或是呼救，难道当时许家没有人听到动静？”

“我猜许奕山和阳宇天一样，被害前嘴里都被塞了东西，以至于无法大声呼救。而且说起来也巧，许家的管事前日告了假，这两日不在家，许奕山夫妻从婚礼上回来，许太太又直接带着女儿和老妈子去了娘家打麻将，几圈麻将打下来，许太太直到十点才回家，所以许家当时还真就没有别人。”

贺云钦道：“所以凶手知道当晚许家没有人，正好方便下手。你可问过许太太，她是早就计划好了昨晚要回娘家呢，还是临时起的意？”

王彼得露出高深莫测的笑容：“正是因为问了许太太，所以我今天不得不跑来讨你们的嫌。许太太本来是没打算回娘家的，因在婚礼上遇到了娘家的旧识，大家说了一晌话，最后临时起意去许太太娘家打麻将。”

贺云钦和红豆一对眼，两人同时露出诧异之色：“你的意思是说，正是听到了许太太的决定，凶手当晚才去的许家。换言之，凶手很有可能当时也在婚礼上？”

王彼得牙疼似的“嘶”了一声：“我真是喜欢跟你们两口子合作，从来无须我费太多口舌。正因为不能排除这个可能性，所以我今天才来讨昨天的会客名单，想着通过浏览名单，说不定能有什么发现。”

贺云钦盯着他道：“昨日去大万国参加婚礼的人数之众，你又不是不清楚，通过这个法子来筛选凶手，岂非跟大海捞针一样？你当时除了看到现场，有没有看到许奕山的尸体？”

“没有。”王彼得耸了耸肩，“不过我已经想办法在弄许奕山的验尸单了，许太太最后见到许奕山是傍晚六点半，正好是婚宴结束的时候，两口子在大万国门口分的手，各自乘洋车离开，而等她回家已经是十点钟了。去掉许奕山回寓所的那半个小时，大致可以推算出许奕山的被害时间在晚上七点到十点之间。”

红豆哑然，照这么说，凶手在婚礼上的可能性的确无法排除。

王彼得继续道：“之后我勘查现场，发现他跟阳宇天的被害方式有许多共同点：第一、家里都未有财物丢失，可见凶手并非谋财。第二、挣扎痕迹及挣扎范围极异常。第三、遇害时都未有邻居听见过呼救，也都恰好没有目击者。”

贺云钦抬了抬眉毛：“可是阳宇天是戏班子里的武生，许奕山是书局经理，两个人社会背景迥异，为什么凶手会选定他们？而且杀人也就算了，还不惜动用这么复杂的办法……”

顿了顿，他又道：“要将两个体格高大的成年男人吊上房梁，一来需要提前设计，二来需要可观的人力，单人之力恐难为之，我目前还是倾向于是有人共同犯案，而且照凶手的冷静程度，以及刻意延长被害人死前的挣扎时间来看，不排除他对被害人有极强的恨意。你这个月查阳宇天的社会背景，可发现他之前有跟人结过仇？”

王彼得古怪地笑了笑：“这人相貌堂堂，今年三十有五，几岁就被卖到了戏班子，这些年一直在刻羽戏院唱武生，虽不及同一个戏班子的白凤飞和小金南名头响，但这些年唱下来，多少也积累了一些固定票友。我这个月调查下来，别的没发现，倒是知道了阳宇天跟白凤飞私底下关系暧昧，而且白凤飞虽跟阳宇天暗中来往，却因嫌他穷酸，并不肯嫁给他。白凤飞说起来也年近三十了，奈何老天爷赏饭吃，整个上海滩也找不到第二个唱腔及得上她的，她这么多年风头不减，追求者甚众，要是嫁给戏伶，一来没靠山，二来岂非自断财路？难怪不肯嫁了。”

“除了这个。”他又道，“昨晚我询问许奕山平日的喜好时，许太太告诉我说，许奕山别的嗜好没有，但因为是白凤飞的戏迷，常到刻羽戏院听戏。可是阳宇天被谋害那晚，正好是令慈大寿，白凤飞因接了贺家的帖子，彼时正好在贺公馆唱戏。而昨晚许奕山被谋害时，白凤飞又在刻羽戏院登台。所以就算白凤飞算是两名受害者的一个共同点，也可能只是一种巧合。”

贺云钦想了想，拉开门出去，吩咐下人找管事要昨天的宴客名单。

不一会儿名单送来，三个人围着一张小圆桌研究。光名单上记载的各界人士就达数千人，更别提当时大万国酒店的随侍人员了。

“所以这实在不是一个好法子。”红豆苦笑道。

贺云钦仍将那份名单递给王彼得：“虽然光从这份名单推算不出什么，但如果日后有了别的发现，至少可以通过这份名单缩小查找凶手的范围。”

王彼得收好名单，小两口新婚宴尔，既然目的达到，不好再继续叨扰：“你们新婚第二日，论理我本就不该来，难得你们两口子并未嫌弃我唐突，我先告辞，若有什么发现，回头再议。”

送了王彼得回来，客厅电话响，下人接了，听是找大少奶奶的，忙往楼上去。

贺云钦在楼下站了站，许奕山出了事，按理该前去吊唁，只是案子仍未结，也不知许家打算何时治丧，眼下暂且虑不着，今日又是新婚第二日，红豆那么在意这一点，委实不便去勘查凶案现场。他对红豆道：“要不要回房休息？”

红豆听了刚才那案子，早无意中触动了家里一桩陈年旧事，正打算跟贺云钦好好谈谈，点点头，任他拉着回了卧室。

两人正要进去，忽然有人在后头低唤道：“二少爷。”

红豆回头，原来是段明漪身边的一个下人。

那下人款款走来，先给红豆请了安，这才对贺云钦道：“琅寰书局的许先生昨夜出了事，刚才许太太打电话来，说她们请了王彼得探长在调查，因为急于知道调查结果，早上打电话到王探长寓所，听下人说他来了贺公馆，忙又打给大少奶奶。大少奶奶说二少爷也学过痕迹学，刚才跟王探长不知可有什么发现，若有，大少奶奶这就告诉许太太，免得许太太牵肠挂肚的。”

贺云钦脸色瞬间便淡了下来。

红豆素来只知道贺云钦是工程学的博士,并不知道他还正经学过痕迹学，而且照平时外头对贺云钦的议论，贺云钦自己从未在众人面前提起过此事。

原来段明漪竟知道。

她心里极不舒服，也不看贺云钦，一扭腰，嘟着嘴推开门：“我先进屋了。”

红豆进来掩上门，静静出了会儿神，一抬眼对上满屋暖澄澄的阳光，不由得有些惘然。隔着房门，听贺云钦语调冰冷地跟那下人说了几句，很快便打发那人走了，紧接着门把手一扭，从外头推门要进来。

红豆仍怔立着，未来得及立刻腾开身子。

贺云钦推了两下感觉里头红豆挡着，皱眉低声道：“红豆，让我进来。”

红豆这才回过神，这光景倒像是她存心抵着门不让他进来似的，吓了一跳，忙挪开身子，任他推开门。

等他进来，两人目光一碰，红豆想起方才他被关在门外的情形，强行板住脸才没“扑哧”一声笑出来，哪还顾得上生气，讷讷道：“刚才我不是有意的。”

贺云钦静静望着她，也不接腔，难辨喜怒。

她被他看得心里一阵发虚，平日那股骄蛮劲又上来了，转身就往屋里走：“我累了，到里头歇一会儿。”

贺云钦在外头又站了一会儿才进来，进屋见红豆外头绒线衫脱了，底下光脚趿着一双藕荷色绣金线软缎拖鞋，手里拿着发梳，正坐在妆台前一下一下梳头发。

镜子里两个人目光又是一撞，红豆放下梳子，也不开口，大白天上床不好意思，四下里一看，软榻上搁着他的一本书，便起了身，踢掉脚上的拖鞋，坐到那榻上，顺便缩起两只光溜溜的脚，捧着那书看起来。

贺云钦静了一晌，也跟着走到榻边坐下，把书从她手里拿走，丢到一边：“刚才为什么生气？”

红豆把书夺回来：“谁说我生气了？”

贺云钦目光落到她手里的那本书：“这是我的书。”

红豆抬起一双乌溜溜的眸子：“你的书我看不得吗？”

贺云钦语含轻谑：“德文的，你看得懂？”

红豆往下一看，果然是德文书，刚才满心要跟贺云钦认真置气，根本没留意书的扉页。

她耳根一烫，挑挑秀眉道：“我先随便翻翻，反正总有一天能看得懂。”

贺云钦一眨不眨地盯着她：“你打算用什么法子将它看懂？”

她能感觉他目光顺着她的鼻梁缓缓落到她唇上，心无端漏跳了一拍，嘴硬道：“学校里有德国教授，我可以找他们学。”

“你面前也有个懂德文的，为何不找他学？”

红豆眸子里有细微的晶莹的反光：“因为这人讨厌。”

“他怎么讨厌了？”

红豆眼睁睁看着他越来越近，越来越近，心口仿佛有春柳轻轻拂漾着扫过，整个人都酥软了几分："反正讨厌就是讨厌。"

他气息拂到她唇上："我学痕迹学的事，整个贺家都知道。"

短短一句话，言已尽而意无穷。

红豆的心怦怦直跳，她定定地望着他墨黑的眸、高直的鼻梁，以往从未靠这么近，近得连他干净的皮肤肌理都能看得清楚。

她声音轻虚得近乎呢喃："你干吗说这个？"

他目光一低，吻上她的唇："因为有人在吃醋。"

红豆睫毛轻轻一颤，本能地闭上眼，仿佛有轻羽扫过她的颈背，触电般的悸动直通到她心里。一时之间，她身体软得几乎支撑不住，手更是不知如何摆放，最后只能抬起胳膊，软软地抵住他的胸膛。

他佯装镇定，然而并不比她熟练几分，经历了好一番略显生疏的试探，总算不再一味磕她的门牙，能够顺利索取她甜沁沁的吻了。好在她对于他的技术一点都不嫌弃，于羞涩之中还有着几分鲁莽的回应，吻得天真，吻得陶然欲醉。

他心中悸动不休，拦腰一抱，将她放到明滟滟的大红色床褥间。红豆微微一吓，然而对上他异常黑曜的眸，渐渐又软下来。

贺云钦心跳得震耳欲聋，还有什么不确定的，他们的婚姻纵然有些迫不得已之处，可她分明是喜欢他才嫁给他，她非但一点也不排斥他的亲近，对于他的过去，还有着一种茫然无知却极明确的独占欲。

他握住她的手腕抬高到她头顶，俯下身，望着她，在她耳畔低声道："红豆。"

红豆嫁人前经过母亲一番教导，岂不知贺云钦这是要向她求欢，顿时羞得说不出话来，忙将脸偏向一边。她这一动，脸颊迅速氤氲开一层暖艳的红霞，眸子里盈盈透着晶璨的光，嘴唇红润得好似沾了露珠的花瓣。

她整张脸庞漂亮得不可思议，既是一种默许也是一种邀请。贺云钦向来懂得把握时机，一低头，毫不客气就吻住她的耳垂，另一手则往她腰间探去。

谁知这时候外头有人敲门，下一刻，下人声音传来：“二少爷，二少奶奶，楼下午膳备好了，老爷和太太请你们下去用膳。”

两个人一顿。

红豆忙推开他滚到一边。

贺云钦怔了一晌，眼见红豆跑了，只得颓然仰天倒到床上，怒道：“知道了。”

红豆唯恐叫下人听出什么，早从床上弹起来了。

刚才情浓时不觉得，冷静下来方觉不好意思，低头见衣裳早皱了，若就这样去吃饭，定会叫公婆他们看出端倪。她抬手抻了抻，不见衣摆变得平整，只得找出刚才脱下来的那件绒线衫，重新穿到身上。

拾掇好了，她扭头一看，贺云钦仍一动不动地躺在床上。

她甚少见贺云钦发火，认识他这些日子以来，统共见过他两次发脾气，上回是陈金生载着陈白蝶从眼皮子底下跑了，再就是这一回。

眼看他脸黑得出奇，她自然知道他为什么懊丧，以往只觉得他沉稳聪明，不料竟也有这么小孩子气的一面。她不由得有些好笑，只佯作不知催他道：“我们走不走？”

贺云钦低眉看她一眼，虽然贺家自上而下早已洋化，毕竟红豆刚嫁进来，万一传了什么到父亲母亲耳里，总归对红豆没好处，只得起来。

床上的红绫绸被早已被他们折腾得皱叠如浪，红豆回身时无意间瞥见，想起刚才光景，脸红得要燃起来。她轻瞪他一眼，又回过头去抚床单，抚了好几下，待差不多恢复平滑了才算了事。

到了门外，贺云钦极自然就握住她的手，经过刚才那一遭，两人连半点不自在都没了。

然而红豆仍能感觉他手心明显发烫，可见他跟她一样，表面上的泰然全是装出来的罢了。

幸而餐厅里无人注意他们来得迟，自贺太太到贺兰芝，每个人都在议论琅圜书局许经理昨晚遇害的事，说起来都跟对方相识，一大早惊闻噩耗，多少都有一种未知透着几分瘆意的撼动。

吃饭时红豆有意看了看对面的段明漪，这人用膳时姿态极优雅端庄，从头到尾安静无声，偶尔也会悄然搁下碗箸，托腮静静听贺兰芝、贺太太她们说话，不小心跟红豆对上目光时，还会对她温婉一笑，态度之坦荡大方，简直让红豆怀疑自己多心。

刚用完膳，公馆门口来了好些洋车，原来是跟贺太太交好的各家太太，昨日婚礼玩得不够尽兴，今天又结伴来找贺太太，一为贺喜，二为打麻将消遣。

贺太太这边含笑让下人领众人进来，贺云钦抬眼一看，早歇了跟红豆回房午歇的打算。

楼下的大会客室父亲常要见客，母亲素喜在楼上的小会客室打麻将，虽然离他卧室隔了好几个房间，毕竟同在一层楼，进进出出的，难保不会有人误打误撞走到里头来。

经过刚才那一遭，他俨然已获得了红豆的默许，心里老盘算着跟新婚妻子做些什么，尽管他不确定到时候红豆会不会发出动静，但起码床架是会作响的，万一让人听见就不好了。

他耳根一热，倏地起身，插着裤兜看向红豆："今天带你在家里各处转转。"

红豆只消一想起刚才的事脸就发烧，老觉得大白天当着众人的面回房有点做贼心虚的意味，这建议正合她意，便笑道："好。"

两人跟几位太太打完招呼，一前一后出了宴会厅。

出来后沿着小径慢慢走，他半天不说话，她仰头看了看他："对了，上午我听王探长说许经理遇害现场的时候，想起来一件事。"

一说这件事，她脸上笑意便减淡了不少："当年我小姨偷偷跟洋行一个少爷谈恋爱，因那少爷移情别恋，我小姨一时想不通，偷偷到一个女子师范学校的空教室里自缢了，等我母亲和舅舅他们找到她时，一切都晚了。后来找了巡捕房的仵作来看，都说小姨是自寻短见，我母亲说小姨从来不吸烟，而自缢的那间房的地上有好几个烟头，可是巡捕房的巡捕只说是早前有人丢下的，并不肯往下追究，这件事也就没有下文了。”

贺云钦一讶，上回就听红豆提过这事，原来她小姨竟是这样没的。

“你小姨是哪一年出的事？”

红豆神色黯然：“十几年了，我都不记得我小姨长什么样了，何况都这么久了，也许只是巧合。”

她急于淡化心里那种哀愁，忙问他：“对了，你在德国的时候不是学的工程学，怎么想起来学痕迹学了？”

贺云钦看她一眼，果然她极想了解他的一切。难得她在自己面前毫不扭捏，他便也坦荡道：“工程学学起来枯燥得很，我所选的导师又极严苛，无论如何只同意我提前一年毕业，为了充实腹笥，我早有兼学其他专业的打算，有一回我导师的挚友来我们大学讲课，正好是痕迹学方面的专家，这人现场提了三个逻辑学的问题，我都答上来了，课后教授让我导师带我跟他晤面，交谈时我对痕迹学起了兴趣，事后一再跟我导师沟通，终于说服他老人家同意我在不影响读原来学位的前提下攻读痕迹学学位。而在我读到第二年时，王彼得因自行研究侦探学遇到了瓶颈，自掏学费来德国这位痕迹学教授处进行研修，我跟王彼得因此就认识了。”

照这么说，贺云钦算是半个科班出身，王彼得则是半路出家，难怪王彼得一遇到棘手问题就会来找贺云钦了。

听他闲闲将这些事一一道来，俨然打算将自己过去的生活毫无保留向她展开，红豆只觉得一团暖融融的笑意从胸臆间缓缓升起来，连忙低下头去，搜肠刮肚思索了一番，她的过去，有什么是他想知道而不知道的吗？

想来想去，她的生活太单纯了，唯有一个秦学锴勉强算是插曲，然而自从经历上次求婚，她对秦学锴的态度他早已经看得再明白不过了，难怪他好像一点也不介意。

她心里微有些委屈，相形之下，她先后已经吃过好几回段明漪的飞醋，明明好奇得不行，但因他向来坦荡，反而叫她问不出口。

怪就怪两人正经恋爱都未谈就仓促结了婚，不然彼此间早有了默契，何至于婚后还揣在心里，难得眼下氛围正好，总该开口问一问，免得日后还因为这件事闹别扭。

正在腹内组织语言，一行人穿过园子往里头的西洋玻璃花房走去，领头两人，一个略丰腴一个略高秀，正是段明漪和贺兰芝。

贺云钦看了看红豆，忽道：“读私立中学的时候，我跟大嫂是同一个年级的同学。”

红豆心中一跳，真是想什么来什么，听贺云钦这语气，竟是主动要说起段明漪的事。

她屏住呼吸，慢腾腾地伴他走着。

贺云钦道：“她是段家千金，相貌也不错，当时学校里追求者很多。可能我当时年纪小，委实没看出她跟别的女学生有什么不同，自然也无从献殷勤。后来我大哥开始正式追求大嫂，而我到德国念书，再回国时，她已经成我大嫂了。”

短短几句，自问该交代的也交代完了。

红豆默默听着，他言谈间只表明自己的态度，对其他人既不褒也不贬，俨然有几分君子之风，心思敏锐也就算了，难得还这般直白。她心里一下子变得极豁亮，就算她以往有什么猜疑，经他这么一剖白，也都该彻底放下了。

她不让他看到她高高翘起的嘴角，转身就往另一边走，故意道：“噫，我还没看过那边的花圃呢。”

走了几步，见他仍在原地看她，她只得又折回到他身边：“后天你回学校教书吗？”

“尚有两天假，后天陪你回门，明天我打算去王彼得那里看看，你是在家里等我，还是跟我一道去？”

她脸微微一红，软声道：“跟你一道。”

贺云钦心中一荡，仰头看了看天，天还是碧汪汪的，越盼着天黑，它越是不黑。

红豆不由得疑惑地抬了抬头：“看什么？”

贺云钦面不改色道：“看看明天会不会下雨。”

痕迹学连这个也教吗？红豆狐疑地想，想起卧室里那些德文笔记，不知是不是关于痕迹学的，晚上回了卧室，怎么也要磨着贺云钦教教她才好。

第二十六章

晚膳后，两人回了卧室。贺云钦一进屋就看腕表，七点了，总算可以洗澡了，好在下午出去转了许久，红豆身上似是出了汗，根本不等他拐弯抹角提醒她，就自顾自取了寝衣，到盥洗室洗澡。

等她出来，他背靠在沙发上，漫不经心地捧着一本书，都不知看了多久了，眼前的那一页始终未翻过。

待她红着脸默默上床躺下，他看她一眼，进浴室脱衬衣的时候，他目光自然而然落在那浴缸上。其实，他房间里以前的浴缸只有这一半大小，这阔大的浴缸还是婚前法兰西洋行经理向管事推销时，管事顺手买的。以前他在欧洲留学时在一些小报上见过夫妻可在浴缸里共浴。当然，昨天这东西仿佛还遥不可及，这时候好像已经是唾手可得了。就是不知红豆究竟肯不肯配合他。

这个澡洗得前所未有的快，出来时，红豆一头乌发顺着光软的寝衣散落在肩背上，在枕上支着下巴，正以极闲适的姿态看他刚才看的那本书，虽然她德文大字不识一个，仍假装看得聚精会神。听到他出来的动静，她也不朝他看，珍珠般的耳垂却早已悄悄染红了。

贺云钦这边掀被上床，红豆仍旧纹丝不动，若是靠念力便可以学懂德文，光这一份盯紧书页的架势，便足够她达到精通的程度了。

眼前的书页忽然一暗，想是他的身影遮挡住了床头银制台灯投过来的光线，她心擂鼓般响个不停，佯装淡然翻过一页。

待察觉他靠拢，她胡乱一指书上某个词道："这个词是什么意思？"

贺云钦看了看，道："Die prambel."

他嗓音比平日暗哑，一个词一个词吐出来，微微震荡周围的空气，暗暗拨动她的心弦。她呼吸一下子变得极困难，怕他看出自己的慌乱，故意抬眼望他："中文怎么说？"

光影自头顶洒下来，流金般勾勒出她画般浓丽的五官，他目光在她脸上极慢地摸索，顿了一会儿方道："序言。"

她望着他，他的眸子让她想起夜里蕴藏了无数巨浪的黑茫茫海面，不动声色便牵绊住她的视线。直到他呼吸已经近在耳畔，她这才急忙低下眉，指了指另一个词："那这个又是什么？"

贺云钦心不在焉地看向她的手指："Prgung——烙印。"

一种涌动的暗流在迫近，她仿佛被施了定身术似的，根本没办法继续专心盯着书页，只得继续没话找话道："那'你好'用德语怎么说？"

"Guten Tag."他将她手中的书抽走，丢到一边，翻身将她压在身下，两手撑在她头侧，定定地望着她，"你要是真想学德文，我以后每晚教你。"

红豆扭动一番无果，羞得闭上眼，好一会儿才轻声道："你打算怎么教我？"

他心跳如鼓，目光缓缓下移，凝视她的唇："K ü ssen."

"K ü ssen ？"

他低头吻住了她，一边闭上眼品尝她饱和鲜美的滋味，一边哑声教她："吻。"

早上红豆比贺云钦先醒，一睁眼先看见晨光中他的脸，两人脸对着脸躺着，他睡颜平静，鼻息平缓，一只胳膊还搂着她的腰。

这已经是第二回她一睁眼就躺在他怀里了，不知是他睡梦里无意识喜欢搂人，还是她自己喜欢主动往他怀里钻。静静躺了好一会儿，她抬脸望他，看他仍没有醒来的意思，便打算轻轻将他的胳膊从身上挪开，到盥洗室洗澡。

谁知她这一动，他皱了皱眉，倏地睁开眼。

两人目光一碰，她想起他昨晚的模样，脸顿时烧得能燃起来，嗔怪地瞪他一眼，一把推开他，垂下两只光溜溜的脚，摸索着趿上拖鞋，进了盥洗室。

贺云钦睡眼惺忪地望着她的背影，眼见门在眼前关上，怔了一怔，也掀被下了床。

等红豆从里面出来，一开门看见贺云钦站在外头，头发有些乱，身上只穿一条寝裤，光脚踩在地上。

他神情还有些恍惚，抬眼看她出来，回过神道："红豆。"

红豆一想起昨晚的事就羞恼难言，这人什么怪毛病，折腾她也就算了，后头还总捂住她的嘴不让她出声，被他这一捂，她几次差点背过气去。

毕竟新婚，这种床笫间的微妙感受难以形诸言语，最后只能化作一份不满，亮晃晃地挂在脸上。

贺云钦早已看出红豆不高兴了，暗想，莫非她嫌他昨晚胡闹得太凶，不够体贴她？

她越过他便要往妆台走，他将她拽回来，低声问："怎么了？"

她抬眼望着他，不说话。

他想了想，试探着问："还很不舒服？"

红豆还是不理他。

他滞了一下又道："要不我今天陪你在家休息，哪儿也不去了？"

红豆眼波流转，闷了好一会儿才以极低极低的声音道："你昨晚为什么要捂我的嘴……"

贺云钦脸一烫，原来她是为了这个不高兴。他该怎么解释？平时就觉得她嗓音娇软悦耳，到那个时候更无端婉转柔媚几分，第一回就是因为她在他身下哼哼唧唧，他受不住才提早缴械投降的。

所以到了第二回第三回，他唯恐草草了事，一看苗头不对，便提前捂住她的嘴，免得她一出声，他就收不住。

被她这么一说，他也觉得自己昨晚的确只顾着自己尽兴，没顾及她的感受。

她一双眼睛望着他，显然在等他的解释。敷衍是敷衍不过去了，他摸摸鼻梁，只得在她耳畔低低说了一句话。

红豆惊得睁大眼睛，竟会是这样。

眼看她气消了，贺云钦问："还生气吗？"

红豆羞得说不出话来，忙推开他，走到妆台前，捡了首饰，弯腰凑到镜前戴耳坠子，目光一飘，他仍在后头望着她。她轻轻跺脚催促道："不是还要去王探长那儿吗？早些洗漱了，我们好下去吃早饭。"

贺云钦这才回过神，进了盥洗室。

待用完早膳，两人到贺公馆门口，贺云钦问红豆："富华巷离这儿不远，你想坐洋车还是坐自行车？"

筹备婚事这一个多月，红豆都快想不起贺云钦那辆自行车了，愣了愣道："你的自行车后面有铁丝，上回还剐破了我的裤子，我可不敢坐。"

贺云钦有些好笑地拉她到那自行车前，先自己蹲下身仔细察看一遍，这才对她道："这回应该没有铁丝了，不信你自己检查检查。"

红豆伸手摸索了一会儿，果然后座上一点坑坑洼洼之处都没有，难道是贺云钦为了上一回的事特意将自行车修好了？

她心里美滋滋的，要说这其中没有她的原因，她是怎么都不信的，于是极爽快就跳上他的后座："那我们走吧。"

贺云钦见她半点推托之意都没有，心情一下子变得跟头顶蓝天一样明澈，瞥了瞥她道："那你坐好了。"

他便骑车带她出来。

那边修草坪的下人瞧见这边情形，惊讶地张大嘴，二少爷骑自行车出门不是第一回，他们早就见怪不怪了，没想到娶回来这位二少奶奶竟也跟二少爷一样古怪，放着好好的洋车不坐，偏去坐二少爷的自行车，而且看二少奶奶笑眯眯的，哪有半点勉强的意思，分明是打心眼里喜欢。

楼上贺家几个女眷看到这情形，都有些吃惊。

贺兰芝笑着对面露微笑的贺太太道：“二弟妹跟二弟真是投契。”

贺太太笑道：“整个上海滩都找不到第二个肯这样跟老二胡闹的了，难怪他喜欢得什么似的。”

贺云钦骑着自行车箭一般出了贺公馆，骑了一段，故意逗红豆道：“‘自行车’的德文要学吗？”

贺云钦骑起车来远比哥哥来得快，红豆唯恐坐不稳，含了一份羞意，正要悄悄搂紧他的腰身，听到这话，猛然想起昨晚的事，涨红了脸，嗔道：“我才不要学呢。”

“那我晚上教你。”

她断然拒绝：“晚上更不要学了。”

“那你什么时候肯学？”

“反正以后都不学德文了。”

“哦。”他慢吞吞道，“刚才在房间里是谁搬着我的德文字典看？”

红豆轻哼一声，傲然抬了抬下巴道：“我自己也能学得会，总归不要你教。”

“自己学有我教得快吗？”

红豆不吭声了。

贺云钦无声一笑，心情极愉悦。他现在仍摸不清自己到底算不算爱上了红豆，只知道跟她在一起时，就算两个人不说话也旷达自在。

待两人到了王彼得寓所，王彼得换了衣服正要出门，看了他二人道：“你们来得正好，我正要去刻羽戏院见白凤飞，一道吧。”

第二十七章

刻羽戏院倒是离得不远，由此去顶多半个钟头。

巧就巧在王彼得也推着一辆半旧自行车。

红豆先前跟王彼得一同出去办过事，印象中他要么乘贺云钦的洋车，要么乘自己的洋车，头一回见他单独出行，想不到竟也是骑自行车。

忽然想起有一回贺云钦和王彼得在她家书房时，两人古里古怪的似在丈量什么，当时她就觉得奇怪，后因表姐的事打岔，也就忘了追问。

不知纯粹是巧合呢，还是这两人有什么共同的癖好。

想得正出神，就听贺云钦唤她：“红豆。”

想是虽已决定去刻羽戏院，仍不忘问她是否愿意同行。

红豆不得不压下心里的嘀咕，笑着扬脸道：“好。”

她笑得灿烂，贺云钦看得舒心，不自觉也舒眉一笑。

王彼得骑了车跟贺云钦同行，当初听到贺云钦要娶虞红豆时，他着实惊讶了一阵，待弄明白这里头的弯弯绕后，他曾问过贺云钦，除了有白海立逼婚的缘故，是不是早就看上了虞红豆。

记得贺云钦当时思索了一阵，最后没答他的话。

他是真有些纳闷，虞红豆漂亮归漂亮，可贺云钦因着家庭的缘故，有的是机会接触淑媛，其中不乏一两个姿色能跟虞红豆比肩的，怎么不见贺云钦心甘情愿张罗跟别人成亲。

真对付不了白海立？笑话。

到今天他算是看明白了几分，除了虞红豆，谁会兴致勃勃地跟着贺云钦东奔西跑？

换作别人，就算为了迁就贺云钦勉强跟出来查案，怕不是无聊得打呵欠，便是吓得转身就走。

贺云钦之所以娶虞红豆，除了皮相的诱惑，少不了灵魂上的投契。

看贺云钦那日情形，心里似乎还糊涂，不知这两日新婚过下来，他自己想明白了没有。

刻羽戏院名为戏院，实则仍是老式梨园，因这几年出了白凤飞等好几个名角，戏班子老板手头日渐宽裕，干脆赁了个老式园子，将里里外外都装点起来。

沿着画廊入内，只见簇簇油绿，缕缕嫣红，无数曲折，一步一景，倒也着实赏心悦目。

这会儿因是早上，园子里安静得很。

管事本就认识贺云钦，一听说王彼得是来找白凤飞的，忙领着三人入了内园。

到了偏厅奉座，那管事奉好茶，掩了门走了。

红豆用茶盖轻轻拨了拨浮动的茶叶，凝神一听，隐隐约约听见有人在练嗓，那嗓腔柳絮般轻飘飘一缕，绵绵不绝往上拔高，原以为已细到极致，然而偏就不断，一路飘飘摇摇，直上青云。

她平生唯一一回听白凤飞唱戏就是在贺公馆的花园，这时倒也分辨不出是不是白凤飞的嗓音，转脸见贺云钦垂眸盯着茶碗不动，分明也在听那人练嗓，便问：“是白凤飞吗？”

贺云钦看红豆一眼，他一向不爱听戏，哪能分辨得出是白凤飞还是黑凤飞，想了想，趁王彼得没注意，捏捏她的脸道：“戏班子按理天亮时早该练过嗓了，能这时旁若无人满园子练嗓的，除了白凤飞，料也没有别人了。”

这话说得极有理，她红了脸，拉高他的衬衣袖子，低头看他的腕表，果然快八点半了。

再一听那人不练了，寂然了好一会儿，就听有人一溜小跑进来，对外头洒扫的下人道：“白老板来了，快收起扫帚，小心扬尘呛到白老板的嗓子。”

红豆跟贺云钦对视一眼，那位可是名副其实的“角儿”，就算底下人摆出再大的阵仗也不稀奇。

不一会儿就听外头走廊有人有一搭没一搭说话，由远及近，轻不可闻，紧接着紫檀镂花隔扇门一开，一个穿湖蓝色旗袍的女人骤然出现在门口。

上回红豆见白凤飞时，对方尚在戏台上，因扮相未撤，自然无从看清本人长相，这时见了真人，忍不住抬眼仔细打量。

尖尖的瓜子脸，斜飞入鬓的蛾眉，一双眼睛顾盼生辉，滴溜溜的，极清极亮，随便朝人身上一看，便有种让人定神的意蕴。

想是成名已久，尽管浑身上下透着几分慵懒腔调，仍有种倾轧而来的气势。

就只年纪不算小了，歇得好像也不大好，眼下虽着意施了脂粉，然而全都浮艳在脸上。

进门之后她第一眼先看见贺云钦，讶笑道：“原来王探长说的那位痕迹学专家竟就是贺公子。”

嗓音清润如泉，果然名不虚传。

下一眼，冷不丁看到贺云钦身边还有一个娇滴滴的女孩子，错愕了一下，旋即笑道：“这位是——”

那日婚礼上红豆只露了一面便走了，她未能看清新娘长相。虽知道贺二公子娶了亲，但怎么也想不到他会带着新婚妻子一道出来。

贺云钦笑了笑道：“这是拙荆。”

白凤飞讶异地扬了扬眉，将红豆仔细看了几眼，边看边满口夸耀：“真是天造地设的一对璧人。”

王彼得扯了扯西服领的领结，正色道：“白老板，刻羽戏院这案子现在到处传得沸沸扬扬，鄙人今日过来，是想再问问阳宇天案发当晚的事。”

白凤飞迟疑着看向贺云钦，贺云钦搁下茶碗，以极坦然的口吻，望着白凤飞道：“白老板若是不方便在下和拙荆在座，我们这就到外头去。”

白凤飞忙笑道：“贺公子没听刚才王探长说吗，阳老板的事早传开了，自出事以来，隔三岔五就有人上门打听，我早都习惯了，就算再当着贺公子的面说一回也无妨。”

说罢，含笑看着贺云钦，摆了摆手，后门应声合拢。

待白凤飞坐下，王彼得问道：“白老板这些日子歇得不好？脸色比前日见时又差了好些。”

白凤飞低头看那细白瓷碗里横斜有致的茶叶，悠悠叹道：“毕竟跟阳老板认识多年，他出了事，死得还那么惨，我心里自然不好过，已经好些日子没睡过好觉了。”

贺云钦将腿伸直，背靠着椅背，静静打量白凤飞。

红豆顺着他的目光看过去，白凤飞的旗袍是簇新的，料子泛着柔腻的光泽感，但腰腹间有些宽松，并不如何合身。像白凤飞这等讲究排场的人，绝不会做不合身的衣裳，衣裳之所以偏大，要么就是短时间内瘦了许多，不然就是穿着别人的衣裳。

她定睛看了看白凤飞脂粉都遮盖不住的青黑眼圈，更倾向于前一种猜测。

王彼得道：“当晚白老板在贺公馆登台时，这边戏园子也排了大半晚的戏，整个戏班子单阳宇天一人没曲目，别人在前头忙活，他在后头歇息，等到徒弟九点多卸了妆回后园去找师父，才发现阳宇天吊死在了房中。白老板，当晚的情形可是如此？”

白凤飞眼中闪过一抹悚然之色，极缓地点了点头。

王彼得看了看贺云钦，贺云钦没有插话的意思，只得继续问：“戏台子设在前院，各位老板歇在后院，平日戏园唱戏时，客人可随意闯到后院来吗？”

白凤飞道：“后院除了我的院子会上锁，其余院子从不上锁。虽说后院门口有人认真看守，但若是当晚戏目多，把门的少不得松懈几分，以往就有过客人误打误撞走到后院去的时候。”

王彼得点头：“照这么说，岂不是遇到戏目多的时候，客人随时都可以到后院去？那当晚阳宇天是临时决定取消剧目，还是贵戏院提前就安排他当晚休息？”

白凤飞胳膊歪靠在扶手上：“整个戏班子只有我从不提前安排曲目，其他人基本都是定在了刻羽戏院。为了方便票友提前买票，戏院提前一个月就会在门口张贴剧目单，当晚阳老板出事的时候，本就该轮到他休息。”

王彼得努了努嘴：“所以凡是看过门口剧目单的人，提前一个月就能知道阳宇天某晚唱不唱戏……”

红豆暗暗皱眉，琅圜书局的许经理被谋害时，凶手似也是料准了当晚许经理家中无人，特选了当晚下手。

如果两起案子的凶手是同一人，此人谨慎周密的性子倒是从头到尾都没变过。

贺云钦盯着白凤飞无端瘦了一大圈的胳膊看了一晌，忽然放下茶盅。

王彼得会意，淡笑道：“白老板，实不相瞒，贺云钦今日本在家休假无事，临时被我找来帮忙，自从我接手了阳老板的案子，为了找凶手，几乎一日未得闲，奈何凶手留下线索太少，我苦查一月下来，目前唯一能确定的就是阳老板并非自尽。贺云钦痕迹学方面比我研究得精深，虽说听我说起过此事，但因为当时他事情太多，未曾当场看过，我进去看了，唯恐漏下什么，就想请他再来帮忙看看。他本不欲插手此事，耐不住我三请四请，说来也都是为了早日破案，如果白老板不介意，我和贺云钦想再去阳老板的房间看看。”

白凤飞眸光一动，笑起来道：“我一心盼着王探长早日揪出凶手，怎会介意王探长找帮手？何况全上海都知道贺公子学问极富，既能请动贺公子来帮忙，我自是求之不得。”

王彼得嘿嘿一笑，顺理成章地接过话头道：“白老板是爽快人，既如此，那就请带路吧。”

白凤飞苦笑着摇头：“说来不怕王探长笑话，自从阳老板出了事，我晚上几乎没在戏院住过，实在推不了，才偶尔白天来戏院接接戏。只要一想到阳老板的死状，我这心里就直发寒，无论如何不敢去，既然几位要去查看，不如让底下人领路。”

说着也不等王彼得他们反对，她扬声朝门外道：“来人。”

等下人进来，白凤飞道：“王探长要去阳老板的院子再看看，记得好生招呼。”

那下人也不想去那晦气地方，然而这几个人统统是白老板招来的，哪一个敢随便得罪，好不容易将贺云钦、王彼得等人领到阳宇天生前住的院子门口，自己却瑟缩着不敢进去。

这一来正合贺云钦几个的心意，王彼得极其温和地看着那下人道：“何必跟着进去白白受吓一回，就在外头等着吧，我们看看就出来。”

那人如蒙大赦，讪笑着应了。

贺云钦拉了红豆就往院子里走，走了一截，装作不经意回头看了看院门口，低声对王彼得道：“你不是说当初是白凤飞主动找你查案吗，怎么刚才你问话时她那般敷衍？”

王彼得冷哼道：“我也觉得纳闷。那晚白凤飞给我打电话，分明是怕极了的模样，说阳宇天断不可能自杀，许我高额酬金，请我务必尽快揪出凶手。可是这才几天工夫，凶手还没影子呢，她竟提前让人将酬金送到我寓所，摆明了要就此打住，要不是我在电话里说找了人帮忙查案，又一大早来刻羽戏院，她怕是见都不会见我。”

红豆想起方才情形，问：“白凤飞一个多月前有这么瘦吗？明明新做的旗袍，怎么会宽松成这样？”

贺云钦看了看红豆道：“一个多月前她到贺家登台，未化装前我见过她一面，的确比现在丰腴多了。”

红豆一怔，思索着点头：“可见她这些时日心思极重。”

王彼得推开房门：“刚出事的时候急于找凶手，真等查上了又吞吞吐吐不肯配合，兼之一月之内瘦了这许多，要说白凤飞没鬼我怎么也不信。”

三人入内，在外屋转了转，红豆留在通往里屋的门口，贺云钦和王彼得则进了阳宇天上吊的里屋。

王彼得一进门就道：“墙面和窗台我之前都已看过。”

可贺云钦像没听见似的，径直走到窗前。

红豆抬头看房梁，试想想，先是将一个成年男人挂上去，而后从容不迫看着对方在眼前死去，事后再伪装自杀的形式，仅凭一人之力能做到吗？

贺云钦似乎对此也深表怀疑，始终持合伙犯案的观点。

而要不是白凤飞和顾筠找了有国外痕迹勘查经验的王彼得现场查看，凶手的计划恐怕一时难被识破，最后这两起案子自然也会当作普通的自缢案处理，正如当年小姨一样。

想到这里，她心头突突一跳，正出神，忽听贺云钦淡讽道：“王探长，我劝你少喝些酒，这窗台底下是什么？”

王彼得疾走几步，蹲下身一看，待看清何物，老脸一烫。

贺云钦起了身，举了那东西在窗前细看。红豆踮了踮脚，始终未看清那东西是什么，腻声道：“贺云钦。”

贺云钦听红豆声音有些发急，顺手将那东西递给王彼得，温声对红豆道：“进来吧。”说着从裤兜里取出一卷软尺，蹲下身，丈量房梁底下那条横线和窗户之间的距离。

王彼得这时已将那东西收入一个巴掌大的纸袋里，哑了似的一言不发，只从怀中掏出一个西洋电筒，半躬着腰，极力睁大眼睛细细搜索墙上先前漏下的痕迹。

红豆接过王彼得手中的东西，原来是淡黄色的丝样纤维，细看之下有点像平时用来绑东西的麻绳，再弯腰看王彼得正研究之处，原来窗台下有个不起眼的极深的凹洞，那纤维应是卡在凹洞里了。这凹洞特选在窗棂和墙体镶嵌之处，若不仔细看，根本无从发现墙缝里还藏有凹洞。

贺云钦量完地面，复又直起身，抬头看了看房梁，将软尺掷上去，丈量房梁与地面的垂直距离，待软尺垂下来，他看着那数字，意味深长地笑道：“看来我之前猜错了，如果是合伙作案，何必设计这么复杂的工具，都能用这么精妙的法子杀人了，凶手想来也是极自负之人，怎会随便拉帮手坏他的好事。就有一点想不明白，凶手可能就是刻羽戏院内部之人，但也可能不是。如果不是，他究竟是怎么将吊人上房梁的工具带入后院的？众目睽睽之下随身带着工具，难道就不怕别人起疑心？”

红豆这时已明白贺云钦为何要量这几处距离了，这类工具她以前在书上见过，无非是用来农耕之用，倘若提前设计好了，别说 160 磅的人，几百磅都能吊上去。

她诧异道：“会不会凶手前后来过几回？”

贺云钦正望着房梁思忖，听了这话，转头看红豆道：“我也在想这个可能性。凶手第一次进来时，将工具放在内院一个隐蔽之处，待杀完人后，又将工具带走。”

他大致比画了一下：“要是由我来做这工具，第一需提前考虑好绳索粗度和受害人体重，不然没办法将工具尺寸进行压缩，可就算再小，从房梁离地的高度来看，工具长宽高怎么也该有 50 公分左右，至于形状，就更不知怎么才能做得不引人注目——”

他抬眼看了看红豆和王彼得：“一个人在戏院里看戏时，手里拿着什么东西别人不会觉得奇怪？”

红豆歪着头思索。

王彼得想是仍因漏了关键痕迹感到颓丧，没好气地插话道：“多了去了，鸟笼、包袱包好的手礼，若他存心不给人看，旁人总不至于冒昧到非要打开看不可。”

红豆骇异道：“真是不佩服都不行，如果这些假设成立，他为什么要用这么复杂的法子杀人？又为什么选了看上去毫无瓜葛的许奕山和阳宇天作为下手对象？”

“受害人之间的关系可以慢慢摸排。”贺云钦摸摸下巴，凶手这么聪明，他原本只是好奇，现在好胜之心彻底被吊起来了，“我现在最感兴趣的是如何撬开白凤飞的嘴，还有就是当晚阳宇天遇害时，戏班子里的人可曾有人见过谁拿着鸟笼之类的物什来听戏。”

既是王彼得拿了人家高额酬金在查办此案，这些事自然也就该他负责。

于是贺云钦和红豆齐齐看向王彼得。

王彼得顶住两人的视线，顶了一会儿败下阵来，不情不愿地说：“我这就去问。”

贺云钦仍觉不够，又着意提醒他一句：“王探长千万别忘了一会儿重新去勘查许奕山家的现场。”

未等他答言，红豆站在贺云钦身边，脆声补充：“还有，王探长记得问问许太太，过去许奕山是不是认得阳宇天。”

王彼得冷哼一声，不知不觉间，他竟再一次沦为了贺云钦的助手，且这一回贺云钦身边还添了个牙尖嘴利的虞红豆，胸口不免闷闷的。好一会儿，他才瓮声道：“放心，这回绝不会再漏下什么了。”

三人又在屋内看了半晌，见再无所获，便从内院出来。

路上，红豆想起刚才的事，明明贺云钦昨晚还打算到许奕山家看看，刚才那意思竟是懒得去许奕山家了，不知跟昨天大嫂特意令下人过来问贺云钦有无关系？贺云钦平时待人和善，就不知为何，一到段明漪面前总显得极为冷淡，先前她老以为是因为那桩新闻有意避嫌，然而经过这几日相处，许是一种直觉，她总觉得贺云钦好像还因为别的事对段明漪避之不及。

晚上要不要问问他呢？还有自行车的事，说起来贺云钦似乎在她面前很坦荡，可真要细究起来，其实还有很多事是她不知道的。

第二十八章

两人将王彼得丢在刻羽戏院，骑了自行车出来。

回到贺公馆，一整天都没有王彼得的消息，用过晚膳，刚要回房，电话来了。

下人走到贺云钦面前：“二少爷，王探长的电话。”

贺云钦本来正一声不响听红豆和母亲、妹妹聊天，见王彼得总算有消息了，忙拉了红豆从沙发上起来。

诸人见他连接电话都带着红豆，都愣了一下，连一贯稳重的贺宁铮都忍不住笑起来道：“接个电话的工夫也带着弟妹。弟妹刚吃完饭，你倒是让她好好坐着喝杯茶，歇一歇，陪太太说几句话什么的，没事又折腾弟妹。”

贺云钦看一眼红豆，对大哥笑道：“这个电话她肯定想听，就算让她待在客厅也不安心的。”

贺太太笑着摇摇头：“随他去吧，只要红豆不生气，由得他胡闹。”

红豆虽然性子活泼，毕竟刚嫁进贺家，处处还有些拘谨，听了这话，不便接婆婆和大伯子的话，脸上维持着恬静的笑容，手指却悄悄在贺云钦手心里挠了挠。

贺云钦不知想起什么，脸莫名一红，也在她掌心里挠了挠，当着众人的面，若无其事地拉着红豆走了。

王彼得查得不大顺利："白凤飞回了栖霞路的寓所，只推托头痛，不肯见我。我在想我们要不要用什么法子吓唬吓唬她，不然要想从她口里撬话简直难于登天。"

贺云钦一手拿着听筒，一手拿着话筒，红豆踮脚凑近听，奈何这人不仅高挑，腰杆还直，她够了一会儿，勉强只能听到听筒里沙沙作响，根本听不清王彼得说的什么。

一急之下，她干脆扳住贺云钦的胳膊一径往下拉，微微睁大眼睛，佯怒瞪着他。

贺云钦感受到来自胳膊的力量，垂眸一看，意识到她在急什么，见书房门关着，料也没下人敢闯进来，干脆对王彼得说了句："稍等。"说着便拉开书桌旁的椅子，大剌剌坐下来，拉了红豆到自己腿上。

红豆脸瞬间红透了，扭了扭身子，贺云钦一脸淡然地指了指听筒，红豆望他一眼，只得凑了过去，听王彼得怎么说。

"至于阳宇天遇害当晚，剧目排得极多，当晚听戏的客人前前后后换了几波，戏班子里这些人不是忙于登台，就是忙着招呼客人，不出差错已是不易，谁还有空顾及后头？下午我盘查了一圈，没人注意哪位客人携带较大的物品进来。"

贺云钦道："倘若凶手本身就是刻羽戏院内部的人呢？根本不用装作票友，随时可以到后院去。"

王彼得道："所以说人人都能扯谎，还是痕迹和证物可靠。"

顿了一下，他赧然道："下午我去许奕山家重新看了，的确在床柱后头发现了类似的凹坑。"

贺云钦一哂。

王彼得不等他开口，忙道："行，不用你啰唆，我自会戒酒。但是有一点值得注意，凶手在阳宇天房间作案的事后还留下了绳索的痕迹，到了许奕山家可都已经处理干净，满屋子只有抹不了的凹洞了。"

“说明凶手越来越精明了。既也有凹洞，你量了房梁这几处距离没有？把量得的数字报给我。”

王彼得于是报了一组数字。

红豆在旁边插话道：“烟头呢？阳宇天的屋子里没听王探长提烟头，许奕山的屋子里却特意提到长乐牌的烟头。”

王彼得道：“因为许家是私人寓所，刻羽戏院却人员混杂，等我去现场察看时，戏班子里的人、闻讯跑进去看热闹的票友、警察，早闯进去好几轮了，阳宇天屋子里满地狼藉，烟头成堆，我哪会注意到哪个烟头是不该出现的？”

贺云钦跟红豆对视了一眼：“许奕山的社会关系呢？问过许太太没，许奕山过去是不是认得阳宇天？”

“许太太说许奕山常去刻羽戏院听戏，认得里头的‘角儿’不稀奇，但许奕山从前是不是认识阳宇天她也不清楚，只说许奕山念书时家贫，没成亲前跟着寡母四处搬家，三教九流的人认得不少。”

毕竟算相识，贺云钦以往也听过几句许奕山家里的事，摸了摸下巴道：“许奕山的确是近来才发迹的，此人父亲没得早，家中一贫如洗，难得极聪明，当时是以第一名的成绩考入原来的南洋公学的，许太太是露露百货的千金，在大学里认识了许奕山，因许奕山相貌功课都好，许太太中意许奕山，后来主动说服家里同意了他们的亲事。”

成亲后许奕山因着书局和太太娘家的关系，慢慢开始结交上海名流，跟贺家也是这样认识的。

王彼得道：“所以说许奕山现在虽然风光，过去也着实寒酸了好些年；阳宇天呢，的确是唱出名堂了，但毕竟是戏伶。依我看，两人的社会关系交集点，还可以再往前推一推，最好推至两人发迹前。许奕山常去刻羽戏院，他太太一直认为他是奔着白凤飞去的，现在看来，会不会这根本是误会，其实他和白凤飞、阳宇天本就认识？”

“而现在其中两个人死了。”贺云钦挑了挑眉，“王探长，我早劝你不要太啬刻，就拿这件案子来说，你怎么也该多派几个人盯紧白凤飞，她既是关键证人，也有可能是下一个受害人。”

王彼得嘿嘿笑道：“我现在上哪儿去现招助手？今晚是无论如何也变不出人来了，所以不得不给你打这通电话。”

贺云钦似乎早料到王彼得会如此，冷笑一声，顿了会儿方道：“那你等着吧。”

挂了电话，他思索了一会儿，抬头对红豆温声道：“你到外面等我，我打个电话。”

红豆怔了怔，他语气温和，神态却极认真，可见此事没有商量的余地。她佯装不在意地起了身，往外走去。

掩上门，她屏息静听，不一会儿，恍惚听见贺云钦说了几句话，因说的德语，语速又快，她一句都听不懂。

这下她更不高兴了，贺云钦于洞察人心方面敏锐得出奇，难道是吃定了她会偷听？哼，她才不听呢，慢慢踱步离开。

很快门打开，贺云钦从里头出来，见红豆立在走廊尽头的大玻璃窗前，明明听到开门的动静也不回头。

他不紧不慢地走过来，立在她身后，也像她那样看着窗外，口里道：“王探长忙不过来，我给他找几个助手，因为我那几个朋友较神秘，不好随意泄露他们的身份。”

红豆扭过身，抬眼看他。

他垂眸笑着与她对视：“回房吧。”

红豆赧然地任他拉着手，两人回房，红豆去盥洗室洗澡，出来时，见贺云钦坐在外屋的书桌前写东西。

她走过去低头一看，原来是在画图纸。

轮轴、螺丝钉、杠杆、绳索等物都已经初具模型。

她干脆也搬了张椅子坐在他对面，托腮问：“是在画凶手的杀人工具吗？”

贺云钦笑了笑，红豆一点就透，向来极能跟得上他的思路，眼睛仍看着纸面道："从两处现场残留的痕迹来看，凶手的确是利用这种工具将人吊上的房梁，我大概还原了一下。这工具原理简单，并不难做，只要提前制伏了受害人，固定好绳索，凶手不用费多大力气，就可以缓缓转动滑轮将受害人慢慢吊上房梁。难就难在几点：第一、先假定凶手不是刻羽戏院内部的人，凶手怎么把这工具做得小而不起眼的？他不但拿着这工具在众目睽睽之下来听戏，还敲开了许奕山和阳宇天的门，杀了他们之后，又从容拿着工具离开，若是一个庞然大物或是形状太奇怪的东西，理应会引起受害人的警觉。"

红豆点头："阳宇天和许奕山都是高壮之人，如果起了警惕，凶手绝对找不到机会下手。而如果不是戏院内部人所为，凶手带着其他东西去戏院又很奇怪，所以王探长才推测会不会是鸟笼一类的物什。"

"第二、受害人不会乖乖任他吊上房梁，所以凶手事先必须用别的法子制伏他们。我现在倾向于凶手是在酒水中羼入其他东西，先使得受害人丧失意识，然后在受害人口中塞入东西防他们呼救，不然不能顺利实施那法子。所以照目前线索来看，受害人跟凶手认识的可能性较大，而且受害人根本想不到凶手会杀他们。"

红豆回想白天在刻羽戏院的光景："而白凤飞自案发以来表现太古怪，没准跟三个人都认识，是关键中的关键。"

贺云钦搁下笔："我在等这两人的验尸单。"

红豆刚要答话，忽然听里屋的露台上细细密密一阵响，似是来了雨，瑟瑟秋风夹着急雨打在窗上，吹起两边低垂的细白绡纱。

一股清凉雨意送入屋中。

红豆起身到里屋去关落地窗。

回头门外有人敲门，却是下人送了茶水来。想是贺云钦提前有吩咐，一径端到贺云钦的书桌前，放下茶碗便静悄悄地走了。

一盅是贺云钦自己常喝的碧螺春，另一盅却是羼了蜂蜜的桂花茶。

红豆端起茶喝了一口，暖甜极了。

两个人都异常安静，各自忙各自的。

只听自来水笔沙沙作响，贺云钦想一想，写一写，仍在有一搭没一搭填补工具的细节，红豆则在默默翻看德文字典。

外头雨潇潇、风瑟瑟，屋子里静静流淌着一室澄暖的光。

红豆看了一晌书，忽然想起一句应景的话：雨中山果落，灯下草虫鸣。

眼看那工具已经还原得差不多，望着灯下的他，微嗔道：“你不睡吗？”

她的声音本就娇脆撩人，加之房中静谧，无形间更添一份初初萌动的意味，贺云钦哪还顾得上画什么工具图，搁下笔就起了身：“那我去洗澡。”

红豆话一出口就暗悔，原是想着他这几日事忙，明日上午要陪她回门，下午还要去一趟学校，怕他太累，想劝他早些歇息罢了，谁知说出来就变了味。

眼看贺云钦二话不说进了里屋，分明会错了她的意。她为了表示自己不急于上床，便仍气定神闲地坐在凳上。

不一会儿贺云钦洗完了，手里拿着澡巾，胡乱擦着头发出来。

抬眼一望，谁知床上无人，一看，红豆仍在外屋看书。

他将澡巾丢回盥洗室，走到她身后：“不睡觉吗？”

红豆极严肃地看他画的工具图：“我研究一下大致可以做成什么形状。”

他扯过那张图纸：“这是王探长的事。”

红豆复又捧起那本辞典：“那我再学学德语。”

他拉她起来：“我来教你。”

“不要你教。”

“不教怎么学得会。”

“我悟性可高了。”

“外语可不是光靠悟性能学得会的，须得人教你。”

“怎么有你这么无赖的人，没事非要强当人家的老师。”

“别人求我教我还不教呢，就只教你一个。”

红豆被他拉着进了屋，路过睡榻时，他停下来，突然搂着她坐下。

“不是要睡觉吗？”

他固住她的腰，让她坐在自己腿上：“我们先在榻上睡一觉好不好？”

这光景闻所未闻，红豆又羞又怒：“你到底要干吗？”

贺云钦也有些不好意思，然而他丝毫没有停下来的打算，仰头吻她脖颈，手探入她的衣裳下摆：“在榻上也可以睡觉。”

竟还可以这样？红豆羞得恨不得钻进地缝里，扭动一番，终于从他腿上跳下来，边笑边往床边跑：“你自己在榻上睡，我可是要上床睡觉的。”

贺云钦虽然满心想跟红豆试些新花样，却也怕红豆不高兴，本就没诚心强迫她，眼看她跑了，摸摸鼻梁，只得上床。

她有意使坏，故意躺得离他远远的，他掀开被子，刚躺下就趁她不防，一把将她拉到自己身下，然后扳住她的脑袋，低下头去啄她领子里透出的一截雪腻脖颈：“在床上睡也行，但我们试试别的睡法。”说着便往下一捞，折起她的腿，强行让她环住自己的腰。

这对于他来说新鲜极了，他今晚打定主意要教红豆。

难得红豆这回虽也羞得不行，总算没有推开他就跑，只闭着眼睛道：“我……我还是有点疼，白天都是忍着的。”

贺云钦刚将她的衣裳褪了一半，听了这话不由得一怔，原来她竟还疼着。顾虑到她的感受，不得不停下来，他又不是等不起，何必非她不舒服的时候硬来。

红豆等了一会儿，贺云钦身上的某处仍不屈不挠，然而久久不见下文，只不断地吻她这儿、吻她那儿，反反复复在他最喜欢的某部位流连，暗猜他这是有意体贴她，心中一软，虽仍闭着眼，却摸索着抬起手来，拉下他的脖颈，在他耳边说了句话。声音低得近乎呢喃，仅是两瓣唇在翕动。

贺云钦一怔，心中大悦，忍笑吻了吻她道：“好，我轻点。”

一折腾就折腾到极晚，贺云钦替红豆收拾干净，搂着她躺下。

红豆疲乏极了，脑袋搁在他胸膛上，半闭着眼睛假寐。

他的呼吸拂得她的额头痒痒的，两人虽不说话，然胸臆间自有一种类似充盈知足的感觉，浅浅的，近乎透明，极为宁谧。

不知过了多久，她满足地轻叹口气，想起白天的事，有些疑惑搁在心里太久了会发酵，不如趁这个机会释疑，便抬头看他：“你的自行车那么旧了，为何还不肯换？”

贺云钦原是闭着眼睛在酝酿睡意，听了这话睁开，一低头，对上她的眸子。

倒不觉得意外，她这么聪明，迟早会注意到那自行车。

他静了一晌，不想绕弯子更不想扯谎敷衍她，抬手掠过她的头发，直截了当道：“我不换自有我不换的理由。”

红豆定定地望着他的黑眸。

他丝毫不让。两人对视片刻，眼看是撬不开他的嘴了，她不想让他看出自己的不高兴，便推开他，对着另一侧躺着，假装不在乎道：“好，那我不问了。”反正来日方长，她总有机会弄明白。

贺云钦望着她的后背，床头澄莹的灯光洒在她的脸上，将她的侧脸轮廓勾勒得那般饱满，老让他想起散发着甜香的水蜜桃。

然而这颗桃子现在正在生闷气，只拿个桃子屁股对着他。

他拉她回来：“红豆。”

红豆闭着眼睛道：“红豆睡着了。”

“是吗？”贺云钦一挑眉，“睡着了还能说话？”

红豆道：“不但可以说话，还能咬人呢。”拉过他环在她胸前的胳膊，一口咬住。

贺云钦忍痛任她咬，谁知她只咬了一口，便推开他的胳膊，拿起来一看，极浅极浅，连个牙印都没留下。

他忍笑吻了吻她的发顶：“红豆，我没打算存心瞒你什么秘密，但是有些事不只是牵扯到我，还有其他人，总归要等到事情办完了才能告诉你。”

红豆还是不作声，但原本绷着的脸略略松弛了几分。

贺云钦又道：“明天我们回同福巷，礼物备了，明早你看看还有什么要添的。大哥现在不做警察了，听岳母的意思，是打算重新将铺子开张，明天我跟他们商量商量，看到何处盘爿店面，早些将家中营生操持起来。”

红豆心中一暖，可是这件事若是由贺云钦来插手，一来店面说不定会弄得太阔气，反而不利于生意。再来以贺云钦的为人处事风格，定会又出钱又出力，母亲和哥哥都是极硬气之人，未必肯叨扰贺云钦，何况他们俩刚成亲，贺家本就人多眼杂，若是让人知道贺云钦贴补虞家，定会惹来嫌话，便道：“明天等见了母亲和哥哥再说。”

第二十九章

次日，贺家因给虞家准备了好些回门礼，一大早就令老余在底下等着，而为了体现贺家对此事的重视，还特地吩咐几位懂旧礼的老管事陪着两人回门。

贺家车队一行到了同福巷，贺云钦和红豆下了车往内走，尚在楼下就碰到彭裁缝两口子出来，裁缝铺门关着，两人一人手里抱着个孩子，看样子正要出门。

“红豆回来了。”彭太太上下打量红豆，啧啧笑叹，“成了亲就是不一样，一天比一天漂亮，看来贺先生待你极好。”

红豆不便接话，只笑着打岔道：“彭先生、彭太太这是要去玩呢？”

彭裁缝唯恐老婆说错话得罪人，暗暗在后头扯了扯老婆的衣裳，笑道：“带孩子们去外婆家走亲戚。”说着便冲贺云钦道，“贺先生好。”

他手里抱的是大些的孩子，叫大宝，这孩子记得贺云钦上回给过自己糖吃，见父亲跟这人说话，便张开胳膊凑近贺云钦道：“糖。”

贺云钦因为四妹有低血糖病的缘故，的确有随身带糖的习惯，眼见这孩子缠着自己要糖，不以为忤，随手往裤兜里一摸，谁知成婚这几日天天跟红豆在一处，竟忘了往里头揣糖。他笑道：“叔叔今天可没带糖。”

彭裁缝羞惭得说不出话，狠打了大宝好几下。彭太太气得直拧大宝的屁股，嘴里咬牙切齿。

大宝吃痛不过，扭动着胖胖的身子大哭起来。

彭裁缝充满歉意对贺云钦道："孩子不懂规矩，贺先生别见怪。"

二楼有人听到动静，推开窗户往下看，旋即笑起来道："姑姑，红豆和贺先生来了。"

红豆和贺云钦抬头一看，原来是玉淇和玉沅两姐妹。今日不是礼拜日，想是为着她回门的缘故，两姐妹特意请了假。

楼内咚咚咚作响，虞崇毅早已迎下来了。

看到妹妹先是一怔，仔仔细细看她一眼，许是妹妹嫁人的缘故，不过两日不见，总感觉两兄妹像隔了好久没见似的。

看妹妹粉面桃腮，气色极好，料这两日过得极顺心，他心里立时舒坦不少，笑着对妹妹和妹夫道："快进屋。"

又招呼后头那几个捧着回门礼的管事。

屋子里热闹极了，不止虞太太，舅舅一家人也来了。为着红豆今日回门，虞太太昨晚大半晚未睡着。女儿出嫁前她恨不得将毕生绝学都倾囊相授，奈何备嫁时间太短，也不知红豆听进去了多少，这几天一颗心七上八下，唯恐红豆到了贺家被人挑理。

一听说红豆和贺云钦来了，她恨不得从沙发上弹起来，一等小夫妻进屋，脸上笑着，一双眼睛却在女儿身上团团转。

女儿过得顺心不顺心，一眼就能看出来，再看贺云钦待女儿又极体贴，贺家人也极知礼，她多少放了心。

简单招呼贺云钦和贺家管事几句，就借故到了里头，拉着红豆好一番细问，直问得红豆满脸通红才罢休。

红豆从房中出来，唯恐母亲想起什么又将她逮回去，恰好走廊上遇到玉淇表姐，如蒙大赦，忙要拉玉淇回屋说话。她这些日子忙着自己的亲事，始终没问玉淇表姐的打算，两人进了屋，坐下说话。

玉淇本就是个极通透的人，知道红豆这一是害羞有意不去客厅，二也是想问她和袁箬笠的事。

之前她遭掳全赖红豆和贺云钦搭救，这些日子对红豆一直心存感激，说了几句话，便极敞亮地说：“我已经征得了父亲母亲的同意，我和袁箬笠打算年底成亲，过些日子就会给本埠亲友发帖子。”

红豆一呆，原来表姐还是决定嫁袁箬笠。迟疑了一会儿，她忍不住道：“他的前妻呢？袁先生打算怎么处理他前妻的事？”

袁太太因绑架王美萍触犯了律条，虽经袁箬笠一番活动暂且被保释出来，名声却彻底臭了。受了这番刺激，听说袁太太病情加重，整日闭门不出，名下几家铺子也险些关张，若是玉淇真跟袁箬笠成了亲，以袁太太的性子，日后少不了会找麻烦。

玉淇极平静：“我爱袁箬笠，这些事错不在他，更错不在我，既然困难躲不过去，那就想法子来应对。”

红豆万想不到表姐如此坦然。

玉淇见红豆怔怔的，“扑哧”一声笑出来道：“你都嫁了人了，难道不清楚这话的意思吗？只消想想你和贺先生，就该知道这里头的学问了。‘爱如禅，不可说’。说起来我也是死过一回的人了，我现在很清楚我有多爱袁箬笠，也清楚他爱我。何况我和他认识的时候，他已经和前头太太离婚了，他们离婚的原因太复杂，绝不止前头太太不能生育这一项，当中种种，实不足为外人道。我只知道，我和他相恋是合情合理也合法的，我们没有对不起任何人，他的前头太太我们会妥善安置，日后有麻烦也会共同面对。”

红豆静静听着，明明很平淡一番话，细细品来，竟有丝回肠荡气的意味。

相形之下，虽然她和贺云钦阴错阳差成了亲，然而毕竟未正经谈过恋爱，比起玉淇和袁箬笠，他们平日相处时似乎仍缺了点什么。就拿昨晚的事来说，至少光坦诚这一点，贺云钦就做不到在她面前毫无隐瞒，眼看玉淇如此清楚自己的心意，她竟隐隐有些羡慕。

出来时，舅舅拉着贺云钦正说话。

贺云钦本来打算跟岳母和大舅哥商量买房子的事。听岳母的意思，从前一家人赁这房子的时候，多少有为了红豆上学方便的缘故，既然红豆嫁给他了，岳母也就不再打算继续赁这套洋房了。

然而在座除了红豆一家人，还有潘先生、潘太太。潘先生也就算了，潘太太似乎对贺家极感兴趣，若是他这个做女婿的主动商量岳家置办产业之事，万一讹传出什么，总归对红豆不好，于是只说些闲话，一句不提帮虞家看房子的事。

吃了一顿回门饭，贺云钦跟红豆上了车，几位管事另乘洋车。

路上红豆默默无语，老像在琢磨什么。贺云钦镜子里看她一眼，回想自己今日在虞家的表现，委实没有得罪她之处，便主动打破沉默道："等我从学校回来，我打算去找王彼得，你跟我一道吗？"

红豆摇摇头："我去学校找顾筠，她是许奕山的远亲，出事时又是她给王彼得打的电话，我想她多少知道点许奕山发迹前的事。就算她不知道，顾家人也该知道，既然她一心想破案，我打算一会儿找她打听打听许奕山的事。"

这还是新婚以来两人第一次分头行动，贺云钦心里竟冒出一丝不舍，皱了皱眉道："那我送你去圣约翰，你大概什么时候出来，我来接你。"

红豆点点头："下午第一堂课大概两点半结束，总归要下课后才能找她说话，要不你四点钟来接我。"

贺云钦看看腕表，道："好。"

红豆默了一会儿，想到昨晚的事，心里仍有些闷闷的，托腮出了会儿神，突然唤他道："贺云钦。"

她语调跟平日有些微妙的不同，贺云钦低应道："怎么了？"

红豆软声道："'爱'的德语怎么说。"

贺云钦一怔："liebe."

红豆脸微红，声音又轻软几分："那'我爱你'呢？"

贺云钦这时已琢磨过味来了，红豆这是要他当面跟她示爱呢。他犹豫了一下，他爱红豆吗？仔细想了几秒后，低声道："Ich hab' dich sehr lieb."

红豆问完那句话后心怦怦跳个不停，几乎是屏息等着。然而贺云钦虽然立刻就明白了她的意思，却隔了一会儿才回答，若是没有自行车和段明漪的事，她不至于觉得不舒服，可是前后几桩事加起来，一丝丝的不舒服也都放大了好些倍。

她倒是对贺云钦够坦诚，遇到不明白之处，从来都是直截了当相问，可是问了又如何，贺云钦不肯告诉就是不肯告诉。

她这几日已对德语有了一点粗浅的研究，不及细想为何他刚才复述那句"我爱你"不只三个单词，只一想到两人虽已成了亲，贺云钦不知还要过多久才能主动跟她说这句话，不免有些颓然。

眼看圣约翰到了，她便推门道："我走了。"

贺云钦望着她的背影，想着她独自一个去调查凶手的事，明明学校里该很安全，不知为何莫名升腾起一份强烈的不安。他直觉一向很准，忙也跟着下了车道："你在学校里待着哪儿也不要去，我三点半就来接你。"

红豆头也不回，点点头，往学校里走了。

·

红豆知道下午第一堂课是国文，进了学校后，径直到小教堂后头的大课室去找顾筠。

尚在台阶下，隔老远就听见课室严夫子在训话，疾言啧啧，气势慑人，想是又因为学生敷衍功课在大发脾气。

看样子一时半会儿下不了课，红豆干脆到小教堂对面的草坪旁的长凳坐着等顾筠。约莫过了十分钟，课铃响了，如她所料，课室里静悄悄的，没一个人敢出来，直到严夫子捧着讲义疾步走了，学生们才从教室里蜂拥而出。

红豆找到人群中的顾筠，冲她招手："顾筠。"

顾筠穿件淡月色襟袄，胸前别一支金笔，底下黑色葛华丝长裙，出来时怀里抱着一摞书，慢腾腾地走着，听到有人叫她，先是左右一望，待看清是红豆，推推眼镜，快步走到跟前，道："咦，不是明天才复课吗，今天怎么来了？"

红豆道："我来问问许先生的事。"说着便拉她在身边坐下。

顾筠向来波澜不惊，将那摞书放到一边，想了想，问红豆："是王探长告诉你的？"

红豆点头："王探长说许奕山出事后，是你给他打的电话，他说你跟许先生是远房亲戚。"

顾筠淡然点头道："许先生的母亲跟我父亲的一个堂兄是表亲，算是很远很远的亲戚。本来我们两家基本不走动，因许先生任了琅圜书局的经理一职，为了公务上的事，他跟我父亲时有往来，言谈时说到几个共同的熟人，这才叙起了亲戚，后来许先生就常带许太太和小孩儿来我们家做客，两家因此就熟了。他遇害那天，也就是你和贺云钦的婚礼上，我见过许先生，他当时正跟席上的人把酒言欢，还约了第二日去西山拼旧诗，根本看不出自尽的意思。当晚我们家听到他的噩耗，我怎么想怎么觉得奇怪，就给王探长打了电话。"

她顿了一下："前天王探长告诉许太太，目前可以确定许先生系被人吊上房梁伪装自杀，但凶手目前尚无头绪，应是独自犯案。我琢磨了两个晚上，能把许先生那样的人吊上房梁，得多大的臂力，会不会借助了什么工具？为了这事，这几天我一直在找资料，正打算回去好好研究。"说着便指了指身边那堆书。

红豆一看，果然是些农耕工具类的书，便打趣她："看来顾先生的侦探技能越发精进了，王探长正到处找助手，既你对这方面起了兴趣，不如去王探长处应聘助手。"

顾筠一本正经道："我正有此意，可是王探长要招的助手需要记性奇佳，我也不知我能不能顺利通过那个桥牌游戏，为了此事，这几日在家里苦练技巧呢。"

红豆刚才不过随口一说，没想到顾筠竟真有此意，愣了一会儿，想起昨日贺云钦跟王彼得那通电话，王彼得这几日为了查案忙得焦头烂额，早顾不上挑三拣四。她道：“放心吧，王彼得最近急缺人手，你这时候去应聘，定能顺利入选。对了，问你一件事，你们家既然跟许奕山算远亲，可知道他过去家里住在何处？听说他常去刻羽戏院听戏，不知他跟戏院里的哪位角儿有没有亲戚关系？”

顾筠狐疑道：“那个叫阳宇天的武生听说也是上吊自尽，你好端端地问这个，是不是王探长怀疑两人系被同一人所害？”

红豆耸肩道：“正因为王探长这么想，所以才急于排查两人过去的关系，要是能找出两人过去的交集点，一切就好办了。”

顾筠思忖道：“我听我父亲说，许奕山过去家贫，成亲前跟寡母到处搬家，什么青桥、十浦、春莺里都住过，直到跟许太太结婚后才搬到法租界的寓所，说起来算半个入赘女婿。”

“春莺里？”红豆呆住，“我外婆家原来也住在春莺里。”

小姨出事后，外婆伤心过度，没多久也跟着走了，舅舅觉得房子空置可惜，不久就将房子托人转手了。

记得上回秦学锴来他们家，也说自己外婆家住在春莺里，当时她就觉得巧，谁知许奕山过去竟也住在春莺里。

那地方说起来范围不小，住户多而杂，不知许奕山住了多长时间，是不是因此认得外婆等人。

顾筠低头想了想，忽道：“你倒是提醒我了，上回我看我父亲的报纸，恍惚见过刻羽戏院原来在春莺里唱过些日子，我们家有个老妈子就是春莺里的，假如阳宇天和许先生都在春莺里住过，我家老妈子在那里住了好些年，理应有些印象，可惜她这几日回去照料儿子了，不知什么时候才回来，要不等放学我去春莺里找她打听打听。”

红豆抬头看看天色，墨灰灰的，有点阴天欲雨的意思。

“放学都四点半了，你一个人去春莺里，等回来天都黑了，今天就别去了，明天等我复课，我陪你一道去。”

顾筠没答话，突然轻轻拉了拉红豆的衣襟，示意红豆往那边看。

红豆一转脸，说来也巧，她刚想到秦学锴，就看见秦学锴从小教堂里出来。

短短几日，秦学锴似乎清减了几分，衣裳显得略为宽松，眉宇间透着一团郁气。

走了一截，他抬头望见红豆，先是一惊，随即黯然下来，胡乱点了点头，便朝另一边走了。

顾筠道：“同学们都说，自从看到你和贺先生登报成亲的消息，秦学锴很是伤心，近一月难得在学校里看见他，连他一向喜欢张罗的活动都懒怠了，也就是这几日才看着好些了。”

红豆尚未来得及搭腔，就看见段明漪同几名教员从另一头走来，穿过草坪，往音乐课室去了。

顾筠的目光落在段明漪身上，她想起什么，迟疑了一会儿，忽道：“红豆，贺先生待你好吗？”

红豆一静，气闷归气闷，但她不得不承认，新婚这几日，两人的确算得上浓情蜜意，默了默，发自内心地点点头道：“他待我很好。”

顾筠定定看着红豆，红豆气色好是好，就是有些懒懒，提不起精神，比起之前在婚礼时的那份神采飞扬，整个人沉静了不少。

她内心万分煎熬，靠在长椅的椅背上，仰头看着头顶的天，半天不说话。

红豆心中一动，狐疑地看向顾筠，两人相识一年多，顾筠什么性子她再清楚不过，人送外号“定海神针”，情绪甚少外露，遇事虽不多言，骨子里却极爽直，向来有一说一。

顾筠这模样，分明是有什么事憋在心里说不出来，她低下头去，细想刚才顾筠那句没头没脑的话，微有些不安道：“你刚才为什么那么问？”

顾筠闭紧了嘴不答。

红豆逼近她：“说呀。”

顾筠打定了主意不开口，任红豆摇她胳膊，只眨眨眼道：“我是你的好朋友，你嫁了人，我难道不该问问你这几日过得如何吗？”

红豆含笑点头：“顾筠，我们两个素来交好，对彼此习性熟得不能再熟，我的小心思瞒不过你，你的小心思也瞒不过我，你是不是知道了什么，最好别藏在心里，趁早告诉我，不然等我自己晓得了，小心我会跟你断交。”

这话一出，顾筠分明有所触动，兀自盯着头顶大朵大朵绵软的灰云出了会儿神，这才侧脸看着红豆道：“你和贺先生婚礼那天，我因为香槟弄污了裙子，到后头整理一下，路过后头储藏室的时候，我恍惚看到段先生身边的下人跟贺先生说话，那下人还拿了一样东西递给贺先生，贺先生本来打算离开了，不知为何，又折回去收了。”

红豆心一沉，静静望着顾筠不出声。

“我原以为没什么，可是后来我同你回了贺公馆，在你们新房妆台上看到一种花，我看那新鲜花瓣不知用什么法子固了色，闻所未闻，回家后也想买一捧搁到卧室里，就四处打听这种花何处有卖，后来才知这花只有一家法兰西洋行有卖，原是近年来新起的玩意儿，因为价格昂贵，从不曾四处宣扬，本埠几乎没几个人知道，若是想买，得临时订货，等一两个月方有，近几月来那洋人老板统共只进了一盒，被一位姓段的女士买走了，就不知为何你和贺先生的房里会有……”

红豆一时间心乱如麻，顾筠并非信口雌黄之人，如果没有之前的新闻，单遇到这两件事，绝不至于多想，可是这几件事前后拼起来，任谁都会觉得蹊跷。

回想那晚她和贺云钦在桥牌室时，的确亲耳听到陈白蝶是散播谣言的罪魁祸首，可若是此事并非凭空捏造呢？贺云钦和段明漪真有把柄落人耳目呢？

顾筠眼看着红豆脸色变幻莫测，不免有些惴惴，她向来眼里揉不得沙，只消一想起此事就觉得窒闷，连带这几日去上段明漪的课时都起了排斥之心，本意是想提醒红豆多留个心眼儿，可是看红豆这光景，何止气得不轻。唯恐红豆沉不住气，她不由得懊悔不迭，忙又道："红豆，我看这里头误会的成分较大，眼见尚且未必为实，何况我什么都未看到，一切不过是我自己的揣测罢了。"

这时上课铃响了，红豆起了身，扬起脸来，勉强笑道："你去上课吧，明天我就复课了，有什么话回头再说。"说着便朝校外走去。

顾筠在后头追了两步："红豆。"

红豆摆了摆手，快步走了。

红豆还未走到校门就碰到了贺云钦，他不到三点半就来了，在门口等了一会儿不见红豆出来，心中不安，正要去找红豆，谁知刚要进去就碰到红豆。他不由得暗松了口气，唤道："红豆。"

红豆心里正是扎了根刺似的难过，听到这声音，抬眼对上贺云钦的视线。来来往往这些人，就这人生得最出众，然而经过刚才那一遭，她只觉得此人的笑容分外刺眼，也不理他，绕过他上了车。

贺云钦心中纳罕，相隔不过一个钟头，红豆的情绪怎么又差了好些？他疑惑地望红豆一眼，也跟着上来。

等车开动，红豆尽量心平气和道："顾筠说许奕山曾在春莺里住过，刻羽戏院听说也在那地方待过一阵，如果想排查两人过去的关系，不妨到春莺里打听打听。顾家有个老妈子是春莺里的老人了，我和顾筠明天放学后打算去找那老妈子问问。"

语气正常得不能再正常，可是贺云钦仍捕捉到一丝赌气的意味，有心缓和气氛，但因不知源头是什么，自然也就无从下手，只得道："王彼得明天本就要去春莺里，这件事就交给他来查问吧。今晚他约了白凤飞见面，希望到时候能问出什么。"

红豆淡淡"哦"了一声，有意保持沉默，一直到贺公馆都未再开口。

第三十章

回家时贺家已开始张罗晚膳，吃饭时，段明漪仍坐在红豆对面。红豆垂眸用着餐，免不了留意她和贺云钦暗地里的动静，然而贺云钦从头至尾都未看过段明漪一眼，两人之间连个眼神交流都未有过，本该很正常，可她心里早已播下一颗怀疑的种子，只觉得这两人处处都做得太刻意。

用完膳，两人回房，刚到楼梯，下人回说有电话找贺云钦。

贺云钦问清打电话的人不是王彼得，看一眼红豆，红豆不等他开口，自行回了房。

进屋后，诸事都提不起劲，干脆和衣上床躺下。不一会儿，外头开了门，贺云钦掩门进来，径直走到床边，将她从被子里捞出来，捏她的脸颊："你到底怎么了？"

红豆躲开他的手："你刚才接谁的电话去了？"

贺云钦道："一个朋友。"

"什么朋友？"

贺云钦不吭声了。

她静静望他一会儿，淡笑道："无可奉告对不对？那么，你能不能告诉我，你当初为什么去找三楼的邱小姐？为什么跟王彼得在我家书房量尺寸？

为什么不肯丢掉那辆自行车？又是跟哪位德国朋友打电话？”

贺云钦目光一淡：“虞红豆。”

红豆心中一酸：“这些统统不能告诉我？”

她一把推开他，下了床，低头趿鞋：“我还要问我母亲春莺里的事，我要回娘家一趟。”

这时候回什么娘家，分明在跟他置气。他身上的锋芒顿时收敛几分，拽回她来，低声道：“我原以为之前已经跟你沟通好了，你该对你的丈夫有起码的信任！”

信任？两人根本未好好相爱就成了亲，所谓的信任，根本就脆薄如纸。丈夫？至亲至疏夫妻，她那么纯粹地对待这份婚姻，想要的又何止仅是“丈夫”。

然而他面对她时，连一句“我爱你”都不能痛快地说出口。

红豆瞥见妆台上的那捧花，努力让自己平静下来，哽声道：“好，这些事牵扯到你的朋友，你有你的立场，我不该多问。那么，段明漪呢？婚礼上你为什么私底下收她身边人给你的东西？还有那捧花，究竟怎么来的？”

贺云钦一滞。

看来这事是真的了，红豆气得心口直抽抽，噙泪定定望着他，心灰意冷道：“贺云钦，我当初真该去北平。”

这分明是后悔嫁给她。贺云钦脸色一灰，怒极反笑道：“那个女人的事根本就没什么好瞒的，我这就统统告诉你，虞红豆，在遇到你之前，我从来没有对——”

这时外头忽然有人敲门，有下人道：“二少爷、二少奶奶，顾公馆打电话来问二少奶奶，他们家的三小姐是不是跟二少奶奶在一处，至今未回家。”

红豆急忙挣开贺云钦，快步走到外屋，开门问那下人：“电话还通着吗？”

下人道：“顾太太拨来的电话，说请二少奶奶亲自听电话。”

贺云钦这时也出了屋，毕竟是找红豆的，他不便过去，只能干望着红豆匆匆离去的背影。回房自是舍不得，他干脆在走廊等着，等了一会儿不见红豆回来，想起刚才红豆生气的光景，焦躁之下扯了扯领子，在门口来回踱步。

贺竹筠和段明漪从里头房间出来，碰巧路过，见贺云钦脸沉沉的在门口发呆，大觉奇怪，不由得停下脚步。

贺竹筠过来道："二哥。"

往二哥身后的卧室瞄了瞄，门开着，二嫂却不见，再端详哥哥神色，难道是生气了？她忙压低嗓音道："二嫂呢？二哥，你不是跟二嫂吵架了吧？"

贺云钦脸色稍缓，看也不看那边的段明漪，笑了笑道："没有的事，我跟你二嫂好着呢。"

贺竹筠松了口气，好奇道："为什么不进屋？"

"你二嫂接电话去了，我在这儿等等她。"

这时红豆就回来了，满面焦灼，边走边琢磨着什么，抬眼看见段明漪，心中一堵，碍于礼节，擦身而过时，不得不跟对方淡淡打声招呼。

到了门口，她又对贺竹筠笑道："四妹。"

贺云钦盯着红豆，问："怎么了？"

红豆当着外人的面不便提及顾筠失踪的事，只得佯装无事对贺云钦温声道："我得出去一趟。"

贺竹筠跟贺云钦一母同胞，向来又关注二哥，但凡二哥有什么情绪上的不对劲，她一眼就能看出来。尽管二哥和红豆都装得云淡风轻，她仍捕捉到了一丝风雨欲来的痕迹，本打算走了，又停了下来。

贺云钦对她抬了抬下巴道："我跟你二嫂回屋说话，你也早些回屋休息。"

那边段明漪柔声对贺竹筠道："四妹，你还要不要跟我借书，我要回房了。"转身就走了。

贺竹筠犹豫了一会儿，对二哥使了个眼色，要他务必跟红豆好好的，别新婚就起争执，这才挪步走了。

贺云钦拽了红豆进屋，问她："出什么事了？"

红豆早顾不上跟他吵架，忙着换鞋："顾筠不见了，刚才我让伯母给王探长打电话，顾筠根本没去王探长家。下午顾筠说要去春莺里找顾家老妈子打听，不知是不是放学后去了春莺里，可是现在已经六点了，这一来一去的，她怎么也该回来了。”

越说越觉得不安，凶手杀人时那么周密冷静，顾筠这些日子到处查东西，眼下失踪了，谁知道跟这两桩缢杀案有没有关系。

“我回家一趟，让我哥陪我去春莺里找顾筠，正好我也有事要问我母亲。”

贺云钦穿上外套道：“我陪你回去。”

红豆闷了一肚子的气，开口便要说“不要你陪”，可一想到顾筠不知去了何处，有贺云钦帮忙，找起人来总要容易些，便不吭声了。

傍晚时下了点雨，一场秋雨一场寒，比起白天，空气里添了好些寒意，红豆回屋找了件新做的外套搁在胳膊上，无意间瞥见妆台上水晶球玻璃瓶的那捧花，刺心的感觉又来了，亏她日日跟这花相对，原来竟是段明漪送的。

本已朝外走了，她突然停下来，扭头看他道：“贺云钦，你当初为什么娶我？”

贺云钦一怔，这问题太复杂了，当初他不止一次问过自己，可是经过婚后这几日的相处，就算之前还有些疑惑，现在早已有了极明确的答案，可听她口吻分明在赌气，刚才甚至还说出了后悔嫁给他的话，可见对于他的品行，她始终未曾全心信任过。细想之下，他不免也有些堵心，微微扬眉道：“你说呢？”难道他还能随便找个女人成亲？自是因为喜欢她了。

红豆不过想听一句最简单不过的剖白，等了半天等来这么一句，再说下去定会又吵起来，眼下找人要紧，胸闷地横他一眼，也懒得搭腔。

两人出来，一路都未说话，空气沉闷得令人难以忍受，幸而未下楼梯便有下人过来道：“二少爷，有电话。”

红豆候在原地，不一会儿贺云钦接完电话出来，道：“刚才我给王彼得打了电话，他寓所离同福巷甚近，等你回去时，他差不多也该来了。若是这期间顾筠还未回来，他会陪你们兄妹去找她，我有急事须得出去一趟，忙完就去接你。”

红豆淡淡道：“顾筠的失踪地点不过就是这几处：春莺里、学校、放学回家的路上。我打算先去春莺里找找看，若是顾筠不在那儿，我们再跟王探长去学校附近转转。”

贺云钦道：“那我等会儿先给同福巷打电话，如果你们还未回家，我就去春莺里找你们。”

两人出来，贺云钦对老余道：“送二少奶奶回同福巷。”

等看着红豆上了车，他这才另乘了洋车走了。

红豆一到楼下就跟彭裁缝借电话拨给顾公馆，得知顾家去春莺里的人回来了，顾筠下午根本就未去春莺里，她更加不安，旋即改了主意，不如一会儿不去春莺里了，干脆去学校周围找一找，这么想着上了楼。

母亲和哥哥果然在家，母子俩刚吃过饭，正商量盘铺子的事，见红豆回来，母子俩都吃了一惊：“怎么这时候回来了？贺先生呢？”

红豆道：“顾筠放学后一直未回家，顾家给我打电话，我担心她出事，打算跟哥哥出去帮着找一找。妈，我记得当年小姨出事时外婆家住在春莺里对不对？”

虞太太怔道：“是啊。你这孩子，没头没脑问这个做什么？”

这时听楼下巷子口恍惚传来洋车喇叭响，红豆到屋里窗户旁看了看，回到客厅道：“妈，回来我再问您当年小姨的事。哥，王探长来了，你陪我走一趟好不好？”

虞崇毅知道顾筠是妹妹最好的朋友，自然没有推托之理，随手穿了外套，跟妹妹出来：“妈，那我们走了。”

外头仍在下绵绵细雨，夜幕低垂，到处都已是墨黑一片，兄妹俩借着路灯照明到了巷口，隔老远就看见昏黄灯下王彼得那辆开着车灯的半旧洋车。

一则因为虞崇毅已不是白海立的手下了，二则因为红豆嫁给了贺云钦，王彼得对虞崇毅态度早大有不同，一见他兄妹俩过来，便下了车，主动打招呼：“虞先生。”

虞崇毅这人向来不记仇，见王彼得热络，便也笑道：“王探长。”

王探长问红豆：“你那个小同学不见了？”

红豆拉着哥哥上了车：“放学后没回家，不知去哪儿了，本以为去您的侦探所应聘了，谁知没有。我担心她出事，想到学校附近看看。对了，王探长，听说你约了白凤飞见面，怎么样，她终于肯说实话了吗？”

王彼得发动车道：“此事别提了。贺云钦昨夜给我找了几个人盯了白凤飞一晚，一晚上下来倒是相安无事，可是这几个朋友白天尚有自己的事要忙，等我下午自己找了人去盯梢白凤飞的寓所，竟扑了个空，问了门房才知道白凤飞一大早就搬了家，新寓所谁也不知道。我忙又到刻羽戏院去打听，戏班子里的人只说白凤飞身体不适，推了近一个月的戏，这个月谁也别想找到她。可见咱们之前猜得不错，她分明是在躲什么。”

红豆只觉古怪，白凤飞到底在躲什么？单为了躲个王彼得，何至于连家都搬了？

“难道她真知道凶手是谁？可是有人主动帮她查案还不好吗，为什么宁肯躲起来呢？”

王彼得道：“谁知道？我现在到处打听白凤飞到底搬去了何处，这么躲下去不是长久之计，她哪天自己想明白了，最好能主动来找我。”

圣约翰不远，说话间已经到了，下雨的缘故，学校门口没几个学生。王彼得将车停在马路边，跟兄妹到学校后头那几家书店和馆子找了一通，无果，几人又到学校里头去寻。

路上碰到几个教育系的同学，红豆不说顾筠失踪，只说有东西要还顾筠，一路打听顾筠是否还在学校，几个同学都说顾筠下午两堂课都在听课，至于放学后出没出学校不知道。偌大一个学校，一处一处找起来得需一个多小时，王彼得对兄妹俩道：“照我看，顾小姐尚在学校里的可能性不大，倘若她不是遭人掳持，早该从学校里出来了。”

红豆也根本不相信顾筠会在学校失踪，但来都来了，不看看总不放心，想了想道：“下午顾筠的确说放学后要去春莺里，可是顾家人刚才问了，老妈子说顾筠根本未去过。”

王彼得道："那就奇怪了，不如等学校里找完，我们再顺着她放学回家的路线好好找找。"

三人分作两路，打算在最短时间内随便在学校里转一转，再去别处仔细找。

王彼得往东去小教堂和医学馆，红豆和虞崇毅则负责西边几处教学馆，一径往里找去，图书馆、女生校舍都找过了，连路边的树林、凉亭、小教堂都未放过。

兄妹俩一路找到学校后门，隔着一个操练场，左边是一栋洋人兴建的所谓科学馆，右边则是一排废旧的课室，课室底下有条小路通往学校后门，平日人迹罕至，后门常锁着，偶尔才开。

虞崇毅道："我去那栋楼里找一找。"

红豆留在原地等了一会儿，转眼瞥见那条小径，想起顾筠曾从这儿抄近路到后门一家店吃馄饨，不知那老板今天见没见过顾筠，既来了，便打算到后巷看看，于是对虞崇毅道："后巷有家馄饨店，顾筠常去，不知今天去没去，我过去问问那老板。"

学校里学生和先生都多，虞崇毅压根不相信顾筠会在学校出事，与其在此处浪费时间，不如趁早去更为关键的春莺里，早打算离开，见两边相距不远，彼此照应也方便，而且既是后巷，理应还算热闹，红豆去看一眼料也无妨，便道："我到那边看看就去找你。"

红豆点点头，离了哥哥，径直走到旧课室那条通往后门的小路上，一排课室都闭着门，路灯穿透雨雾昏昏惨惨照着水门汀路面，四下里幽静得可怕。

走了一截，眼看要看到那两扇涂了棕红色漆的大铁门了，谁知吱呀一声，右手边一间杂物室的门毫无预兆缓缓开了。

在这寂静夜里，那开门声尤显得瘆人，明明在学校该极为安全，红豆却无端害怕起来，当即打消去后巷的念头，掉头就走。可就在这时候，从那间虚掩着门的杂物室里，极突兀地传来含含糊糊的嘶嘶喘息声，像被人掐住喉咙濒死挣扎时所发出来的，极为恐怖。

红豆骇异万分，忙拔腿就跑，边跑边喊哥哥，谁知突然从后头黑洞洞的门里出来一人，步伐迈得极大，一转眼就追上了她。她汗毛一竖，来不及回头看清那人，突然从后头伸过来一物，将她刚喊到一半的“哥哥”二字硬生生掐断，死死捂住了她的嘴。

- 第一部完 -